講談社文庫

素数とバレーボール

平岡陽明

目次

Content

プロローグ 7

第一章 13

第二章 158

第三章 246

エピローグ 357

性善説の小説家が探り当てた到達点　吉田大助 362

インタビュー　〝世代〟は〝物語〟を生むのか。 367

素数とバレーボール

プロローグ

41歳の誕生日おめでとう。

ようやくこの日が来ましたね。

バレー部が解散した高3の夏、7月29日。

みんなで部室に集まり、

「41歳の自分がどうなっているか賭けよう」

と話したこと、覚えてますか？


早速答え合わせをしましょう。

まずは僕から。結果は、ダメでした。

「素数の出現法則を見つける」

という目標は達成できませんでした。

だけど素数についてずっと考えてきて、
こう思うようになったんです。なんだか人間に似てるなって。
素数も僕らもなんの前触れもなく生み落とされて、
それぞれがオンリーワンの存在になる。
7と11と23は違う。太郎とエマと李《り》さんは違う。
孤独な、いわば点です。

だけどバレーボールはその逆。
12や24の倍数みたいに仲間が多いイメージです。
ボールが床につかなければ、負けることのないゲームだから、
繋《つな》がること、繋げることを宿命づけられています。
いわば線です。

素数とバレーボール。
僕が人生で出会った二つの最良のもの。

岸高《キシコー》バレー部で過ごした3ヵ月間は、
僕にとって黄金の日々でした。

さて、偉そうに聞こえてしまったら本当に申し訳ないんだけど、
どうやら僕が6人の部員の中で、いちばんお金持ちになってしまった様子。
だからあのときの約束通り、みんなにお金をお支払いします。
ただし500万ドルのストックオプションという形でお支払いしたい。
そこで二つお願いがあります。

1. みつる君を見つけ出してくれませんか。音信不通です。

2. もし5万年後に岸高バレー部を再結成することになったら、また入部してくれませんか。

みつる君が見つかり、メンバー5人の5万年後の入部同意書が揃《そろ》ったら、みんなに500万ドルのストックオプションをお支払いします。もちろん好きに使ってくれて

構わないけど、サステナブルな使い道だと嬉《うれ》しいな。たとえば5万年後もそれを続けていたいと思えるような。

僕らのカラダは宇宙空間を漂っていた星屑《ほしくず》で形成されています。
そして宇宙の95%は未知の物質なのだから、
僕らは自分の正体について何も知らないということになりますね。

宇宙は無から始まり、やがて僕らも無へ還《かえ》っていくこと。
青春の日々は二度と帰らないということ。
そんなことを考えていたら、
宇宙や時間にささやかな抵抗をしたくなり、
こんなメールを送ることになりました。

そうそう、自分について何も知らないといえば、僕はけっこう前にカリフォルニアの医師に発達障害と診断されました。僕は他人の心や表情を読むのが苦手だそう。ほんと、宇宙はわからないことだらけだね。

今後のことは、このメールの代送人であるマイケルとやりとりしてください。僕のエージェントで、すべて彼に任せてあります。

人生はチョコレートの箱、開けてみるまではわからない（Life is like a box of chocolates. You never know what you're gonna get.）。

それじゃ、Good Luck!

以上、ガンプ様のメールを代理送信させて頂きました。今後のことはすべてわたしが窓口となります。どうぞよろしくお願い致します。

マイケル・J・フォックス

第一章

（１）

北浜慎介《きたはましんすけ》は春の陽だまりのなか、ホームで通勤電車を待っていた。

山の向こうに浮かぶ雲を見て、

——あれは高度１９００ｍくらいにある層積雲だな。

と、つい当たりをつけてしまったのは、慎介が天気予報を売る仕事だからだ。

世の中にはお金を払ってでも精度の高い予報を知りたいという業種は意外とあって、たとえばスーパーがそうだ。昼から雨が降ることがわかっていれば、仕入れを減らして在庫リスクを少なくできる。

建築業もそう。コンクリート車を手配している日に降られたら大損だから、精確な予報を欲しがる。民間の予報会社はクライエントの要望に応じて250m×250mでピンポイントの予報を出せるから商売として成立している。

雲を見ていたら、きりっとお腹《なか》が痛んだ。先週末から続く腹痛である。慎介がお腹を押さえていると、2両編成の車両がゆっくりホームへ滑り込んできて、よっこらせと年老いたロバが膝を折るように停《と》まった。田舎のこうした長閑《のどか》な通勤風景に触れているときだけ、単身赴任も悪くないなと思う。

3駅ほど乗って、会社に着いた。

隣席のパートの大河内《おおこうち》さんに挨拶すると、「おはよう」と疲れた声が返ってきた。母親と同じくらいの歳《とし》の人だが、このところ肩凝りがひどいらしい。

慎介は疲れた人のそばにいると自分も疲れてしまうので、先日パソコンのブルーライトをカットするフィルムの購入を提案してみたが「大丈夫」と却下されてしまった。

パソコンが立ち上がるのを待っていたら、大河内さんが「堤下《つつみした》くんもやられた。メンタルですって」と耳打ちしてきた。ホワイトボードを見ると、堤下のところに「欠」と書かれていた。

お腹がキュルッと鳴った。

まずい。

来る。

慎介はコンビを組んでいる社内気象予報士のもとへ行き、打ち合わせを10分ずらしてもらった。そしてトイレの個室へ駆け込み、すばやく胃薬を服《の》んだ。きりきりと痛みが差し込んでくる。

腹痛とは少年時代からの付き合いだった。中学校の修学旅行では「お腹が痛くなって出発のバスを待たせてしまったらどうしよう」と想像することで、1ヵ月も前からお腹が痛くなった。

初めて胃カメラを呑《の》んだのは高校生のとき。十二指腸をやったのは大学時代だ。あのときは「あんまり患ってちゃ、命取りになりますよ」と医師に言われ、その一言でしばらくお腹の調子が悪かった。だから就活では、なるべく穏やかに生きていけそうな職種を探した。それで見つけたのが天気予報会社だった。

——天気を相手にする仕事なら、人に煩わされることも少ないだろうと思って入社したが、甘かった。新人時代に担当したスーパーの経営者や漁師たちの荒っぽい言葉は慎介のお腹を直撃した。

営業先で珈琲《コーヒー》を出されるのも恐怖以外の何物でもなかった。カフェインがつらいのだ。とはいえ一口も飲まないで席を立つと、相手の気分を害してしまう。慎介は他人のその手の感情に敏感だった。

慎介の目下の課題は、支店長である。

慎介と前後して1年ほど前に広島支店へ赴任してきた人だ。ふいに部下を叱りだしたり、立たせたまま、ねちねちと2時間説教したりする。

冷蔵庫のような人だな、と思った。慎介は子どもの頃から冷蔵庫が苦手で、いつもジーッと不機嫌そうな音を立てているあれのそばにいるだけで気分が悪くなった。

堤下はこのところ支店長の集中砲火をうけていた。

そして先週の金曜、とうとう大叱責をうけた。

「お前の代わりなんて、5分で見つかるんだよ！」

この一言でオフィスの全員の手が止まった。

またか、と一瞬にして空気が澱《よど》んだ。

「どうせ外でもゲームばっかしてんだろ」「お前のぶよぶよ膨らんだ腹が」「どんな教育をうけて育ったんだよ」

漏れ聞こえてくる言葉は、どれ一つとして容認しがたいものだった。いったい人間が人間にこんな言葉を吐く権利があるのか？　そう立ち止まって考えたことのない人が、こんな暴言を吐くのだろう。

やがて堤下は肩を震わせ始めた。デスクに戻ってからも、しばらくすすり泣いていた。誰も声をかけられなかった。これを目にしたときから慎介の腹痛が始まった。お陰で土日は固形物が摂《と》れなかった。

トイレへ来て10分が経《た》った。これ以上、ここに居ることはできない。

慎介はお腹をさすりながら社内予報士のもとへ行った。彼はすでに気象庁から買った衛星データをもとに、「現在の大気」を作成してくれていた。これに「物理法則」「過去のデータ」「地形情報」を加えるとコンピュータが予報を弾《はじ》き出してくれる。「人読み」の要素はほんのわずかだ。

昼休みに入ると、外へ出た。まだお腹に自信はなかったが、なにか食べておかないと午後の仕事に支障が出る。そば屋へ入り、温かいとろろソバを頼んだ。

——堤下、大丈夫かな。

半年前に同じく休職に追い込まれた宮本《みやもと》に続き、これで二人目の犠牲者だ。どちらも慎介が親しくしていた後輩だった。東京の実家で静養中の宮本からは「すこし調子が良くなってきた」と報告を受けていた。次に東京へ帰省したとき会ってみるつもりだった。堤下に何か有益なアドバイスを聞いて来られるかもしれない。

ソバが届き、2口ほど啜《すす》ったところで、お腹から「限界です」とサインが送られてきた。

「残しちゃってすみません。ちょっと調子が悪くて」

そうお店の人に謝り、店を出た。月曜だったので、そのまま商店街の掲示板まで足を伸ばした。地元の小学生の絵が貼り替えられる日だ。

「ひるやすみの　こうてい」

小2の男の子が描いた絵を見ていたら、鼻の奥がツンとなった。最近、いつもこうだ。子どもの絵を見ると、せり上がってくるものがある。うまい下手は関係ない。むしろ稚拙な絵の方にこそ感じ入りやすい。どうしてだろう？

会社へ戻ると、始業までまだ時間があった。パソコンでお気に入りサイトを巡回した。そのなかの経済誌の記事に、

〈アメリカの若者が憧れるＦＩＲＥ生活〉

というタイトルがあった。

Financial Independence, Retire Early（経済的な独立を果たして、早期リタイアする）の略で、アメリカの若者たちに流行《はや》っているそうだ。

慎介はじっくり記事を読んだ。

早期リタイアといっても、昔ながらのリッチなイメージではなかった。彼らは生活をぎりぎりまで切りつめ、給料の多くを投資にまわし、40代のうちに利息と配当の生活に入ることを夢見る。30代ならベストだ。

根っこにあるのは、「60代や70代からでは遅すぎる」という気持ちらしい。せっかくリタイア生活に入っても、旅行や趣味を楽しむ体力が残されていないのは残念だというわけだ。

慎介はこの考え方に密《ひそ》かな支持票を胸中で投じた。これまでもスローライフ、ロハス、ミニマリズム、プチリタイアといった言葉が流行るたびにそうしてきた。自分と同じように、生きづらさを抱えた人たちの発想に思えたからだ。

静かな生活。

共感をベースにした人間関係。

善意溢《あふ》れるコミュニティ。

それらを切に望む声は、世界中から、しめやかに発せられていた。

彼らはみな他人の痛みや気分に敏感で、音や光やカフェインや人混みに弱い。暴力的なシーンや悲惨なニュースにはすぐ反応してしまう。競争も苦手。自他の心の境界線があいまいだから疲れやすい。

いちばんの問題は、大きな夢にチャレンジする前に「どうせ自分のように心の疲れやすい人間には無理だろう」と諦めてしまうことだ。

慎介もいつの頃からか、会社員人生の完走だけを目標に生きていた。心身のエネルギーを切らさないように自分を労《いた》わりながら、歩いてでも、這《は》ってでも、つつがなくゴールすること。それだけが自分と家族の生活を守る唯一の方法だった。出世や自己実現を果たしたいと思ったことは一度もなかった。堤下や宮本も同じタイプだろう。

その一点において、彼らとは同志だった。

週末、東京に帰省すると、二人の子が「パパ、おかえり〜」と迎えてくれた。10歳になる娘は目許《めもと》がますます妻に似てきた。7歳になる息子は慎介の肩によじ登ろうとして、「こら、たっくん。パパも疲れてるんだから」と妻にたしなめられた。

「いいよ、いいよ」

慎介は笑って許した。月に一度の帰省くらいは甘やかしてやりたい。

二人にお土産を渡した。娘にはペンダント。息子には戦隊もののフィギュア。二人はびりびりと包装紙を破り、花のような笑顔を見せてくれた。日頃の疲れが吹き飛ぶ。これが見たくて、Amazon で取り寄せたものをわざわざ広島から持ってきたのだ。

妻には瀬戸内海の海苔《のり》を差し出した。

「階下《した》にも同じものを買ってきたよ」

「ありがとう。じゃ、二人も呼んでくるね」

妻が外階段をつたって下りて行った。

1年前、妻の実家を二世帯に建てなおした。1階を義両親が使い、2階と3階を慎介一家が使っている。慎介はまだこのうちに住んだことはない。建設中に単身赴任が決まったからだ。

妻は「ほんとにありがとね、パパ」と言ってくれたし、子どもたちは自分の部屋が持てて大喜び。義両親にいたっては孫と暮らせるので狂喜乱舞だった。

――みんなが喜んでくれてよかった、と思う反面、これでローン返済のために一生働き詰めか、と気持ちが塞ぐこともあった。

たとえば支店長に付き合って、夜遅くまで残業しているとき。彼は会社に遅くまでいるのが偉いと思い込んでいるタイプだから、同じ単身赴任組の慎介は格好の餌食だった。

支店長は夜更《よふけ》になるとコンビニ飯を買ってくる。慎介はある種の添加物に反応してしまうのでコンビニ弁当は食べられない。そういうとき、ひもじさに耐えながら思うのだ。自分はなんのために生きているのか、と。

縁もゆかりもない土地でひとり暮らし、雨雲レーダーを追いかけることが「家族のためだ」というなら、それに耐えてもみせよう。だがそれに耐えることと、「自分はなんのために生きているのか」という問いを封印することはイコールではない。

会社に入って、20年になろうとしていた。これからの20年は、もっと早く過ぎていくだろう。やがて子どもたちは巣立ち、自分は老い、退職し、病を得て、最期を待つ身となる。「60代や70代からでは遅すぎる」というFIRE族の気持ちが痛いほどよくわかった。彼らも日夜考えているのだろう。自分はなんのために生きているのか、と。人として生まれその疑問を抱かなかった者がいるだろうか。

「お帰りなさい、慎介さん」

うしろで義母の声がした。振り向くと三毛猫を抱っこしていた。慎介はくしゃみが出た。いつから飼いだしたのだろう。このまえ帰省したときはいなかったのに。

「ぼくはコスケといいます。よろちくね」

義母が猫の前足を摑《つか》んで言った。慎介は「よろしく」と返事しようとして、またくしゃみが出た。

「あら、風邪?」

慎介は力なく首を横に振った。いまさら猫アレルギーだなどとは言えなかった。

翌日、約束していた宮本に会いに行った。長期休職に入って半年になるが、ようやく外に出られるようになったという。彼の実家の最寄り駅の喫茶店で待ち合わせた。宮本は先に来ていた。

「わざわざご足労頂いちゃってすみません」

「ぜんぜん。元気そうで良かったよ」

慎介はバナナジュースを氷ぬきで注文した。

「おかげさまで、一時期よりだいぶ良くなりました。家族とも会話が増えてきたし、こんなふうに『外に出たいな』って気持ちが芽生えてきたんです」

宮本の青白い顔と、スローな喋《しゃべ》りは、まだリハビリ中という感じを与えた。だが快方に向かっていることは確かなようだった。

長期休職に入る直前はひどかった。目は窪《くぼ》み、言葉数は減り、それこそ箸の上げおろしにまで支障が出ていた。慎介はそんな宮本を見て、「自分がこんなふうになったらどうなるだろう」と何度か想像した。妻子は受け入れてくれるだろうが、義両親はどうか。単身赴任先の人間関係は狭いから、一歩間違えば自分が宮本や堤下のようになってもおかしくないという恐怖はいつも抱えていた。慎介が減給や失職となったらあの家のローンが払えなくなる。考えるだけでお腹が痛くなりそうだった。

「何か良くなるきっかけはあったの？」と慎介はたずねた。

「うーん、やっぱり時間の経過が大きいのかな」

宮本はゆったりした口調で答えた。

「あと、心療内科に通ったのも大きかったと思います。職場の人間関係を相談するだけで気持ちがラクになりました。みんなもっと気軽に利用すればいいのに。まずはカウンセリングからでいいので」

「まずは、ってほかに何があるの？」

「メンタルクリニックです」

「違いは？」

「カウンセリングは臨床心理士に悩みを『相談』するもので保険適用外です。メンタルクリニックは心療内科医に『治療』してもらうもので、投薬もあるので保険適用です。僕は『患者』だったので、はじめからメンタルクリニックに行きました。でもお試しで行くならカウンセリングで充分だと思いますよ」

「そんな違いがあったのか。でも、よさそうだね」

「でしょう？」

宮本が微笑《ほほえ》む。だいぶ表情が戻ってきたようだ。その様子を見ていると、とてもじゃないが「堤下も支店長にやられたよ」とは言えなかった。せっかく良くなってきたメンタルがまた後戻りしてしまうかもしれない。

それから他愛ない世間話を1時間ほどしたところで、宮本に疲れが見えたので店を出た。別れ際、宮本は饅頭《まんじゆう》が6個入った袋をくれた。こちらの義両親の分まで含めてわざわざ用意してくれたのだ。

帰りの電車で、その袋をひざに置きながら思った。

組織はそれらを評価しすぎる。

効率化、数値達成、自己正当化。

組織はそれらを評価しなすぎる。

想像力、思いやり、共感力。

もし後者に価値をおく組織があれば、宮本や堤下は超絶優秀な人材になるだろう。

慎介はため息をついた。この世は残酷だ。そして、途轍もなく勿体ないことを平然とする。

広島に帰った翌朝、出社の支度をしていたら、同僚からLINEが入った。

〈堤下が睡眠薬で運ばれたらしいです〉

はじめは字義通りにしか受け取れなかったが、それが自死を意味することに気づいた瞬間、慎介はひざから崩れおちた。錐《きり》で突かれたような痛みがお腹を襲ってくる。床で胎児のように丸まり、歯を噛《か》んだ。

「たすけて……」

思わず声が出た。地獄のような痛みだった。やがてそれがどうにか治まると、恐るおそる体をほどいていった。汗の水たまりができていた。下着もワイシャツもぐっしょりだ。

〈体調不良のため、本日は休ませて頂きます〉

会社のLINEに入れ、浴室のシャワーで死人のように冷えきった腹に熱い湯をあてた。10分ほどして浴室から出ると同僚たちから返信がきていた。

〈お大事に〉〈了解です〉〈ゆっくり休んで〉

支店長からも届いていた。

〈引き継ぎは大丈夫なの？〉

慎介はふたたび腹が冷たくなるのを感じた。

ジャージに着替え、鍵と財布と茫然《ぼうぜん》とした心を抱えてコンビニへ行った。ゼリー飲料を何種類か買った。これで昼も夜も凌《しの》ぐつもりだった。

会社が昼休みに入ると、同僚たちから続報が入った。

〈命に別状はないそうです〉

〈うつと睡眠薬の飲み合わせが悪かったみたい〉

〈意図したものではないそう。分量間違えたとか？〉

〈支店長、超不機嫌〉

夜になって、東京の宮本からもＬＩＮＥが入った。

〈先日はご足労頂きありがとうございました。たのしい時間でした。堤下のこと聞きました。本人は薬の分量を間違えたと言ってるそうですが、たぶん違うと思います。うつのときは無意識のうちに『ラクになりたい』と自分を誘導してしまうことがあるんです。僕も経験があるのでわかります。今日、北浜さんは会社を休んだと聞きましたが大丈夫ですか？　広島で評判のいい臨床心理士をネットで調べてみました。もしよかったら参考にしてください〉

添えられていたＵＲＬをクリックすると、ちょっと太りすぎと思われる、あご鬚《ひげ》をたくわえた50歳くらいの男性心理士が、「お気軽に来んさい」と笑顔で誘っていた。診療所は慎介のマンションの近くだ。

この程度のことで行って笑われないだろうか。もうすこし自分が我慢すればいいだけの話ではないか。宮本の厚意を無下にしたくはなかったが、自分がクライエントになる図々《ずうずう》しさは持てなかった。あるいは自分をクライエントと見なす勇気と言うべきか……。

それから何度か診療所のサイトを開いて、すみずみまで読んだ。だが結局、予約は入れずに翌朝を迎えた。慎介は野菜をドロドロに煮込んだスープを魔法瓶に入れて出社した。もちろん胃薬のデザートつきだ。

職場では昨日の堤下の件などなかったかのように、淡々と仕事が進んでいた。支店長にも変わった様子はない。おかしい……。考えれば考えるほどにおかしかった。人一人が命を断とうと追い詰められた現場で、何事もなかったかのようにメールを打てるのはなぜか？　雨雲レーダーを分析できるのはなぜか？

もちろん、一人ひとりの心には思うところが蟠《わだかま》っているのだろう。だが、なにか大きくて大切なものがこの場には欠けている気がする。自分たちはなんのために毎朝ここへ集まってくるのだろう？

午前11時、支店長から何の説明もなく堤下のクライエントを丸投げされたとき、慎介のお腹は臨界点を超えた。仕事が増えるのが嫌だった訳ではない。いや、それもすこしあったが、ここまで想像力と共感力を欠いた人物と接することに吐き気を覚えたのだ。

昼休みが来た。せっかくの野菜スープも生臭く感じて飲めなかった。慎介は潔くトイレへ直行し、診療所のホームページを開いた。幸いなことに今晩の枠は空いていた。その場で予約を入れ、仕事帰りに診療所を訪れることにした。

「いらっしゃい、後藤《ごとう》です。どうぞお掛けください」

ホームページで見た通りの人に、リクライニングチェアをすすめられた。見た目だけで言えば、七福神の中にでもいそうな人だった。ふかふかのチェアに腰をおろすと、後藤さんは慎介が事前に書いたシートに目を落とした。

「ふむふむ、40歳で単身赴任中ですか。ご家族はどちらに？」

「東京です」

「いかがですか広島は」

「いいところですね。食べ物は美味《おい》しいし」

「でしょう？　女性も綺麗《きれい》だしね」後藤さんのクリッとした黒目が輝いた。「だけどはじめは言葉がキツく感じられませんでしたか？」

「あー、確かに」慎介はこちらへ来た当初のことを思い出してうなずいた。「わたしもこっちに来た頃は『あれ、怒られてんのかな？』と感じたものでしたよ。慣れると可愛《かわい》らしいんですけどね」

「先生はどちらのご出身ですか」

「ハワイです」

「ハワイ！」

慎介が驚くと、後藤さんは「してやったり」といった感じで白い歯を見せた。知的な風采だが、少年がそのまま大人になってしまったような印象も受ける。

「5歳のとき、両親が突如『ハワイでカフェをやる！』と言い出しましてね。それで移住してしまったんです。向こうで肉ばっかり食べてたら、こんな小錦《こにしき》みたいな体になってしまいました。あ、小錦と言ってもご存知ないか」

「知ってます。爺《じい》さんがよく相撲を観《み》ていたので」

「わたしと同じだ。わたしも小さい頃テレビで小錦を見てね。『こんなに大きくて、どうやってトイレをするんだろう』と思ったものですよ」

「あ、それ僕も思いました」

「あとでわかったんですが、付き人が拭いてくれるんですってね」

「あー、そうなんだ」

小錦のトイレ事情で話が盛り上がるとは思いも寄らなかった。後藤さんはテノール歌手のような美声の持ち主で、話し始めて数分、微《かす》かな心地よさが続いていた。

その後も、笑いの絶えない世間話が続いた。やがて後藤さんは、慎介にも見えるように置かれた時計を見て言った。

「おっと、もうこんな時間か。すこし話も聞いておかなくちゃな。北浜さんはどんなご家庭で育ったんですか」

「父は会社員で、母は専業主婦でした。二つ上の姉がいました。両親は僕が小４のときに離婚しました」

「そうですか。どんな少年でしたか」

慎介は子どもの頃から、ある種の刺激に弱かったことを話した。

「たとえば？」

「たとえば遠くで鳴っているサイレンも、耳元で鳴っているように立体的に聞こえてしまうので、中学生の頃から耳栓をして寝ています」

「ほかには？」

「足裏が濡《ぬ》れているのが苦手です。シャワーから出るとまっ先に足裏を拭きます」

そして何より自分がお腹を壊しやすいこと。いまの支店長の人間性に疑問を感じていること。後輩が睡眠薬事件を起こしたと聞き、それが原因で自分も会社を休んでしまったこと。

後藤さんはそんな話を聞くだけ聞くと、「それじゃ今日はこれくらいにしましょうか」と告げた。慎介は来週の予約を入れて診療所を出た。自分の弱みをたくさん晒《さら》してしまったことは気恥ずかしかった。だが後藤さんの人柄に信頼を寄せられそうなところには救われた。宮本にＬＩＮＥを打った。

〈カウンセリング行ってきた。いい人そうだったよ。ありがとう〉

〈よかったです^^〉

明けて4月2日は、慎介の41回目の誕生日だった。

朝、目を覚ますと、妻からＬＩＮＥスタンプが届いていた。鳥人間みたいなやつが「ぱっか～ん」と繰り返しクラッカーを鳴らすやつだ。子どもたちが「♪ハッピバスデー、トゥーユー」と歌う動画も添付されてきた。次の帰省が待ち遠しくなった。

出社して、昼休みに商店街の掲示板を見に行くと、小４の男子が描いたお花見の絵に貼り替えられていた。レジャーシートに座る家族全員がこちらを向き、舞い落ちる花びらも人の顔ほどに大きい。下手といえば、これほど下手な絵も珍しかった。だが慎介の心の琴線はひときわ高く鳴った。いつものように、どうして子どもの絵に涙ぐむようになってしまったのだろう、と思ったが、答えは咽喉《のど》に餅が詰まったみたいに出てこなかった。

その晩、メールが届いた。

41歳の誕生日おめでとう。
ようやくこの日が来ましたね。
バレー部が解散した高３の夏、７月29日。
みんなで部室に集まり、
「41歳の自分がどうなっているか賭けよう」
と話したこと、覚えてますか？

そんなふうに始まる奇妙なメールだった。

送り主は、高校のバレー部で同窓生だったガンプ君。

本名は里中灯《さとなかともし》。

正確にいえば、ガンプ君の代理人を名乗るマイケル・J・フォックスなる人物からのメールだった。なかなかに支離滅裂な内容で、慎介は「ガンプ君ってこんな冗談が言える人だったっけ？」と考え込んでしまった。

答えはイエスであり、ノーでもあった。

高校時代のガンプ君なら答えはノー。ガンプ君は素数と天体観測が大好きな、生真面目で、ちょっと風変わりな生徒だった。

しかし岸高バレー部の最後の同窓会があったのは大学のときだ。そこからガンプ君とは20年近く会っていない。アメリカ暮らしが長くなったガンプ君の性格が変わったとするなら、答えはイエスかもしれなかった。

メールには追伸があった。

〈P.S. 慎ちゃんの18歳のときの41歳の目標は「穏やかな家庭を築く」だったよね。達成できたかな〉

そんな目標なんてすっかり忘れていた。達成できたといえばできたし、単身赴任のせいでちょっと未達といえば未達だ。

慎介はTomoshi Satonakaで検索してみた。いくつか記事がヒットした。いちばん多いのは、やはりガンプ君が数年前に「フォーブス誌が選ぶ〈いま世界が最も注目する30代起業家100人〉」に選ばれたときの関連記事だった。

ガンプ君は24歳でアメリカに渡り、シリコンバレーでエンジニアとなった。やがて起業家として大成功。いまは現役を退き、アメリカ西海岸のどこかで悠々自適の生活を送っているはずだった。一生使いきれないほどの財産に囲まれながら。あのガンプ君がアメリカで大金持ちになるなんて、誰が予想できただろう？

慎介たちの通う県立岸高校は、北関東の地方都市にあった。県内でもトップクラスの男子校で、街中にある女子校に統合されることが決まっていた。

慎介の入学した翌年から、新入生たちはそちらで共学となった。慎介たちもそこに合流するはずだったが、校舎の新設工事が遅れたため「段階的統合」が取られることになった。慎介たちは旧校舎に置いてけぼりにされた。

2年の秋くらいに、再び向こうに合流するチャンスが訪れた。しかしこんどは「いまさら感」と「受験を控えてバタバタするのもなんだし」という「保護者たちの声」により、そのまま据え置かれることに決まった。こうして共学の夢は破れた。後輩というものもできなかった。

先輩たちがいるうちはまだよかった。しかし春が来て、自分たちが3年生になると、校内は廃墟《はいきょ》のようにガランとなった。

バレー部も6人だけとなってしまった。試合ができるギリギリの人数だ。そして最後の大会を3ヵ月後に控えたある日、部員の一人が「わりぃ。オヤジの転勤でベトナムに転校することになったわ」と告げて颯爽《さっそう》と去った。

「集合！」

キャップから昼休みに招集が掛かった。

「どうするよ？」

練習試合ですら一度も勝ったことのない弱小バレー部ではあったが、さすがに不戦敗だけはシナリオにない。すぐさま「誰かを勧誘しよう」と決まった。

「でも、いまさら入ってくれる奴《やつ》なんている？」

几帳面《きちょうめん》な性格からマネージャーを任されていた慎介はみんなに諮《はか》った。もう3年の5月。部活に属してない奴らは受験まっしぐらだ。こういうとき1～2年生がいないのは痛かった。共学になってしまった彼らは、名目上は違う学校ということになっている。

「それを言っても始まらん。一芸に絞ろう。とにかくデカい奴か、ジャンプ力のある奴を探すんだ」とキャップが言った。

「だったらうちのクラスに、体力測定で1m跳んだ奴がいたけど？」とみつるが言った。

「メーターか！」

みんなが色めきたった。垂直高跳びが1mを超える〝メータージャンパー〟は、バレーボール業界で特別な敬意を払われる。

「そんな奴がうちにいたのか。で、どんな奴よ？」

キャップがたずねると、みつるは「うーん」と首を傾《かし》げた。

「ちょっと変わってるかな。里中っていうんだけど、いつも一人で数学とか宇宙の本を読んでる。バレーも初心者だろうし」

「そこは目をつむろうや。よし、そいつをいまからスカウトだ」

一同で勧誘に赴くと、みつるの言う通り、ガンプ君は席でぶ厚い本を読んでいた。

「やあ。なに読んでんの？」とキャップがたずねた。

「て、天文年鑑だよ」

ガンプ君はどこかおどおどしながら答えた。吃音《きつおん》だった。

「何が書いてあるんだ？」とキャップが覗き込む。

「こ、今年の天体の運行が分単位で全部載ってるんだ。天体の時刻表みたいなものかな」

「そっか。便利そうだな」

「う、うん。天文ファンは毎年必ず買うんだよ」

「えっと、突然なんだけど、バレー部に入ってくれないかな？」

キャップが切り出すと、ガンプ君は「えっ、バ、バレー部」と目を丸くした。

「ぼ、ぼくが？」

「そう。入ってくれるだけでいいんだ。最後の大会に出たいんだけど、一人足りないんだよ。すごいジャンプ力だって聞いたし。頼みます！」

「お願い！」

「入って！」

「この通り！」

みんなで拝み倒すと、ガンプ君は「わ、わかった。入るよ」とその場であっさり承諾した。こちらが拍子抜けするほどだった。

「そんなカンタンに決めちゃっていいの？　もうちょっと考えてみたら？」とキャッ

プが言った。

「い、いいんだ。バレーはやったことないけど、僕でよければ入るよ」

こうしてその日の放課後から、ガンプ君は練習に加わった。

たしかにガンプ君の跳躍力は素晴らしかった。タン、と床を蹴ると彼だけが見えない踏切板《ふみきりばん》を使ったみたいに、体がふわっと宙に舞い上がる。まるで無重力空間にいるみたいだった。

そこへセッターのキャップがトスを上げる。

ガンプ君がすかっと空振りする。

10本中、ヒット0。そう。ガンプ君は初心者であることを加味しても、球技のセンスは限りなくゼロに近かった。

けれどもキャップはすぐに決断した。

「オーケー、ガンプ君。君はこれからスパイクの練習だけしてくれ。守備は俺たちがどうにかするから考えなくていい」

バレーは攻撃よりも、守備の方が難しい。だから初心者のメータージャンパーであるガンプ君にスパイクに専念してもらうのは理に適《かな》っていた。貴重なサウスポーでもあった。ガンプ君はその日からセッターのキャップと組んで猛特訓を始めた。

慎介はガンプ君と初めて言葉を交わしたときのことを鮮明に覚えている。

「た、誕生日と住所、それに身長と高跳びの記録を教えてくれるかな」

慎介は呆気《あっけ》に取られつつも答えた。

「北浜慎介、4月2日生まれ。烏山町《からすやままち》5―7―1、174センチ、高跳びは72センチ。電話番号もいる？」

「そ、それは大丈夫」

こうして慎介はガンプ君の中で4／2、5―7―1、174、72というナンバーをもつ人間として登録された。ガンプ君はあらゆる人間を数字と紐《ひも》づけて記憶する特性の持ち主だった。

里中灯をガンプ君と名付けたのはみつるである。

ガンプ君は動作が全体的にカクカクしており、言うことはユーモラスというか、どこか間が抜けていた。それで周囲からは放っておかれた。その姿が当時流行っていた映画『フォレスト・ガンプ』の主人公にそっくりだと、映画好きのみつるが言い出したのだ。

みつるはのちに大学を中退して麻雀《マージャン》プロになり、噂《うわさ》では借金をつくって行方不明になったくらいだから、相当な変わり者であったことは確かだ。すごく優しい一面があるかと思えば、取っつきにくい面もあり、むやみに他人を見下すクセもあった。あの年頃の男子にありがちなことだが、自分でも自分という人間を把《つか》みかねているらしかった。

みつるはガンプ君に対しては底抜けに優しかった。だがGump《ガンプ》が「うすのろ」を意味すると知っていたのはみつるだけだったのだから、やはり少々、底意地がわるい。

けれどもガンプ君はGumpの意味が判明したあとも、ガンプ君と呼ばれることを望んだ。『フォレスト・ガンプ』を観て、主人公のまっすぐな性格と波乱万丈な人生に感動したからだ。ガンプ君からのメールにあった「人生はチョコレートの箱、開けてみるまではわからない」というのは『フォレスト・ガンプ』の中の有名なセリフである。

映画の中のガンプと、岸高のガンプ君にはほかにも共通点があった。

たとえば、頭抜けた身体能力によって運動部にスカウトされたところ。

シャツの第一ボタンまで律儀に留めるところ。

まじめで、すこし融通が利かないところ。

ただし一つだけ真逆の点があった。映画のガンプはＩＱ75という設定だったが、こちらのガンプ君はIQ180あったことだ。

　高3の夏、ガンプ君は国際数学オリンピックで金メダルを獲《と》って周囲をあっと驚かせた。地方新聞にも載り、ちょっとした有名人になった。

　ガンプ君の家庭は敬虔《けいけん》なクリスチャンだった。父親は優秀なエンジニアである。その薫陶《くんとう》をうけて育ったガンプ君は、日本の家庭にパソコンが常備されるようになる直前の時代、高校生ながらにパソコンを自作することができた。

　ただしその家庭環境は、同時にガンプ君を苦しめてもいたようだ。

「ど、どう考えても、天国も生まれ変わりもないよ」

　そう言うガンプ君に対して、父親は言ったそうだ。

「じゃあ僕らは、死んだらいったいどうなるんだ？　そこですべてが終わりでいいのかい、灯」

　その答えを探るため、という訳ではないのだろうが、ガンプ君はよく空を見上げる生徒だった。美しい数式を見ていると、空から音楽が聞こえてくるようだと言った。将来はNASAで働くことを夢見ており、やがて理系の東大と言われる東工大に進学していった。

　ちなみにバレー部の夏の大会は、予想通り1回戦で負けた。練習はそれなりにまじめにやるが、勝利への執念はこれっぽっちも持ちあわせていない集団だった。そもそも進学校だから高3の夏まで部活をやること自体少数派で、下手に勝ち進んだら受験にさらなる支障が出る。それでもバレーを続けたのは、汗を流すのが気持ち良かったからだ。

そんな岸高バレー部が得意なのは、サーブでもなければレシーブでもなく、エールだった。試合で負けたあと、みんなで円陣を組んで叫ぶあれだ。敵の監督からは「キシコーは腹の底からよく声が出てるね」と褒められた。ほかに褒めるところがなかったのだろう。

さて、ガンプ君のメールにどう返信したものかと考えているうちに、2回目の診療を迎えた。

「やあ、どうも。お掛けください」

後藤さんの笑顔で迎えられると、もう何年も前から知己だったような気持ちにさせられた。

「あれからお腹の調子はどうですか」

「おかげさまで大丈夫なようです」

堤下が退院したと聞いてから、お腹は小康状態を保っていた。

「ほかに何か変わったことは？」

世間話のイントロを求められた。慎介はすこし考えてから「そういえば、高校時代の友人からすごく久しぶりにメールがきました」と答えた。「僕の誕生日にきたやつなんですが、めちゃくちゃ変わった内容なんです」

「ほう、どんな？」後藤さんの目が輝く。つい嬉しくなって、なんでも話してしまいたくなるような光だ。

「行方不明になったチームメイトを探せとか、そいつを見つけてみんなで5万年後の入部同意書を出したら500万ドルあげるとか。僕らバレー部だったんです」

「ははは。確かに変わってるな」

「アメリカ暮らしが長い人で、ガンプ君というあだ名でした。『フォレスト・ガンプ』のガンプ君です。フォーブスに載るくらいの大富豪で、数学とコンピュータの天才です」

「そいつは興味あるな」

「メール、読んでみます？」

言ってから慎介は、ちょっとした良心の疼《うず》きを感じた。しかしそこまでシリアスな個人情報が含まれている訳ではないから大丈夫だろうと、スマホでメールを開いて後藤さんに渡した。

後藤さんは老眼鏡をかけて読み始めた。ふむふむとうなずきながら読み、最後まで来ると、「Oh、マイケル・J・フォックス！」と叫んだ。さすがに元ネイティブらしい綺麗な巻き舌で、マイコゥ、ジェイ、フォァックスに聞こえた。

「これは相当手が込んでるな」

「でしょう？」

「お返事はなさったんですか」

「まだです」

「これ、4月2日に届いてますね」

「ええ。僕の誕生日です」

「ということは、米国《あっち》は4月1日だった訳だ」

意味ありげに微笑む後藤さんを見て、慎介は「あっ！」と叫んだ。

「そう、エイプリルフールです」

スマホを返しながら後藤さんが言った。

「なにせあちらは、あの Google 社が毎年あまりに凝ったエイプリルフールのメールを送って社会問題になったほどのお国柄ですからね。だからご友人がこんなジョークを送ってくるのもアリなんですよ」

「そっかぁ」

どこか拭いきれない気持ちは残ったが、アメリカ暮らしの長くなったガンプ君が向こうの文化に感化されたという説には、それなりに説得力があった。

「アメリカ人はもともと日本人よりよくジョークを言います。そのジョークには系列があって、たとえばアイルランド系はまじめな顔をして皮肉や冗談を飛ばす。ご友人のメールがエイプリルフールのものならその系列かな。こんなふうにちょっと切実な感じを出すのがアイリッシュ・ジョークの真骨頂なんです」

「なるほど」

「ところでこの18歳のときの賭けというのは、本当にあったんですか」

「ええ、ありました」

慎介は微笑んでうなずいた。ガンプ君にメールをもらってから、ゆっくり時間をかけて思い出した光景だ。

あれは夏の大会で1回戦負けしたあとのことだ。私物を持ち帰るために岸高の部室へ戻る途中で夏の夕立ちにやられた。部室に着く頃にはみんなずぶ濡れだった。シャツとズボンを絞って干したあと、パンツ一丁になって、みんなで部室を掃除した。

「これで部室《ここ》ともお別れか」

ガランとなった部室を見回して誰かが言った。生意気盛りの18歳の男子たちも、すこしだけセンチメンタルな気持ちになった。

「みんなで賭けるか」

とみつるが言い出した。

「たとえば10年後、自分がどうなってるか。実現できなかった奴がみんなに5万払うってのはどうよ？」

「面白そうだな」

とキャップが言った。

「だけど夢破れた奴が、夢を実現した奴にカネを払うのは踏んだり蹴ったりだから、逆にしねぇ？　その時点でいちばん金持ちになってる奴が、みんなに払う」

賛成、と声が上がった。

「でも28歳じゃお金もないし、まだ答えも見えてないかもよ」

と慎介が言うと、キャップが「それはそうかもな。おい、ガンプ君。なんかいい数字ないか」と言った。

「そ、それなら41歳はどうかな。オイラーの素数定理でも41は特別な素数として扱われているし、ちょうど人生の折り返し地点の厄年でもある。厄年は中国古来の天文学に由来すると言われているんだよ」

「オッケー。じゃあ41で決まり。自分が41歳のときどうなってるか一人ずつ発表しよう。んで、そのときいちばん金持ちになってる奴がみんなに金を払う約束な」

「いくら？」

「んー……。まあ、そのときの自分にとっての痛くない額で」

「なんか賭けになってなくね？」とみつるが言った。

「いんだよ。どうせ自己申告の夢なんだから。誰からいく？」

慎介は23年後にどうなっていたいか考えた。お腹を壊さない人間になっていたい。それ以外にクリアな将来像は浮かばなかった。当然だろう。1年後の自分がどこにいるかすらわからないのに（結局慎介は1年後、都立大学に合格して上京していたのだが）。だから順番が回ってくると「穏やかな家庭を築きたい」と答えた。われながら迫力不足の回答だと思いつつ。

後藤さんはこのエピソードに耳を傾けると、「素敵ですね。タイムカプセルみたいな約束だ」と言った。そうかもしれない。

「だけどご友人は、文面の中にちゃんとヒントを隠していたんですね」

「えっ、どこに？」

「わかりませんか」と後藤さんがにやにやする。

「わかりません。ヒントをください」

慎介はやきもきしながらリクエストした。

「仕方ないなぁ。一つだけですよ。マイケル・J・フォックスの代表作は？」

「えーっと、『バック・トゥ・ザ・フューチャー』？」

「お話の内容は？」

「あっ」

「そう。これはタイムトラベルにヒントを得たエイプリルフールのメールだよ、と告げていた訳です」

慎介は鮮やかな絵解きに舌を巻いた。なるほど、ヒントはあったのだ。だがこれは、アメリカで暮らしたことのある人の方が気づきやすいだろう。すこしだけ反則な気もした。

「さてと」

後藤さんが座りなおした。話題を切り替えるときの合図だ。

「あなたの支店長の件ですがね。じつはその人は、あなたの人生にとって、まったく関係がない人なんですよ」

「えっ!?」

思いがけない言葉に慎介は戸惑った。「いや、でも――」

「納得できませんか」

後藤さんが微笑む。

慎介は申し訳なさそうに「はい」とうなずいた。まったく納得できない。

「無理もありません。では、ひとつ思考実験をしてみましょう。目をつむって、幼稚園から大学までの先生を思い出してみてください。担任、習い事の先生、塾の先生、部活の顧問、すべてです。ゆっくりでいいですよ」

慎介は言われた通りに目を閉じ、記憶の階段を下りていった。

幼稚園で最初の先生は鈴木《すずき》先生だ。もうお婆《ばあ》ちゃんといっていい年齢だったように思う。小1が枝川《えだかわ》先生。この女性も年配だった。二人の顔や声は、自分でも驚くほどはっきりと思い出せた。

慎介は先生たちの顔を次々と思い出していった。幼い頃は女の先生が多く、大きくなるにつれて男の先生が増えていった。小学校と高校の先生の名前はたいてい覚えていたが、不思議なことに、中学校の先生の名前は半分くらいしか思い出せなかった。

「いかがです。思い浮かべられましたか」

「はい、だいたい」

　慎介は目をつむったまま答えた。

「それではお聞きします。その先生方は、いまのあなたに何か力を及ぼしていますか」

「ちから、ですか……？」

「ええ。影響力と言い換えてもよろしいでしょう。いまのあなたの言動や感性に何か影響を与えているか。いまもあなたはその先生たちとの思い出に縛られているか」

　慎介はちょっと考えてから、「いません」と答えた。縛られていないはずだ。

「つまり、過去の先生方は現在のあなたを苦しめていない？」

「はい」

「いまのあなたの人格に、なんら影響を与えていない？」

「おそらく」

「ね？　そんなもんなんですよ。中には反りの合わない先生もいたでしょう。だけど人間には過去を消化する力があります。食べ物と一緒で、何か悪い物を取り込んでもちょっとお腹をくだしておしまい。下痢と一緒にハイさよなら〜。悪いものと闘った名誉の負傷。それが下痢の正体なんです。大切なことなのでもう一度言います。下痢は、偉いんです」

ハワイ育ちの後藤さんが口にするとgeriに聞こえて、ちょっと可笑《おか》しかった。

「相性の悪い先生との関係も、せいぜい1年から2〜3年程度。その支店長さんもいまはあなたを苦しめているように感じられるかもしれませんが、じきにあなたの心の中にある古いアルバムに収まります。そのアルバムには昔の先生たちがずらりと並んでいるんです。あなたになんの影響も与えられなかった人たちの肖像《リスト》がね。10年後、あなたはそのアルバムを捲《めく》って思うでしょう。『支店長って嫌な奴だったけど、ほかの先生たちと同じように、俺になんの影響も残せなかったな』って」

慎介はふっと心が軽くなった。一種のマインドコントロールみたいに感じはしたが、今この瞬間は、心に羽が生えたみたいに軽くなったのは事実だ。

「わかって頂けましたか」後藤さんが微笑んだ。

「はい、わかりました」と慎介は微笑み返した。

「では、本題に入りましょうか」

「本題？」

これが本題ではなかったのか。

「もう一度目をつむってください」

慎介は言われた通りに目を閉じた。こんどは何が始まるのだろう。

「いま、あなたは雲の上にいます。ぷかぷかと気持ちのよい雲の上に浮かんでいるのです。あなたを縛るものは何もありません。会社の人間関係も、過去も、家族ですらあなたを縛ることはできません。さあ、自由に連想してください。いま、心に何が浮かびましたか？」

「父です」

言ってから驚いた。

なぜ父のことが思い浮かんだのだろう？

しかし心の別の場所では、それに納得している自分もいて、そのことにも驚いた。まるで心の中に未知の小部屋があり、そこで自分そっくりの人間と遭遇したような気がした。

「お父さんはどんな人でしたか」

「証券マンでした」

父は絵に描いたような昭和の猛烈サラリーマンで、酒に煙草《たばこ》にゴルフにギャンブルと、心身のやすまる時間がなかった。慎介は幼い頃、家で父と顔を合わせた記憶があまりない。母はよく「うちは母子家庭みたいなものですから」と言った。冗談のようでも、諦めているようでもあった。

「お父さんはお元気ですか」

「ええ、なんとか。糖尿病を患っていますが、東京の蒲田《かまた》でマンションの住み込み管理人をしています」

「たしかご両親は、あなたが小4のときに離婚したんでしたね」

「はい」

「そのとき、どう思いましたか」

「えーっと……」

慎介は記憶の中に錘《おもり》を垂らしていったが、すぐには確かな感情と出会うことができなかった。

浮かんだのは母の顔だ。離婚が決まると、母は慎介と姉の前で吐き捨てるように言った。

「ほかのオンナと暮らすんだってよ！」

あんな母を見たのは後にも先にもあのときだけだ。やがて母はスーパーのパートに出るようになった。いまのように離婚がありふれた時代ではなかったような気がするから、ずいぶん肩身の狭い思いをしたはずだ。

慎介は、父に帰ってきてほしかった。

母とやり直してほしかった。

姉と二人で「どうやったら両親を仲直りさせられるか」と作戦会議を開いたが、いい作戦は思いつかず二人とも泣きそうになった。

「仲直りしてほしかったのですが、どうすればいいのかよくわかりませんでした」

慎介はあのときの気持ちを正直に告げた。

「仲直りしてほしかったけど、どうすればいいのかよくわからなかったのですね」

後藤さんがリピートした。慎介は深くうなずいた。

「それからどうなりましたか」

「離婚が成立すると、父からは毎月養育費が振り込まれました。それだけが父との接点でした。父は高校、大学、就職と節目ごとに10万円のお祝いを送ってきました」

「お祝いが送られてきたのですね。それから？」

「それから——」

慎介は何度も観た映画のあらすじを追うように、自分の半生を振り返った。

「結婚式にも父は呼びませんでした。母は妻の親族や来賓に一人で立ち向かいました。母には本当に感謝しています。僕が向こうの家と二世帯を建てると言ったときはすこし寂しそうでした。いまは実家で姉と暮らしています。姉は出戻りです」

「それから？」

「父と再会したのは子どもを授かってからです。自分に子どもができて、ふと会ってみる気になったんです。父は定年してマンションの管理人をしていました。糖尿病で白目が濁り、食事制限をしていました。再婚した女性とはとっくに別れたようでした」

「会ってみて、どう思いましたか？」

「歳を取ったな、と思いました」

「ほかには？」

「うーん……」

慎介は父と再会してからのことを頭のなかで辿《たど》りなおした。いまは年に一度、正月だけ家族を連れて会いに行く。あんな男でも孫は可愛いと見えて、ポチ袋に入ったお年玉を用意して待っていた。「母さんは元気か」「元気だよ」これが毎年恒例の会話だった。そんな父も、今年で73歳になる。

「あっ」

ふいにある光景が思い浮かび、慎介は声をあげた。

「どうしました？」

「絵」

「絵？」

「父はうちの息子が描いた絵を気に入って、管理人室に貼っているんです」

「それはどんな絵ですか」

「夏休みにプールに行ったときの絵です。僕が息子と手を繋《つな》ぎ、妻が上の子と手を繋いでいる。息子は浮き輪をしています。太陽が出ていて、とても明るい絵です」

「とても明るい絵なんですね」

「はい、とても明るい……」

慎介は心の奥を石鎚《いしづち》で叩《たた》かれたような衝撃を受けていた。子どもの絵を見て涙ぐむようになったのは、父が息子の絵を貼りだしてからだ。そして自分がここまで「繊細さん」になってしまったのも、父が家を出て行ってからではなかったか？

「今日はここまでです」

後藤さんが厳かに告げた。

次の予約を入れて診療所を出る頃には、ガンプ君からもらったメールのことは、ほとんど頭を去っていた。

（2）

新田《にった》は『グルメ手帖《てちょう》』の契約編集者である。

5年前、35歳のときに転職した。

それからというもの、編集部は彼にさまざまな称号を与えてきた。

いわく、ミスター優柔不断。

いわく、グルメ手帖の受け師。

いわく、絶対にお姉ちゃんがいそうなオトコ日本代表。

いわく、不惑の小番頭。

いわく、安ワインの帝王。

いまや平部員のうちで最年長になってしまった。40歳ともなれば現場のページづくりはソツなくこなすことができる。けれども新田の担当ページの仕上がりはそれ以上でも以下でもなかった。

なぜそれで毎年契約を更新してもらえるのか？

それが編集部一同の疑問だった。

というのも、編集部員の生殺与奪権《せいさつよだつけん》を握っているのはあの、ナツミ編集長だからだ。

ナツミさんはすでに生ける伝説だった。29歳で廃刊寸前だったグルメ手帖の編集長に就任すると、またたく間に部数を伸ばし、飲食店のオーナーやシェフが「一度は出てみたいものだ」と憧れる雑誌に育て上げた。業界で彼女を知らない人間は間違いなくモグリである。

新田は前にいた食雑誌でナツミさんと初めて会った。新レストランの取材を兼ねたレセプション・パーティに行ったらナツミさんがいたのだ。

パーティは立食形式で、ナツミさんの前にはつねに人だかりができていた。品のいいベージュのワンピースと、控えめな真珠のアクセサリーがよく似合う、知的で女性らしい人だった。ところが彼女は、意地の悪い噂に取り巻かれていたのである。

「雑誌と結婚したような女だ」

「すぐにキレて人を切る」

「『プラダを着た悪魔』のミランダ編集長が、そのまま画面から出てきたような人」

遠くから窺《うかが》う限りでは、にわかには信じがたい噂だった。ふと、彼女の前に誰もいなくなる瞬間が訪れた。何事もグズな新田にとっては珍しく、そのチャンスを逃さずにナツミさんのもとへ行き、名刺を差し出した。

「はじめまして。『Tokyo Bal』編集部の新田と申します」

「あら、どうも」

ナツミさんはグラスを置いて受け取ってくれた。そして蝶《ちょう》でも摘《つま》むような優雅な仕草で名刺をくれた。

「先月号の〝つめたい麺〟特集。すごく良かったです」

「読んでくださったの。嬉《うれ》しいです」

彼女は本当に嬉しそうに笑った。何かが香ってきそうな笑顔だった。「あれはけっこう苦労したんです」

「ですよね。初めて見るお店も多かったし、遠くまで取材に行っていたし」

「最近は東京から若いシェフが地方へ行って、いろいろお店を出してるでしょう？それをカバーしなきゃいけないと思ってるんですよね」

「あー、わかります。僕もときどきブロガーたちの訪問記を読むくらいですが、いいお店が多そうですもんね」

そこから二人は最新の東京のバル事情について話し始めた。ナツミさんの口からは見出しになりそうなフレーズがぽんぽん飛び出してきた。料理に対する感性的なアプローチも科学的なアプローチも素晴らしかった。新田は話し始めて数分でこの人には敵《かな》わないと思った。

中国には「いい料理人をつくるには3代かかる」という諺《ことわざ》がある。ナツミさんを見ているとそのことがわかる気がした。新田より三つ歳上にすぎないが、きっといい家に生まれて、先祖代々、いいものを食べてきたに違いない。

とはいえグルメ手帖は、必ずしもハイブロウな雑誌ではなかった。地に足をつけた、食いしんぼうのための雑誌である。

ナツミさんが取り上げる店には明確な基準があった。

それを一言でいえば、

「暮らしの中のグルメを追求する」

という姿勢だった。グルメ手帖は暗に言っていた。

「食べログなんか見てる場合じゃありませんよ。きちんとした店で、きちんとしたものを食べて、きちんと対価を支払いましょう。食は文化です。食べる側も試されているのですよ」と。

こんな人の下で働けたら、さぞかし面白いだろうと思った。だから半年後にグルメ手帖の募集を見つけたときは、すぐに応募した。

「あら、お久しぶり」

面接の席でナツミさんに言われたときは嬉しかった。

採用が決まったときは、もっと嬉しかった。

そして一緒に働きだして驚いた。

ほんとにすぐ人を切るのだ。大根のヘタでも切り落とすようにスパッと。

彼女の主張は明確だった。

「一流の料理人はアーティストなのだから、こちらもページづくりのアーティストでなくてはいけない」

ゆえに彼女の要求基準を満たせない者は「この仕事に向いていない」と言って切られた。すこしでもラクをしようとした者は「当事者意識がない」と言って切られた。

編集部員はみな契約社員だったから、クビを切るのは簡単だった。

グルメ手帖はナツミさんのものだった。

彼女が雑誌で、雑誌が彼女だった。

育ちのいい魅力的な女性と、鬼のような仕事人。この二つの人格が苦もなく同居していることに新田は目を瞠《みは》った。そしていつしか惹《ひ》かれていった。それは恋心とも言えないような仄《ほの》かな感情だった。新田はある事件から30歳のとき〝女性イップス〟になってしまったので、恋心であるはずがなかったのだ。

密かな愉《たの》しみは、月に一度の校了日。二人だけで最後まで校了作業をしたあと、「お腹減ったから何か食べて帰ろうか」と誘ってもらうことだった。

真夜中なので、遅くまでやっている銀座や神楽坂の店が多かった。評判のいい吉祥寺の店まで取材を兼ねてタクシーを飛ばしたこともある。

ナツミさんはどの店でも王妃のような扱いをうけた。そういうときはリラックスして、生い立ちやプライベートについて語ってくれた。

「父が発酵や醸造の研究家だったの。わたしが物心つく前から、大学の研究室から訳のわからない酵母を持ち帰って、毎日それに話しかけながら育てるの。臭いし、変な色で気味悪いし、ほんと嫌だった。次の日に見るとぷくぷく増えたりしててね。

だけど10代の終わりでワインを飲むようになったら、チーズにハマっちゃって。わたしも凝り性だから、大学1年の夏休みに父にフランスやギリシャに連れていってもらったの。現地のファームを見て回ると、それはさまざまなカビ菌様がいるわけ。そのとき決めたんだ。一生食にかかわっていこうって」

「研究者の道は考えなかったんですか」

ナツミさんは綺麗な指でレーズンチーズの乗ったクラッカーを摘みながら「ぜんぜん」と首を振った。

「だってシャーレの中で酵母を培養したって、美味しいものは食べられないでしょ。人は人を裏切るけど、美味しいものは人を裏切らないから」

だからずっと独身なんですか、と訊《き》けたら良かった。しかしナツミさんにそんな軽口を叩ける人間はどこにもいなかった。

編集部ではナツミさんのそちら方面に関してはさまざまな噂が飛び交っていた。「京都の老舗料亭の御曹司と付き合ってる」とか、「ちょっと前まで妻子ある歌舞伎俳優と不倫していた」等々。

よくよく見るとナツミさんは薄づくりで、案外印象に残らない美人だった。だが新田は指や髪といった魅力的なパーツにしばしば見惚《みと》れた。

あの事件から10年。なしくずし的に雪解けが始まっていてもおかしくなかった。しかしこの10年で、女性を求める心だけでなく、あらゆる種類の欲望がすこしずつ溶け出してしまったような気もしていた。

5月の爽やかな日。

新田は、しぶ子にランチをご馳走《ちそう》することになった。

しぶ子はメロドラマと韓流アイドルをこよなく愛する編集部の後輩で、新田の妹分のような存在だった。社歴は新田より長かった。しぶ子は新田がグルメ手帖に転職してきた日から、編集部の作法や、ナツミさんの取説《とりせつ》について教えてくれた。そしてこのほど寿退社が決まり、すでに有休消化に入っていた。

二人は麻布十番のイタリアンで待ち合わせた。グルメ手帖にも何度か出てもらった啓太《けいた》くんがシェフをやっている店だった。こぢんまりしているが、しつらえもスタッフもすこぶる感じが良かった。

ランチのサービス・シャンパンで乾杯すると、しぶ子は「あ〜あ。これでしばらく飲み納めか」と名残惜しそうにグラスを見つめた。

「いまさらだけど、お酒飲んで大丈夫なの？　おめでたなんでしょ」

「ヘーキですよ、1杯くらい。あ、そだ。新田さんも41歳の誕生日、おめでとうございます」

しぶ子がぺこりと頭を下げた。今日は1週間ほど早い新田の誕生祝いも兼ねているそうだ。

「言ってくれるな。もうめでたくもなんともないよ」

「頭はハゲてきたし、腹も出てきたし」

「それ、本人が言うときだけ許されるセリフな」

あはは、としぶ子が口に手をあてた。まだお腹は目立っていないし、つわりも始まっていない。だからこうしてコロコロ笑っていると、都会の会社員生活をそれなりに謳歌《おうか》しているアラサー女子そのものに見える。

「しぶ子は32だっけ？」

「今年3です」

「そっか。あのしぶ子が母親になると思うと、なんだか感慨深いよ」

「なにお父さんみたいなこと言ってるんですか。新田さんの方こそ、どうなんですか最近」

「サッパリだよ、あいかわらず」

「そんなこと言ってると、ほんとに一生恋人できませんよ。まだハゲもデブも誤魔化せてると思ってるかもしれませんが、一寸先は闇ですぜ、ダンナ」

「誰だよそれ。ここへきて新キャラ出すなよ」

「わたしだってほんとは仕事続けたいんです。だけど子どもが欲しいからこうして駆け込みゴールしたんです。だいたい子どもができたら女の方がキャリア諦めなきゃいけないって誰が決めたんですか。自民党ですか。電通ですか」

「誰だろうね」

「新田さん、代わりに産んでください」

「いや、ほらおれ、肝臓の数値悪いから」

ふん、としぶ子が肩をすくめた。

「今日は最後だから、一言いわせてもらおうと思って来たんです。新田さんって、いろいろなことを諦めすぎだと思うんですよね。ハゲやデブや肝臓の数値だけじゃなくて、恋も仕事も人生全般？　編集の仕事だってそんなに好きじゃなさそうにやってるし。50歳までこのままいけると思ってます？　編集長になりたいとか、そういう目標はないんですか？」

そんな気持ち、とうの昔に失《な》くしたよ。そう思ったが、口にはしなかった。言えば百倍になって返ってくるだろう。

「ま、いんですけどね。最近ではこういうのドリハラって言うらしいし」

「なにそれ」

「ドリーム・ハラスメント。いまいちばんトレンドのハラスメントです。若者たちに『夢を持て』とか『希望を持て』って強要することで、そうゆうのウザいらしいです。夢や希望を持てるのは、才能や家庭のガチャで幸運を引いた一部の人たちだけだから」

その気持ちならよくわかった。新田はロスジェネ世代のど真ん中だからだ。明治大学の政経学部にいた3年の秋、なんとなくマスコミに狙いを定めて就活を始めた。超氷河期で、希望していた会社の門戸はことごとく閉ざされていた。

それで仕方なく編集プロダクションに潜り込み、ボロ雑巾のように働きながら雑誌づくりの基礎を学んだ。2年後に珈琲専門誌に移った。そこで有名なバリスタたちを取材したことが、新田が食に関心を持つきっかけとなった。

ある巨匠は目の前でこんな実験をしてくれた。

「まず、こっちで注ぐだろ」

と右手で水を注ぎ、

「次にこっち」

と左手で別のコップに注いだ。

「飲んでごらん」

新田は二つを飲み比べて、「違う！」と叫んだ。本当に違う味がした。つまりこういうことなんだよ、と言わんばかりに巨匠は微笑んだ。持ち手ひとつ、気持ちひとつで味は変わるのだ、と。

こんなことに素直に感動できた20代の自分は、まだ夢や希望を持っていたのだろう。それは「厚生年金の半額をきちんと出してくれる会社に勤めたい」とか、「できればこのまま正社員になりたい」といったささやかな夢ではあったが、その夢もリーマンショックであっさり潰された。会社は倒産し、雑誌も廃刊。失業保険で半年ほど食いつないだが、転職活動はうまくいかなかった。貯金も5万円しかなかった。

その頃には、食に絡んだ編集人生を歩みたいとぼんやり考えていた。だが食雑誌の求人は待てど暮らせど出なかった。失業保険が打ち切られる間際になって、求人が出ていた軍事雑誌に応募したら採用されてしまった。

編集長はカップラーメンと牛丼ばかり食べている人で、食よりも戦車に興味を持っていることは明らかだった。新田はどうにか食に絡んでいきたくて〈自衛隊の食堂へ潜入ルポ!〉とか、〈戦場のグルメ～世界の現場から～〉という企画を提出したが、一度も通らなかった。1年ほど勤めて念願の食雑誌に移ることができた。それが『Tokyo Bal』で、そこでナツミさんと出会ったのだった。

「ドリハラか……」

新田はパンをちぎって、オリーブオイルに浸《つ》けた。夢や希望が自分のもとを翔《と》び去って行ったのは、いつ頃だったのだろう。気づけば、新田の夢の鳥カゴはもぬけの殻になっていた。

「お〜い、新田さーん。戻ってきてくださ〜ぃ」

しぶ子が目の前で手を振った。

「はい、戻りました」と新田は背すじを伸ばした。

「で、さっきの話の続きですけど、だいたいナツミさんほどの人が、新田さんくらいの年齢で『自分の雑誌をつくりたい』って気概をまるで見せない人がいたら、がっかりしてると思いません？

30代なら、不器用で恋愛下手な男の人も可愛げがあるでしょう。だけど40代に入ったら単なる頼りがいのないオッサンですよ？　ナツミさんも正直、持て余すと思います。もっと仕事もプライベートもぐいぐいこいよ！　生ぬるいモラトリアムを引きずってんじゃやねぇ！　そう思ってると思いません？」

「思ってるかな？」

「思ってますって絶対。勘違いしないでくださいね。これは愛のムチですからね。わたしだってほんとは厄年を迎えたオッサンの先輩に、こんなこと言いたくないんです。だけど新田さんって、空気が読めるようで、自分のことはあんまりわかってないから、それでこんなこと言ってるんです」

新田は塩を振られた青菜のようにしょんぼり首を垂れた。40年生きてきて、空気が読めてないと言われたのは初めてだった。

「じゃあ、ほんとに一晩かけて考えてきたこと言ってもいいですか？」

「まだ言ってなかったの？」

「はい」

「ちょっと待って」

新田は居住まいを正した。まさかここまでの説教がイントロだったとは。心の中で空襲警報が鳴り響いた。

「準備はいいですか」

「よっしゃ、こい」

「いい加減、行かれたらどうですか」

「へっ？　どこへ？」

「ナツミさんに決まってるじゃないですか」

「ど、ど、どういう意味だよ」

「そういう意味ですよ。ご存知ないかもしれませんが、一時期けっこう噂になってたんですよ。ナツミさんも新田さんのことを憎からず思ってるんじゃないかって。『なんで新田さんなんだろ』『ナツミさんならほかにいくらでもいるじゃんね』って」

ひどい言われようだが、俺の気持ち、バレてたのかと思った。

「ダダ漏れですって」

見透かしたようにしぶ子が言った。

「で、ナツミさんが俺のことを憎からず思ってるって？」

「ええ」

「そんなはずないだろ」

「ありますって。ほら、校了日のチェックはずっと新田さんが最後だったじゃないですか。あれは最後まで新田さんに残ってほしかったからですよ」

確かにその頻度が高いと感じたことはあった。

「でも、あり得ないよ。ナツミさんが俺のことをだなんて……」

新田が弱々しく呟くと、しぶ子が目を剝《む》いた。

「何度も言いますけど、新田さんに残された時間は少ないんです。このままハゲて、太って、肝臓悪くして死んでいいんですか。この世に未練はないんですか」

新田は頭を抱えた。これは明らかに何らかのハラスメントではあるまいか。けれども、新田のことをここまで気にかけてくれるのはしぶ子だけだった。よっぽど言ってしまおうかと思った。俺は30歳のとき、婚約者に二股かけられて〝女性イップス〟になっちまったんだよ、と。

相手は2年ほど付き合ったごく普通の会社員の女性だった。あとから思えば不審な点は多々あった。週末のどちらかはなかなか連絡が取れなかったし、式場探しや新居探しにも気乗り薄だった。その時点で何らか疑うべきだったのだ。

捨てられたのは、両親や同僚に紹介したあとだった。二股のことを隠しつつ破談の言い訳を考えるのは、惨めな事この上なかった。

「あなたからプロポーズを受けたときは、まだそんな関係じゃなかったの。だけどこのまま結婚しちゃっていいのかなって疑問に思い出したとき、あっちから猛烈なアプローチを受けたの」

そんな意味のことを彼女は言った。

それから10年、新田はパートナーを持たなかった。心動かされる女性に出会ってもアプローチする気になれなかった。そのうちアプローチの仕方すら忘れてしまった。もともと若いときから奥手で、裏切られたのは人生で二人目の彼女だった。

「人は人を裏切るけど、美味しいものは人を裏切らない」

ナツミさんのセリフを独身主義と結びつけてしまったのは、自分のトラウマのせいだったのかもしれない。

——変にその気にならない方が、心穏やかに暮らせる……。

30代の半ばを過ぎると、持て余した時間を酒でやり過ごすようになった。グルメ誌の編集者が毎晩近所のスーパーで買った698円のワインをがぶ飲みしていると知られたら信用問題に繋がるから、公言はしなかった。だが周りはみんな知っていた。新田が自分の肝臓の数値をよくネタにしていたからだ。〝安ワインの帝王〟という称号を賜ったのはその頃の話である。

どうにでもなれ。

とまでは思わなかった。

だが健診数値のために晩酌を手放す気にはなれなかった。そんなことをしたら、ストレスで本当に病気になってしまうだろう。酒は百薬の長でもあるのさ、と自分にうそぶき、せっせと安ワインを口に運んだ。

ドリハラ——。

人は何歳から「夢を持て」と言われることを厭《いと》うようになるのだろう。

新田は小学生のとき野球選手になりたかった。中学でギターを始めるとミュージシャンに憧れた。それは大学に入ってからも続いた。やがて自分に才能はなさそうだと気づき、せめて創造的な仕事に就きたいとマスコミ志望になった。契約社員人生を歩むようになってからは、〝安定〟を夢見てきたような気がする。それすら叶《かな》うことなく不惑を迎えてしまった。

「おめでとうございます、しぶ子さん。これは僕からのささやかなプレゼントです」

シェフの啓太くんが前菜の盛り合わせを持ってきてくれた。

「念のため全部火を通してありますんで、安心して召し上がってください」

「わぁ、気が利くぅ。それじゃ早速いただきまーす」

しぶ子は焼き海老《えび》を頬張り、「おいし～」と目尻をさげた。「よかった」と啓太くんも爽やかに目尻をさげる。高校時代ラガーマンだった啓太くんは、イタリアで修業後、この店で雇われシェフをして4年になる。若くして店を任されると勘違いしてしまうシェフも多いなか、啓太くんは持ち前の礼儀正しさとラテン気質で店をうまく回していた。グルメ手帖に出たくらいだから、もちろん腕もいい。

「聞いてくださいよ、啓太さん」

しぶ子がナプキンで口を拭いながら言った。

「いま新田さんに説教してたんですよ。そろそろ彼女の一人もつくらなきゃダメですよって。啓太さんもそう思いません？」

「思います」

「即答かよ」新田は情けない笑みを浮かべた。「もうちょっと事情聞いてから答えてよ」

「ははは。で、どんな事情なんです？」

「言っちゃっていいですか」

しぶ子が上目遣いで見上げてくる。

「いや、でもそれは、ほら……」

新田が目をパチクリさせていると、「ひょっとしてナツミさんを口説く相談ですか？」と啓太くんが言った。

「なんでわかったんですか!?」

しぶ子が目を丸くした。「啓太さんってエスパー？」

「エスパーはうちの嫁ね。だってこの3人の共通の知り合いの女性っていったらナツミさんしかいないじゃないですか。えっ、てゆうか、まじですか。お二人はいい感じなんですか」

「まあ、いい感じってほどではないんですけど、新田さんがナツミさんのオアシスであることは確かです。だけど新田さんがウジウジしてて」

「ウジウジって言うな」

「じゃあグズグズ？　あ、新田さんもグズグズしてないで、温かいうちにどうぞ召し上がれ」

まったく口の減らない娘だ、とフォークを手に取った。見れば、食べるのがもったいないくらい鮮やかな盛りつけだった。啓太くんって皿の中に季節を表現するのが本当にうまいよな、と思いつつサカナを口に運び、「うまいね、これ」と言った。

「スズキです。マリネにしようと思って仕入れたんですけど、火を入れてもうまいかなって」

「さすがだね」

「ありがとうございます。まだお話を聞いていたいんですが、そろそろ肉の面倒を見に行かなくちゃ」

「行ってらっしゃい」

名残惜しそうに厨房《ちゆうぼう》へ戻って行った啓太くんではあったが、5分後にまた戻ってきて、「あのー、さっきの話ですが、うちの嫁にしてもいいですか？」と言った。

「さっきの話って？」と新田は聞き返した。

「新田さんとナツミさんの件です。嫁は占い師なんですけど、恋愛相談が得意なんです。女性が上司のパターンって今までなかったから、燃えると思う」

「おー、いいじゃないですか。啓太さんの奥さんの占いって、めっちゃ当たるんですよ」

「ちなみに嫁はグルメ手帖の愛読者で、僕が出させてもらった号は本屋で買い占めて、両方の実家に5冊ずつ送ってます」

「できた嫁だ」

しぶ子が近所のご意見番のお爺さんみたいにウンウンとうなずく。「もちろんオーケーですよね、新田さん」

「いや、でも俺もいい歳だし、いまさらそんな女子高生みたいなこと……」

「なに言ってるんですか。いい歳こいたオッサンだからこそ、周りにネタを提供しなきゃ存在価値がないんじゃないですか。ではわたしたちは私設応援団ってことで」

「いいっすね。うちの嫁も入りたいって言ってます」

まだ言ってないだろ、という新田のツッコミをよそに二人は「いえ〜い」とハイタッチを交わした。

「それじゃ早速、嫁に報告してきます」

啓太くんが軽い足取りで厨房に下がる。もう好きにしてくれ。

そのあと二人でゆっくり前菜を平らげていたら、

「そういえばさっき、来月号の目次案が届いてましたよね」

としぶ子がスマホを開いた。

「わたしはもう要らないんだけどなぁ。てゆうか、最近1特は堂本《どうもと》ばっかじゃないですか？」

気にしていることを言われて、新田はせっかくの前菜がすこし味気なくなった。第1特集は雑誌の顔である。堂本が来るまでは新田も2〜3ヵ月に一度は担当していた。しかしこの半年ほどは回ってこなかった。

堂本は10歳ほど年下だった。ナツミさんが他誌から引っ張ってきたほどだから仕事はできる。だが毎号1特を任されるほど信頼が厚いのかと思うと正直焦った。確かに堂本はセンスがあった。おまけにイケメンでお洒落《しやれ》で清潔感まである。新田のように40年の人生で異性から掛けられた最大の褒め言葉が「いい人そう」である男とはえらい違いだった。しかしどことなく裏表がありそうで、新田はあまり気を許していなかった。

すつつがなくランチを終え、しぶ子がお手洗いに立ったあいだに会計を済ませた。すると啓太くんが来て帽子をとった。

「さっきは調子に乗っちゃってすみませんでした」

どうやら厨房で反省していたらしい。

「いやいや、しぶ子に合わせてくれたんでしょ。それよりも次々号で〈シェフがつくる絶品まかないレシピ〉って特集があるんだけど出てくれない？　例のポテサラでさ」

「えっ、自分でいいんですか？」

「もちろん。あのポテサラ、めちゃウマだもん」

「そう言って頂けるなら、ぜひ」

「じゃあ取材の日程は追って連絡します」

そこへしぶ子が戻ってきて、「啓太さん、どれもこれも、ものすごく美味しかったです。ご馳走さまでした」と丁寧にお辞儀した。こういうしぶ子が新田は好きだ。

「こちらこそありがとうございました。元気な子を産んでくださいね」

「任せといてください」

ポン、とお腹を叩く。こういうしぶ子も、ちょっと好きだ。

「それじゃ失礼しよっか」

「はい」

しぶ子とは店の前で別れ、麻布十番の商店街でも流して帰るかと歩きだしたところで、啓太くんがエプロン姿のまま「新田さぁん」と追いかけてきた。

「あれ、俺、忘れ物でもした？」

「いえ、言っておかなきゃいけないことがあって。じつはうちの店、閉めるんです」

「えっ、なんで？」

激戦区ではあるが、潰れない程度には流行っているように見えた。

「親会社がＩＴ関係なんですが、景気が悪いらしくって」

「なるほど……」

それで納得がいった。本業で成功した会社が飲食店をやりたがるのはよくあることだが、景気が悪くなるとまず店を閉めるのもよくあることだ。

「だからせっかくご依頼頂いたんですが、無職になるシェフがグルメ手帖に出ていいのかなって」

「そういうことか。うちはぜんぜん構わないよ。今回は店を載せたいんじゃなくて、啓太くんのポテサラを載せたいんだから」

「ありがとうございます。いまの言葉、一生忘れません」

「大げさだよ。だけど、本当に次決まってないの？」

新田は声をひそめた。失業の不安や苦しさはわかっているつもりだ。

「まだです。うちも二人目が生まれるんで、雇ってくれるなら居酒屋チェーンでもどこでも行くつもりですが」

「それじゃもったいないよ。まあ、啓太くんほどの腕ならすぐ見つかると思うけど」

啓太くんはにっこり微笑むと、いまの言葉も忘れません、と言って小走りに店へ帰っていった。守るべきものがある人の、たくましい背中がまぶしい。

新田は商店街を歩きながら、自分ならどうするだろうと考えた。編集なんて潰しが利くようで利かない職業だから、雑誌がなくなるとなったら途方にくれてしまうかもしれない。この歳になれば尚更《なおさら》だ。

先ほどしぶ子に「生ぬるいモラトリアムを引きずってんじゃねぇ」と言われたことを思い出した。われながら完全否定できないところがもどかしかった。今晩も698円のボトルを空けてしまいそうだ。

1週間後、総務に内線で呼ばれた。ちょうど誕生日の日に契約更改が重なっていた。

「来季は5％の減給です」

そう言われて新田は耳を疑った。グルメ手帖にきて5年になるが、毎年、現状維持か微々たる昇給を勝ち取ってきた。

「これでいいね？」

総務部長の顔には「文句があるなら言ってみろ」と太いインキで書かれていた。

「わかりました」

新田は編集部に戻り、ちらりとナツミさんを窺った。査定には彼女の評価も反映されているだろう。というか、それがすべてかもしれない。最悪の誕生日になってしまった。

居ても立ってもいられなくなり、すでに完全退社して〈誕生日おめでとうございます〉とLINEを送ってきてくれたしぶ子に返事を打った。

〈ありがとう。いやー、初めて減給されちゃったよ〉

すぐに既読がつき、返事が連打されてきた。

〈やっぱり！〉

お見通しだったの？

〈イエローカードですねこれは〉

うん……。
〈警告です〉
わかったから繰り返すなって。
〈次は退場ですよ〉
まじ？
〈用無しってことです〉
言い方！
〈やっぱりナツミさんも歯痒《はがゆ》いのでは？〉
そう捉えるか。
〈新田さんを奮起させるための減給処分だとおもう〉
そうかな。
〈違うかもしれないけど〉
がくっ。
〈とにかく1年の猶予をもらっただけでも良しとしなければ〉
執行猶予か……。
〈ラストチャンスです。ナツミさんにアタックしましょう!!〉

そっち？

〈もう手遅れかもしれないけどw〉

頼むからwはつけないでくれ。

〈厄年ってほんとにあるんですね〉

うん……。

ナツミさんと堂本が共有スペースで打ち合わせを始めた。今日も堂本はジャケパン姿がお洒落に決まっている。見た目は爽やかだが、やっぱり裏表がありそうで好きになれない。

――減らされた分の俺の給料は、堂本《あいつ》に行くのかな。

編集部の給料の総額《パイ》は決まっていると聞いたことがあるから、たぶんそうなるだろう。向こうはバンバン1特を担当するエースだから、昇給は当然といえば当然だ。

嫉妬《ジェラシー》の海にくるぶしまで浸かっていたとき、見慣れないアドレスからメールが届いた。

41歳の誕生日おめでとう。

ようやくこの日が来ましたね。

そんな文面で始まるメールだった。

――えっ、ガンプ君……？

新田は驚いた。ガンプ君とコンタクトなんていつ以来だろう。首を傾げつつ末尾まで読むと、こんな追伸で結ばれていた。

P.S.1 さて答え合わせですが、新田くんは「ミュージシャンになる」という夢を達成できましたか。確かオータキ・エーイチみたいな楽曲提供者になりたいって言ってたよね。

P.S.2 41歳って素数だけど、むかし部活の帰り道、二人で素数について語り合ったこと覚えてる？

最後に送信主として「マイケル・J・フォックス」とあった。全体的に意味不明なメールだった。アメリカでこの手の悪戯《いたずら》が流行っているのだろうか。けれども新田は〝帰り道で素数について語り合った一幕〟については、くっきり思い出すことができた。

　あれは新田の父が入院中で、見舞いのためにいつもと違う道を使った日のことだ。

それがガンプ君と同じ方向で、二人は初めて一緒に帰ったのだった。バレー部の練習中に通り雨があったようで、道は濡れていた。

　山裾にある岸高からしばらく歩いて、キャベツ畑が広がる国道沿いに出たとき、ガンプ君がなんの前触れもなく1枚の紙を差し出した。

「こ、これ知ってるかな?」

　そこには謎の数字がぎっしり記されていた。
1.6180339887498948482045868343656381177203091798057628621354486227052604628
189024497072072041893911374847540880753868917521266338622235369317931800060
7667263544333890865959395829056383226613199282902678806752087668925017116962
0703222104321626954862629631361443814975870122034080588795445474924618569536
48644492410443207713449470495658467885098743394422125448770664780915884607499
88712400765217057517978834166256249407589069704000281210427621771117778053153
1714101170466659 9……

「なにこれ」と新田はたずねた。

「お、黄金比だよ。円周率みたいに割り切れないけど、もし将来割り切れるようなことがあったら、素数なんじゃないかと思ってる」

ガンプ君によればあらゆる美は《1：1・618……》という黄金比で成り立っているそうだ。ピラミッドやパルテノン神殿やモナリザや名刺の寸法のように。そしてそんな高貴な数字は、同じく高貴な数字である素数に違いないと言うのだ。

「ふーん。そういうもんかね」

がちがちの文系だった新田にはよく理解できなかった。しかしガンプ君が素数にご執心なことは知っていたので、

「だいたい素数ってどこがそんなにすごいの？」

と軽い気持ちで聞いた。すると普段はおとなしいガンプ君の瞳の奥にカチッと火が灯《とも》った。

「オ、オンリーワンなところかな。素数の出現にはまだなんの法則も見つかってなくて、昔から数学者はその謎に挑んできたんだよ」

「たとえば？」

「た、たとえばユークリッドは素数が無限にあることを初めて証明した人。次が古代

ギリシャのエラトステネス。素数の見分け方を見つけた。まず2の倍数を消して、次に3の倍数、5の倍数とどんどん消していって、それで残ったのが素数」

「なんかそれ、俺でも思いつきそうだけど？」

新田が言うとガンプ君は怪訝《けげん》そうな顔つきになった。

「そ、そうかい？　まだこれがいちばん効率のいい見分け方なんだけど」

「ごめん、言いすぎた。次は？」

「ド、ドイツのゴールドバッハ。2より大きい全ての偶数は2個の素数の和で表せることを発見した。たとえば8は3＋5。20は7＋13、36は17＋19」

「まじ!?　あらゆる偶数がそうなの？」

「う、うん」

「92は？」

「31＋61」とガンプ君は即答した。

「ほんとだ」

「こ、これはゴールドバッハ予測といって、兆や京といった単位の偶数で正しいことが確認されてる。だけどそれより多い偶数に関しては、まだ証明されてないんだ」

「でもそこまで正しかったら、そのあともだいたい正しいんじゃない？」

ガンプ君は首を横に振った。

「フ、フランスのメルセンヌはnが257以下のとき、2^n-1で計算される数が素数になるのはnが2、3、5、7、13、17、19、31、67、127、257の場合だけであるというメルセンヌ数を発表したけど、あとでそれは正しくないことが証明された」

「ごめん。よくわかんなかったけど、繰り返さなくていいや」

「と、とにかく素数は法則を拒否するんだ。兆を超えてひょっこり初めての現象が起きてもおかしくないから定理の発見が大切なんだよ。オイラーはこれを生涯考え続けた人で、彼はn^2-n+41で連続した素数をつくれることを発見したんだけど、この数式が成立するのはnが40まで。なぜか41からはつくれないんだ。41っていうのは特別な素数なんだよ、きっと」

二人はお堀端まで来ると、石垣に腰をおろして休憩した。雨に濡れた木や土から、生き生きとした匂いが漂ってきた。山の向こうには美しい虹が出ている。ガンプ君はその虹を見つめて言った。

「か、可視光線は380〜780ナノメートル。虹色の順番はそれで決まっていて、いちばん上の赤はだいたい42度の角度に見えるんだよ」

新田は虹よりもガンプ君をぽかんと見つめてしまった。世界をなんでも数字で切り取ろうとするこの同級生を。

「ねえ。ガンプ君にとって、美ってなに？」

「ビ？」

「つまり見てるだけで時間が経つのを忘れたり、うっとりしたり、胸に刺さるもの」

「そ、素数かな。あと数式。よくできた数式なら一日じゅう見ていられるよ」

そこからガンプ君は美しい数式を生み出した数学者について教えてくれた。

素数定理のガウス。

悪魔の頭脳と謳《うた》われたノイマン博士。

57を素数と言ってしまった天才数学者グロタンディーク。

「えっ、57って素数じゃないの？」

「さ、3×19だからね」

夕方になった。ガンプ君は天文年鑑を取り出して、運行表《こよみ》を指で追い始めた。

「きょ、今日は水星が見えるはずなんだ」

そう言って、いつも持ち歩いている双眼鏡を覗《のぞ》き込み、拳を握りしめて空にかざした。

「なにしてんの?」

「グ、グー一つ分が約10度に当たるんだ」

ガンプ君は双眼鏡を覗き込みながら講義を続けた。

「メ、メソポタミアやエジプトでは、神官は数学技官や天体観測係を兼ねていたんだよ。つまり彼らはこう思っていたんだ。『神は、星や天体の運行を通じてメッセージを発している。神は数学者なのだ』ってね」

こういう人が将来、研究者になるんだろうなと新田は思った。というよりか、それ以外の道は厳しそうだ。

翌日、新田は部室でガンプ君にノートを見せられた。

「ちょ、ちょっと相談していいかな。これはトスの軌道を求めた数式なんだけど、おかしいところはないよね?」

$$X = V_0 \cos\theta \cdot t$$

$$Z = V_0 \sin\theta \cdot t - \frac{1}{2} g t^2 + h$$

「なんじゃこりゃぁ!」と新田は声を上げた。

「ニュ、ニュートンの第2法則をベースにしたものだけど……?」

ガンプ君は、高3にもなってニュートン力学の初歩を理解していない人間がいるなんて信じられないといった様子だった。こんどは新田が文系人間の沽券《こけん》にかけて、人間の多様性について教えてやるべき番だった。

「あのね、ガンプ君。世界には二次方程式あたりで躓《つまず》く人間がゴマンといるんだよ。俺だってこういうのが苦手だから、私立文系コースを選んだんだし」

「ご、ごめん」

「それにトスの軌道を数式で理解したところで、スパイクのミート率は上がらないと思うよ。キャップのトスもそこまで正確じゃないし」

これを聞きとがめたキャップが「ん？　何か言ったかね、新田くん？」と着替えの手を止めた。「君にはキャップ権限として、腕立て30回券をプレゼントしようか？」

「申し訳ありませんでした！」と新田は直立不動で敬礼せざるを得なかった。

ともかくもガンプ君は規格外だった。だから海の向こうで大金持ちになったと聞いたときも、どこかお伽話《とぎばなし》のようにしか感じられなかった。ガンプ君がどうやって億万長者になったのかもわからなかった。

ビットコインの創設者のコードネームが「ナカモト・サトシ」だと判明したとき、みつるからメンバー全員にこんなメールが送られてきた。

「あれはガンプ君だぜ。『なかもと・さとし』を並べ替えてみろ。『さとなか・ともし』になる。アナグラムだよ」

新田は手帳に『なかもとさとし』と書きうつし、順に丸で囲んでいった。さとなかともし。ほんとだ。結局それは偶然だったようだけれど（本当か?）、そんな疑いを持つほどにガンプ君の専門性はベールに包まれていた。

新田はガンプ君からもらったメールを読み返した。

みつるを探せ。5万年後にみんなでバレー部に入れ。そしたら500万ドルのストックオプションをやる。

500万ドルといえば約5億円。なんだかこれもお伽話のようだった。視線をあげると、ナツミさんと堂本がまだ打ち合わせを続けていた。新田はため息をもらした。

啓太くんのポテサラ取材にはしぶ子も遊びに来た。店で取材を終えたあと、「なあ、5億円あったら何に使うよ?」としぶ子にたずねた。

「なんですか急に。宝くじでも当たったんですか」

「当たったら、の話だよ」

「あいかわらずぼんやりした質問ですね。わたしは軽井沢に家を買って、子どもと野

菜を育てながら、ネットフリックスにすべてを捧《ささ》げます。『愛の不時着』は観ました
か？」

「まだ。啓太くんは？」

「自分の店を持ちます。神楽坂の本多横丁あたりがいいかな」

「二人ともやけに具体的だね」

「新田さんは？」

「うーん……」

豪邸とか世界紀行といった月並みな使い道が浮かんだが、確たる答えは見つからな
かった。

「そういえばナツミさんは『引退したらハワイか沖縄で暮らしたい』って言ってたか
ら、5億あったらプロポーズしてみたらいかがですか。老後のパートナーとしてなら
新田さんはありだと思いますよ」

「それ、褒めてないよね」

「ええ」としぶ子が挑戦的にうなずく。

「なんとか言ってやってよ、啓太くん」

「ははは。でもうちの嫁さんも言ってました。占ってみたら、今年はお二人にとって

千載一遇のチャンスなんですって。お二人を結びつける大事件が起きるらしいです」

「大事件ってなに?」

「わかりません」

「プロポーズしましょ、新田さん」としぶ子が言った。

「なんでそうなるんだよ。おかしいだろ絶対」

「おかしくありません。いいですか、冷静になってよーく考えてみてください。これは究極の格差婚です。かたやギョーカイで伝説の編集長。かたや減給処分でクビが涼しくなった契約社員のオッサン。逆転するにはナツミさんをあっと驚かせるしかありません。『101回目のプロポーズ』観たことないんですか?」

「あるよ。お前と違ってリアルタイムでな」

「あれですよ。新田さんは武田鉄矢《たけだてつや》なんです。指輪を買ってナツミさんを食事に誘うんです。自ら大事件を起こすんです。このお店でいいじゃないですか。ね、啓太さん」

「ええ。恋のスパイスを隠し味に振っておきますよ」

なにが恋のスパイスだ。啓太くんも悪のりしやがって。

「で、決行の日はいつにします?」

「ままて。この話のスタートを忘れたか。５億あったら、の話だろ」

「あ、そっか」としぶ子がわれに返る。

「いやいや、大事件が起きたらでしょ」と啓太くん。

「ま、どちらもありそうにないな」と新田は肩をすくめた。

「でもなんで５億とか言い出したんですか」

「いや、じつは高校の同級生からメールが来てさ……」

と新田は事の顚末《てんまつ》を語った。しぶ子はじっと聞き終えると、「まさか返信してないですよね？」と怖い顔で言った。

「お、おう」

「あれはわたしが社会人になって２年目のことでした」

しぶ子が怪談ふうに語りだした。

「女子高で７番目くらいに仲良かった子から『結婚式に来て』ってお誘いがきました。『はあ？　高校出てから会ってないのになに言っちゃってんの？』と思ってやんわり断ったら、ほかの子から『だったら行かないみんなでお金を出しあってお祝いの品を贈ろうよ』ってメールがきて。それら全部が丸っとスパムだったんです。じつはうちらの卒アルが名簿業者に漏れてて」

「まじか」

「まじです。そのガンプ君とやらが大金持ちだったら、新田さんたちの卒業アルバムもさぞかし高値で取り引きされてると思いますよ」

「よかった。あやうく返信するところだったよ」

「どんだけボーッと生きてんですか。生まれたての海ガメの赤ちゃん並みの危機回避能力ですね」

「ちょっと可愛いところに、ぎりぎり君の配慮を感じるよ。さあ、撤収だ」

編集部に帰ると、ただならぬ雰囲気に包まれていた。ナツミさんが退任を発表したというのだ。衝撃を受けている新田に、ナツミさんが「ちょっといい？」と声をかけてきた。会議室で二人きりになると、ナツミさんが切り出した。

「わたし、乳癌《にゅうがん》なの。転移してるかもしれない。だからしばらく治療に専念することにした。次の編集長は、あなたよ」

新田は頭の中が真っ白になった。

これは、大事件だ。

（3）

お盆休みの初日、広瀬《ひろせ》陽一郎《よういちろう》は帰省のために朝早く家を出た。

家族を乗せたクルマは朝7時30分に高速道路で渋滞に捕まった。

「去年もここらへんで捕まったんだっけ？」

助手席の妻に聞かれ、陽一郎は「もうちょい先だったかな」と答えた。

「さあ、今年は何時に着くでしょうか」妻が実況ふうに言った。

「去年は6時間ほど掛かりましたね」と陽一郎は解説ふうに返した。

中1の長女と小4の次女はタブレットで『アナと雪の女王』を観ていた。6歳になる息子は倒したシートで爆睡中だ。クルマは牛のような歩みでしか進まなかったが、毎年のことだから腹も立たない。

「……ねえ、この前の家どうする？」

「ああ、あれな」と陽一郎は生返事をした。先週の休みに家族で見に行った建売住宅のことだ。妻はここ数年、家を欲しがった。気持ちはわからなくはないが、陽一郎はそのたびに説かざるを得なかった。

子どもを大学出すまでに都会では一人３０００万円かかること。転勤族であること。賃貸なら会社から毎月18万円の住宅補助が出ること。家を買ったら補助はなくなり、ローンが始まるダブルパンチであること。だから会社のある先輩は定年まで借家に住み、子どもたちが巣立ったあと六本木のど真ん中にキャッシュで２ＬＤＫを買ったこと。

それが最も合理的なプランであることは、妻も頭では理解しているみたいだった。それでも家を欲しがった。

陽一郎は保険会社に勤める高給取りである。けれども40歳を迎えて先が見えてきた。生涯賃金の幅についてはとっくに見えている。あとはその中で上手にやり繰りするのが船長の役割だった。小学生のときからキャプテン人生を歩んできた陽一郎は、おのれの舵取り《かじとり》に自信があった。妻の夢を叶えてやりたいのは山々だが、そろそろ転勤の話も出ているから、いまは家を買うのに最適なときではないというのが陽一郎の見立てだった。

「パパ、おしっこ」

むっくり起き上がった息子がバックミラーに映った。

「もうすこし我慢できるか？　あと１㎞でサービスエリアだから」

「できる」

「いい子だ。念のため、ちんちんの先っちょをペットボトルに入れとけ」

次女は冗談に笑ってくれたが、長女は「ちょっとやめてよ」と真剣に抗議してきた。早くも思春期を迎えており、そのうち「パパの洗濯物は別に洗って」と言い出すのではないかとヒヤヒヤしている。

「ねえ、陽くん」

隣でスマホをいじっていた妻が言った。

「茅森理香《かやもりりか》さんって知ってる？」

「えっ——。茅森って、うちの会社の茅森のこと？」

「うん」

「それがどうした？」

平静を装ってたずねたが、確実に寿命が縮まった。

「わたしのフェイスブックに友だち申請があったんだけど。『課長にはいつもお世話になっております。課長はフェイスブックをやっておらず、転勤になったら音信が途絶えてしまうかもしれないので、友だちになって頂けませんか』って。どういう意味？　なんかおかしくない？」

「あー……」

陽一郎は脳みそをフル回転させて、もっともらしい理由を考えた。

「あいつは帰国子女だから、ちょっと感覚が変わってるんだ。会社の人間とも家族ぐるみで付き合いたがるっていうか。休日にホームパーティやっちゃうっていうか」

「ふーん……。で、どうしよっか？」

「放《ほ》っとけば？　休みが明けたら申請を取り下げるようにうまく言っとくから」

「このひと、陽くんの部下？」

「うん」

「転勤するの？」

「まだそんな話は出てないはずだけど、そろそろそういう時期だったかな……」

陽一郎は仔細《しさい》ありげに首を傾げた。

「まあそんな感じだから、けっこう扱いにくくてさ」

「どんなふうに？」

「どんなふうって言われると難しいけど……」

陽一郎は指でハンドルを叩き始めた。問いを重ねてくる妻に引っ掛かりを感じた。

これまで陽一郎の職場の人間関係に興味を持つことなどなかったのだ。もしこれが女の勘というやつだとしたら恐ろしい。

「一言で言うと、空気が読めない。だから周りとすぐ波風立てちゃうんだ」

これは理香の現実のキャラクターに根ざしているから、嘘の中でも上等な部類と言えそうだった。

「でも、可愛い人だよね」

「そうかな」

「だって、ほら」

目の前にスマホが差し出された。理香のフェイスブックのアイコンだった。陽一郎も知っている写真だった。海外に在住していた頃のもので、どこかのビーチが背景だ。

陽一郎は目を細め、「よく見えないけど、実物はキツい感じがして俺は苦手だけどね」と言った。いくつめの嘘《うそ》だろうか。

「ふ〜ん……」

妻は口をすぼめてスマホをじっと見つめた。

「パパ、おしっこ」

「ちょっと待ちなさい！」

つい声が大きくなってしまった。妻の突き刺すような視線を左頬に感じる。陽一郎はサービスエリアに着くと、息子の手を取ってトイレへ小走りで向かった。用を足させてクルマに戻ろうとしたら、「アイス買って」と息子が言い出した。

「だめだ。並んでるだろ。戻るぞ」

「やだ。買って買って」

黙らせるために仕方なく列に並んだ。そのあいだに理香に送る文面を懸命に考えた。ソフトクリームを買ってクルマに戻ると、妻たちの姿はなかった。陽一郎は息子を後部座席に座らせて言った。

「いいか、知らない人が来ても絶対に開けちゃダメだからな。おとなしくアイスを食べて待ってろ」

「パパはどこ行くの？」

「トイレ。すぐ戻るからいい子にしとけ。いいな」

外からロックして、足早に人混みへ戻った。妻が周囲にいないことを確認してから建物の陰でメールを打った。二人だけの連絡用だ。

〈なんで妻に友だち申請なんかしたの？　こういうことはやめてほしい〉

2分だけ待つことにした。

2分後、返事がないことを確認してクルマに戻ろうとしたら、返信があった。

〈お子さん、課長に似てませんねｗ〉

心臓がドクンと高鳴った。理香は俺をいたぶって愉《たの》しんでいる……。原因はわかっていた。連休前に「転勤になりそうだ」とメールで別れを匂わせたからだ。妻は勘違いしているが、転勤になりそうなのは陽一郎の方なのである。

返事を考えている余裕はなかった。クルマに戻ると妻が難しい顔でスマホをスクロールしていた。理香のフェイスブックを点検しているのかと思うと、全身が強張《こわば》った。


実家に着いたのは14時頃だった。

まだ茹《う》だるように暑く、蟬《せみ》の声も東京より喧《やかま》しかった。

「おばあちゃ〜ん」

子どもたちが玄関へ駆けていくと、迎えに出た陽一郎の母が「よく来たね」と声を弾ませた。陽一郎は荷物を運び込み、仏壇に線香をあげた。早いもので、父がここに収まって5年が経つ。来年は7回忌だ。手を合わせている間も理香のことが頭の片隅に引っ掛かっているのが疎ましい。

麦茶を持って、むかし自分が使っていた2階の部屋へ上がった。ベッドに横たわると、すこし埃《ほこり》の匂いがした。母一人では掃除もままならないのだろう。渋滞と、予期せぬ出来事からくる緊張とで、体じゅうがバキバキだった。跳びはねるように階段を上がってくる音が聞こえた。息子だと足音だけで判る。

「パパぁ、おばあちゃんと公園に行ってくる！」

「おう、行ってこい」

こんどは跳びおりて行く足音に耳を澄ませていたら、また誰かが階段を上がってくる音がした。

「陽くん、ちょっといい？」

妻だった。

「いいよ」

嫌な予感しかしなかった。

「さっきの人だけど、ほんとになんでもないの？」

「さっきの人って、茅森のこと？」

とぼけた調子で聞き返したが、心臓はすでにひどく高鳴っていた。

「そう」

「なんでもないよ。ただの部下だ」

「ほんとう?」

「本当だって。なに変な心配してんだよ」

「だって——」

妻が射るように見つめてきた。陽一郎は目を逸《そ》らさなかった。あるビジネス書に書いてあったからだ。「男は嘘をつくとき目を逸らし、女は嘘をつくときじっと見つめてくる。そして女は男の嘘にとても敏感だ」と。

しばらく睨《にら》めっこを続けていると、階下から「ママ〜」と娘の声がした。妻は言い足りなそうな雰囲気を残して出ていった。陽一郎は妻が階下へ下りきるのを確認してから、「ふーっ」と深くため息をついた。

陽一郎は早稲田《わせだ》大学の商学部を出たあと、大手の生保会社に就職した。ローテーションで転勤を繰り返し、4年前に東京本社へ転勤になった。36歳で課長としての本社異動だから栄転といえた。

そのときの部下にいたのが茅森理香だった。英語はネイティブレベルで、フランス語も堪能《たんのう》。顔だちは可愛いといえば可愛いし、キレイといえばキレイ。誰もが一目置かざるをえない27歳だった。ところが理香には、思ったことをすぐ口に出してしまうという悪癖があった。

「どうしてわたしがこの仕事をしなくちゃいけないんですか？」

それに納得するまで手を動かそうとしなかったから、事務方のお姉さんや、パートのおばさんたちの評判は最悪だった。ただし、いったん納得してしまえば猛烈に仕事に取り組む。もともと処理能力が高いうえに、保険商品の理解力についても優れていた。集中しすぎると細かいことを忘れてしまう癖もあったが、「それはご愛敬《あいきょう》」と陽一郎は捉えていた。

自分に娘が二人いることもあって、陽一郎は父親のような気持ちで彼女を見守った。その時点で邪《よこしま》な気持ちは一切なかった。事件が起きたのは、丸の内の商社へ一緒に商談に行った帰りのことだ。二人で喫茶店に立ち寄り、珈琲が運ばれてきたところで、突然、理香が泣きだした。

「ど、どうしたんだ!?」

軽く取り乱した陽一郎に、理香は絞り出すように言った。

「みんな、ひどいんです……。毎日つらくて……」

周囲の客が異変に気づいた。理香を見てぎょっとし、次に陽一郎を見て好奇と非難のまなざしを向けてきた。陽一郎は俺のせいじゃないぞ、と思いつつも、「何があったんだ？　話してごらん」と優しく問いかけた。

理香は「違うんです」「ごめんなさい」を繰り返すばかりで、具体的なことは何も語ろうとしなかった。ひとつ確かなのは、彼女が女性集団から爪はじきにされ、毎日つらい思いを味わっているということだ。確かに理香はその場を和ませるために微笑まないし、他人のミスを進んで慰めることもしない。だから同性の味方がいない。しかし就業規則のどこにもそんな義務は書かれていないのだ。

これは俺の責任だ――。

陽一郎は持ち前のキャプテンシーがむくむく頭をもたげてきた。

「どうすればいい？　茅森はどうしたい？」

「どうしてくださらなくても結構です」

理香は泣きはらした目できっぱり告げた。そしてコンパクトミラーを取り出すと、てきぱきとアイラインを直し始めた。

「あー、どうして課長に言っちゃったんだろ」

あっけらかんと言いながら、ファンデーションも叩《はた》く。

「お見苦しいところをお見せして申し訳ありませんでした。泣くとかほんとあり得ないですよね。自分で解決します。イギリスのスクールでイジメられたときも自分で解決しましたし」

「そっか……」

陽一郎はキツネに抓《つま》まれたような気持ちで、理香のお化粧直しを見守った。

「ほんと、なんで課長に言っちゃったのかな」

理香は自問し、「パパに似てるからかな」と自答した。

「オヤジさんに？」

「はい」理香がミラーから目を上げてにっこり微笑む。

「オヤジさんは何をしてる人だっけ？」

「外交官です」

理香は誇らしげに答えた。

「ものすごく教養があって、世界中に友だちがいて、お洒落だから歳のわりにとても若く見えるんですよ」

陽一郎は苦笑した。「ぜんぜん俺と似てないじゃん」

「雰囲気が似てるんです。頼りになる感じっていうか、包み込む感じっていうか。お待たせしました。オッケーです」

この日から陽一郎は定期的に理香と個人ミーティングを持つようになった。主な目的は理香のメンタルケアだ。その頃会社では「メンタルを崩しました」と診断書を持ってくる若手が急増して大問題になっていた。7割の給料をもらいながら3年も「うつ休暇」を取る猛者《もさ》もいた。

それを誰かのせいにするのが人事部の仕事である。ゆえに社内には「部下のメンタルを病ませた」というレッテルを貼られた中間管理職が急増していた。その記録は永久に残り、昇進や転勤を決める際に必ず参照される。保険会社の社風は超保守的で、究極の減点主義だから、疑惑があるという時点でアウトだ。

おまけに会社がパワハラとセクハラには敏感な時期だった。セクハラ疑惑で一度バッテンがついたものは「セリーグ制覇」、パワハラ疑惑は「パリーグ制覇」。陽一郎の同期で「両リーグ制覇」を果たした者がいて、そいつは「ロシア国境にいちばん近い支店」に飛ばされた。

そんな事情もあって、陽一郎は理香の経過観察を続けた。うつになって人事部に駆け込まれでもしたら大ごとだ。話すときはなるべく外で話すようにした。二人で頻繁にミーティングしているところを見られたら、また女性陣に何を言われるかわからないからだ。そのうち「どうせなら、何か美味しいものを食べながらにしよう」となった。陽一郎は岸高バレー部で同期だった新田がグルメ手帖に転職してからというもの、定期購読していたので、店選びには困らなかった。

「課長って、美味しい店をほんとによくご存知ですよね」

理香にそう言われたときは鼻高々だった。毎回、酒が入るようになった。

カウンターでイタリアンを食わせる店で食事した晩のことだ。いつになく酒が進み、途中からワインのフルボトルに切り替えた。

締めのデザートが出てきたところで、「あ〜、わたしも課長みたいな人と結婚したいなぁ」と理香が陽一郎の肩にコトンと頭をあずけてきた。それから男女の仲になるのに2時間を要さなかった。

ホテルを出たとき、理香は何かが始まった女特有のキラキラした感じを放っていた。陽一郎は「これが何かの終わりの始まりにならなければいいんだが」という危惧を抱いていた。

理香との関係が始まって、日常に張り合いが出てきたことは事実だった。オスとしての自信を取り戻せたのかもしれない。妻とはもう何年も寝ていなかった。会社にバレたら飛ばされるだろう。せっかくの出世コースもパーだ。しかし平均すればあと2年ほどでまた転勤になる。「それまでの関係さ」陽一郎は後ろめたさを覚えるたびに、自分にそう言い聞かせた。

ところが転勤辞令が出ないまま、関係が始まって3年が過ぎてしまった。

そしてついこのあいだ、陽一郎は総課長に昇進した。10人の平課長を束ねる「課長の中の課長」と呼ばれるポジションだ。出世コースの王道である。

そのとき丹羽《にわ》部長に呼び出され、「昇進おめでとう」と言われた。

「ありがとうございます。すべて部長のおかげです」

陽一郎は深く頭を下げた。その言葉に嘘はなかった。丹羽は陽一郎が属する派閥の中ボスで、ここまで引っ張り上げてくれたのは間違いなく丹羽だった。

「おぬし、本社4年になるな」

「はい」

「そろそろ転勤の準備しとけ」

「かしこまりました」

「僻地《へきち》には行かさん。大阪か名古屋で今後のプラスになるポジションを見つけてやる」

「ありがとうございます」

「また戻してやるから心配するな。問題は、ないな？」

「ありません」陽一郎は即答した。この場合、〝問題〟といえば主にパワハラとセクハラをさす。丹羽はひとつうなずき、「行ってよろしい」と言った。

デスクに戻る長い廊下を歩きながら、ついに理香と別れるべき時が来たことを悟った。彼女が陽一郎にだけ見せる笑顔を思うと、体の一部をもぎ取られるような喪失感を覚えた。しかし会社員人生と不倫を天秤《てんびん》に掛ける訳にはいかなかった。

陽一郎は入社して5年目くらいまでは、どこにでもいる、学生気分の抜けきらない若手社員だった。ところが27歳で丹羽と出会って変わった。支店長だった丹羽は毎朝6時半に出社して保険の仕様書に目を通した。保険は商品数が異常に多いから、つねに勉強が必要なのだ。

支店長より遅く出社することは、陽一郎の体育会系気質が許さなかった。丹羽を見習って早朝出社するようになると、目をかけてくれるようになった。そしてあるとき酒席で言われた。

「うちの会社の出世相場を教えておこう。36歳で課長、41で総課長、45で部長。これが役員になるための出世コースだ。執行役員は52。ここまで行けるのは同期100人のうち1人か2人。部長の25人に1人。54歳までに常務だ。常務《ここ》からは24時間で運転手つきのクルマがつくぞ。あとは専務、副社長、社長。ところで社長の給料ってどのくらいだと思う?」

「1億くらいですか」陽一郎はあてずっぽうで答えた。

「4000万だ。安すぎると思わんか。部長で定年しても最後は1700万もらえるっていうのに」

「そう言われてみると安いですね」

「日系企業の実情はそんなもんだ。だが、どうせなら出世したいと思わんか。好むと好まざるとにかかわらず、会社には人生を捧げなきゃいかんのだから。才能、気配り、努力、運。出世はゲージュツだぞ」

丹羽が珍しく冗談を言ったので、陽一郎は愛想笑いした。だが「出世は芸術だ」というセリフは案外真理のような気がした。ゴマを擂《す》ってきた奴はゴマを擂られたい。社内接待で出世した奴は社内接待されたい。結局人間は自分に似た者や、自分を好いてくれる相手に弱いのだ。そこを衝《つ》くには、ある種の才能が必要だろう。

陽一郎は小3からバレーボールを始めたから、男社会の序列意識については、早い段階から訓練されてきた。小中高大とずっとキャプテンだった。監督や顧問の意を受け、一人だけ全体のスケジュールを気にかけながら、自分勝手な部員たちを宥《なだ》めすかして部を運営する。それでいて、たいてい誰からも褒めてもらえない。大げさにいえば、子どもの頃から中間管理職のような人生を歩んできたのだ。

それが報われたのは就職のときだった。商学部で保険ゼミに属し、体育会に準ずる大所帯のバレーサークルのキャプテンということで、いまの会社から早々に内定をもらった。だから同世代の「ロスジェネの苦悩」というやつはピンとこない。心のどこかで、「それまでの人生で怠けたり、ラクしてた奴にバチが当たったんだろ」くらいに思っている。

入社後もキャプテン人生は役に立った。陽一郎の周りには、自然と彼に音頭を取らせようという気運がうまれた。学生時代のキャプテンは一種の貧乏クジだったが、会社では役職＝出世に直結した。

陽一郎は丹羽に従《つ》いて出世レースに名乗りを上げた。目標設定のない会社員人生は長すぎるからだ。同期の7割はすでに事実上芽が潰れて、出世レースから降りていた。40歳で総課長になった陽一郎はトップ集団に属していた。「出世なんか、してもしなくても同じさ」というセリフは、レースに敗れたときのために取っておくつもりだった。

実家に帰省中、妻はもう理香についてたずねてこなかった。すこし不気味だったが、陽一郎はちょっとした時間を見つけては「職場不倫するオンナの気持ち」をネットで調べた。根っこにあるのは、承認欲求だという。SNSで関係を匂わせるのも、職場で「ネクタイが曲がってますよ」とこれ見よがしにやりたがるのも、すべて「バレたくないけどバレたい」という心理の表れ。その行き着く先が、相手の妻へのコンタクトだとあった。

きちんと向かい合って話せば、納得させられる自信はあった。陽一郎は「休み明けに会いたい」と理香にメールした。「わかりました」と返事があった。

休み明けの初日、陽一郎は夕方早めに会社を出て、大手町のパブで理香を待った。この店で何度彼女を待ったことだろう。３年。理香はオンナのいちばんいい時期を俺に捧げてくれたのだ、という甘い感傷が陽一郎の胸を満たした。

陽一郎の世代は上司からの「やっとけ」「飲みにいくぞ」「お前のせいだ」をすべて「はい」の一言で受け止めてきた最後の世代だった。そして部下に「なんで自分がこの仕事をやらなくちゃいけないんですか」と聞き返された初めての世代でもある。

朝６時に家を出て、毎日終電まで働く。休日は家族サービス。自分の自由になる時間なんて、通勤電車の中くらいしかなかった。

このところ陽一郎は電車の中でよく麻雀動画を観た。いまは観るだけの麻雀ファン層が拡大しているらしく、YouTubeチャンネルは充実していた。通勤電車の中で人の麻雀を観ている間だけが、一切の心のくびきを離れて自由になれる時間だった。

会社に一歩足を踏み入れれば、規則と責任と序列でがんじがらめにされた空間が待っている。理香だけがオアシスだった。だからこそ、「こんなことじゃいけない」と思いつつも3年も続けてしまったのだ。

——理香はまだ若いし綺麗だから、男なんてすぐ見つかるさ。

未練。嫉妬。自己弁護。寂しさ。さまざまな感情が去来するのに応接しながらハイボールを飲んでいたら、「お待たせしました」と15分ほど遅れて理香が到着した。表情は硬かった。これからどんな話が始まるかは百も承知なのだろう。

「なんで妻に友だち申請なんかしたんだよ」

理香の飲み物が届くのを待ってからたずねた。理香は欧米人のように肩をすくめた。こういうところがコミュニケーションの壁をいちいち感じさせるから、爪はじきにされるのだ。いくら待っても理香に答えるつもりはなさそうなので、陽一郎は推敲《すいこう》を重ねてきたセリフを吐いた。

「近いうちに転勤辞令が出そうなんだ。だから前もって関係を清算しておいた方が、お互いつらくないかなって。その方法を二人で話し合おう」

「は？　なに勝手なこと言ってるんですか」

理香が顔をしかめた。醜い、と一瞬思ってしまった。

「わたし、課長のせいでいちばん仲のいい友だちに切られたんですよ。『不倫してるんだよね』って言ったら、『妻の立場にもなってみなよ』って言われて。その子、結婚してるから。変な捨て方したら全部バラしますよ。間違ったふりして丹羽部長にメールしましょうか？　『今日もいつものホテルで会える？』って。もちろん奥さんにも全部バラします」

「落ち着け」

半分は自分に言い聞かせるように言った。理香はまったく聞く耳を持たず、「こんなふうにするなら、はじめから声なんて掛けないでほしかったです」と言った。俺から積極的に誘った訳じゃないぞと思ったが、陽一郎は「ごめん」と謝った。いまは理香の気持ちをなだめる方が得策に感じられた。

「はじめからそのつもりだったんですか？」

「なにが？」

「転勤までの遊びだって」

「そんなことないよ」

「じゃあなんで『転勤だから別れる』なんて言うんですか」

陽一郎は答えに詰まった。転勤になれば関係を続けるのが難しいことは理香もわかっているはずだ。それなのにゴネるのは、感情の持って行き場所を失っているからだろう。陽一郎は沈黙を続けた。理香も口を開こうとはしなかった。洗面器に顔をつけたような時間に先に堪えきれなくなったのは陽一郎だった。

「悪かったと思ってる」

「何がですか」

「こうして別れ話を切り出すことを」

ふん、と理香が鼻で笑った。この態度が、これ以上話しても無駄だと陽一郎に悟らせた。

「すこし考える時間をくれ」

伝票を手にして立ち上がると、理香は陽一郎を見上げて言った。

「結局、偽善者なんですよ。課長は」

何も言わず店を出た。駅までのコンコースを歩いているうちに、ふつふつと怒りが込み上げてきた。俺が偽善者だって？　ふざけんな。俺がどれだけいろんなものに耐えてきたと思ってるんだ。何も知らないクセに知ったふうなこと抜かしやがって。偽善者だと？　いや、ふざけんなよマジで。

翌日から、理香とは目を合わせないようにした。

早く辞令が出てくれと、そのことばかりを一日じゅう祈った。

その晩、珍しく早く家に帰ると、妻がエプロン姿でキッチンから出てきて「あなた、狭いところ苦手だったっけ？」と言った。頭にクエッション・マークが浮かんだ。ここ数年で閉所がすこし苦手になったのは事実だが、妻には知らせていなかった。

「どうしたんだ、急に？」

「茅森さんが教えてくれたのよ。〝課長は狭い所が苦手ですもんね〟って。どういうこと？」

「な、なんで？」

「わたしたち、お友だちになったの」

陽一郎は家庭に異星人《エイリアン》が侵入してきたような恐怖を覚えた。「で、いつから苦手になったわけ？」と妻に菜箸で指し示されたのが屈辱だった。

「この2年くらいかな……」

妻に絶対覗かれてはいけない映像が脳内で流れた。場所はホテルのエレベーター。理香に「大丈夫ですか？」と優しくたずねられる映像だ。

「なんで言わなかったの？」

どんな動きも見逃すまいと、妻が瞳の奥を覗き込んできた。

「いや、心配させたくなくて」

陽一郎は目を逸らさぬ自信がなかったので、一目散に寝室へ向かった。

翌日は陽一郎の41歳の誕生日だった。

3人の子は起きてくるなり「パパ、おめでとう〜」と言ってくれたが、妻からは一言もなかった。冷たい目で陽一郎を見おろし、焼き上がったパンを無言のまま置いた。陽一郎はパンを平らげると、逃げるように家を出た。駅までは歩いて10分ほどの道のりだ。

妻は理香と友だちになったと言っていたが、ひょっとしたらもう何か摑まされているのではないか。理香がその気になれば相当の情報操作ができる。二人が繋がったのは本当に痛かった。

陽一郎は電車に乗り込み、このところお気に入りの麻雀系YouTuberの動画を開いた。せめてこの時間くらいは我を忘れたかった。

〈日本全国の雀荘《じゃんそう》へ殴り込みに行ってきた！〉

タイトルこそ勇ましいが、実際は地方へ打ちに行ったときの、自分の手牌《てはい》を延々と流すだけだ。その前後に地方のうまいラーメン屋を紹介する動画があったりして旅行気分を味わえるので、なんとなく観てしまう。しかし、さすがに今日は入り込めなかった。

妻と理香。

理香と妻。

家庭にも職場にも爆弾を抱え込んでしまった。いよいよこの電車の中だけが安息の地かと思うと、「高給取り」とか「エリート保険マン」と言われたところで、「僕はちっとも幸せじゃないんです！」と車内の誰かれに向かって言いたい衝動に駆られた。

「結局、偽善者なんですよ。課長は」そう理香に言われたこともボディブローのように効いていた。〝結局〟という言葉遣いに引っ掛かる。つまり理香は仲良く付き合っていた頃から（そして上司としての陽一郎の働きぶりにも）偽善を感じ取っていたということか？

それは言葉のアヤだろうと思いたかった。部活でも会社でも家庭でもずっとリーダーシップをとってきたのだ。偽善者で務まるはずがない。理香とのことはイレギュラー。サーブをネットに引っ掛けてしまったようなもので、長くやっていれば誰にだってそんなミスはある。どうすればこの窮地を脱することができるのだろう？

転勤。

それしかないように思えた。理香と物理的に距離をおけば、すべては解決するはずだ。電車が駅に着いた。改札を出てすこし歩き、厳重なゲートをくぐって、高速エレベーターで26Ｆへ向かった。ドアが開くと、廊下の突き当たりの窓の向こうに皇居の緑が見えた。まだ午前7時前。今日も長い一日が始まるのだ、と心に活を入れる。

就業15分前に理香が姿を現した。陽一郎は気づかないふりをして挨拶をやり過ごした。あれからやりとりしてないが、理香はどう思っているのだろう。「すこし考える時間をくれ」という陽一郎の言葉を真に受けているのか。フェイスブックで繋がった妻とどんなやりとりをしているのかも気になる。釘《くぎ》を刺すべきだろうか。いや、とんだ藪蛇《やぶへび》になりかねない。

午前10時、人事部から「14時に来てくれ」と連絡があった。おそらく辞令だ。これで転勤できる。祈りが通じたのだ。

昼過ぎ、意気揚々とランチに行った。食べ終わって珈琲を飲んでいたら、メールが届いていた。


41歳の誕生日おめでとう。

ようやくこの日が来ましたね。


そんなふうに始まるメールで、送り主はなんとガンプ君だった。陽一郎はメールに目を走らせながら、バレー人生の中でも飛びきり変わりダネだったガンプ君のことを思い出した。

あれは高校3年の5月。

キャップとして陽一郎に課された使命は、ガンプ君をアタッカーに育てあげることだった。期限《リミット》は3ヵ月。相手はど素人。陽一郎はガンプ君に何千本とトスを上げた。しかしガンプ君のヒット率は上昇しなかった。

ガンプ君は居残り練習をよく志願した。無理を言って入部してもらった手前、陽一郎も必ず付き合った。

みんなが帰った体育館で、7本連続スパイクを失敗したあと、

「ご、ごめんね。うまく打てなくて」

とガンプ君が膝から崩れおちた。

「気にすんな。一回休憩すっか」

二人ともコートに尻をつき、ぱたぱたとシャツを扇《あお》いだ。

「ど、どうやったらうまく打てるようになるんだろう。うまい人はどんな練習をしてるの？」

「名門校の選手は、まず体幹を鍛えるよな。たとえばこんな感じ」

陽一郎は立ち上がると「ほっ」と逆立ちした。そのままコートの端まで歩き、Uターンして帰ってきた。よっ、と元に戻る。

「な？体幹がしっかりしてたら、空中でバランスが取れるからスパイクのミート率が上がるんだよ」

「す、すごいね。僕もやってみるよ」

ガンプ君は逆立ちを試みたが、すぐにドタッと倒れた。二人で笑い合う。岸高バレー部でもこれができるのは陽一郎だけだ。

「なあ、ガンプ君」

陽一郎は汗を拭いながらたずねた。

「どうしてこんな熱心に練習すんの。受験だってあるのに。俺たちは入ってくれたただけでありがたいんだから、無理しなくてもいいんだぜ」

「あ、ああ、それはね――」

ガンプ君は床に視線を落とした。

「ぼ、ぼくはちっちゃい頃から叩かれてばかりいたんだ。『ばか』とか『まぬけ』って言われてね。僕にも『痛い』とか『悲しい』って気持ちがあるなんて誰も思ってくれなかった。ほんとにフォレスト・ガンプみたいだったんだよ。だから仲間に入れてもらえたのが嬉しくて、それでみんなの役に立ちたいんだ」

これを聞いて陽一郎の胸はすこし疼いた。ガンプ君を誘ったのは人数合わせのためだった。正直、自分もどこかで「ガンプ君には鈍感力があるから、ちょっとやそっとでは傷つかないだろう」と思い込んでいたようだ。

「こ、この前の練習試合のエールも楽しかったよ。あんなに大きな声を出したのは生まれて初めてだった」

「よっしゃ」

陽一郎はパチンと膝を叩いた。

「それじゃ最後の試合のエールの振り役は、ガンプ君がやるか」

「ど、どういうこと?」

「俺がはじめに『キシコ〜、ファイッ！』って言うだろ。あれをガンプ君がやるんだよ」

「む、むりだよ。僕はどもっちゃうし」

「ノープロブレム。練習してみようぜ」

二人は立ち上がって円陣を組んだ。

「腹の底からいけよ」

「う、うん」

ひざに手をあてて、グッと腰をおろす。

「よしいけっ」

「キシコ〜、ファイッ！」「おうっ！」

「ファイッ！」「おうっ！」

「ファイッ！」「おうっ！」

「どもらないじゃん！」

陽一郎はガンプ君の肩をばしばし叩いた。

「う、うん！」とガンプ君も目を輝かせる。

「もう一回いこう」

2回目もうまくいった。ガンプ君の嬉しそうな顔を見ていると、こちらまで嬉しくなった。これは二人だけの秘密とした。

ガンプ君にはアタックのほかにサーブの練習もしてもらった。どうしてもローテーションで回ってきてしまうからだ。簡単なオーバーサーブが入るようになると、せっかくの跳躍力を活《い》かすために、ジャンプサーブの仕方も教えた。

そうして迎えた最後の大会。

1回戦であっという間に、敵にマッチポイントを握られた。

あと1点取られたら引退——。

陽一郎はネット越しに敵陣を睨みつけた。最後に一矢報いてやるつもりだった。サーブはガンプ君。しかしそのサーブはなかなか放たれなかった。代わりに審判のホイッスルが聞こえてきた。

「ゲームセット!」

何が起こったのか分からず後ろを振り向くと、ガンプ君が申し訳なさそうな顔をして立っていた。

「ご、ごめん。サーブを空振りしちゃった」

部員たちは大爆笑した。みつるなどはコートにひざまずき、腹を抱えていた。審判も含み笑いを噛み殺していたが、「キシコーも早く並んで」と促した。整列して挨拶したあと、最後のエールを迎えた。

「音頭はガンプ君が取るぞ」

陽一郎が言うと、部員たちは驚き、そしてすこし不安そうにした。

しかしガンプ君は高らかに叫んだ。

「キシコ〜、ファイッ！」「おうっ！」

「ファイッ！」「おうっ！」

「ファイッ！」「おうっ！」

終えると自然と拍手が巻き起こった。

「すごいじゃんガンプ君！」

「やればできるね！」

「最後の空振りは伝説だけど」

「ご、ごめんよ」

嬉しいやら、申し訳ないやらで、ガンプ君は顔をくしゃくしゃにした。弱小なりにやりきった、という感慨が陽一郎の胸を吹き抜けた。もう体育会とかはいいや、大学ではサークルにしようと思った。

「しかし訳のわかんないメールだな」

そう思いつつオフィスへ戻った。青春の思い出は懐かしかったが、それよりも次の赴任地のことで頭の中はいっぱいだった。丹羽は大阪か名古屋で見つけてやると言ったが、首尾よくそうなったかどうか。

七分の期待と三分の不安を抱えつつ、陽一郎は約束の時間に指定された部屋へ赴いた。男が二人と女が一人、厳しい顔で陽一郎を待ちかまえていた。思っていた雰囲気と違う。

「お掛けください」

促されて席につくと、

「昨日、あなたの部下の茅森理香さんから訴えがありました。まずはこの音声をお聞きください」

と男が再生ボタンを押した。

〈こんなふうにするなら、はじめから声なんて掛けないでほしかったです〉

〈ごめん〉

〈はじめからそのつもりだったんですか？〉〈転勤までの遊びだって〉

〈そんなことないよ〉

〈じゃあなんで『転勤だから別れる』なんて言うんですか〉

〈悪かったと思ってる〉

〈何がですか〉

〈こうして別れ話を切り出すことを〉

やられた、と思った。まさか理香があの話を録《と》っていたとは思いも寄らなかった。音声にはどこか不自然なところもあった。編集のせいだろうか。

「あなたの声に間違いありませんね？」

男の一人が重々しく告げた。

「……はい」

陽一郎は蚊の鳴くような声で答えた。ここで争ってもしょうがない。

「では、茅森さんと不倫関係にあったことは間違いありませんね？」

この質問にはすぐに答えることができなかった。これを認めたらすべてがパーになる。これまで積み上げたもの全てが、だ。丹羽の苦々しい顔が浮かんだ。なんとか切り抜ける方法はないか？　しかし音声を認めてしまった以上、不倫も認めるほかないのではないか。それにさっさと認めないと、こちらの心証が悪くなる。潔く認めたうえで助かる方法は？

ない。たくさんの人間がたった一つの失敗で干されるのを見てきた。　会社はそんな甘い場所ではないのだ。

「……はい」

陽一郎はもう一度蚊の鳴くような声で答えた。唇が震えた。

そのあと「いつから始まったのか」とか「どれくらいの頻度で会っていたのか」とか「仕事とプライベートの混同はなかったか」などと聞かれた。いくつかの質問には正直に答え、いくつかの質問には嘘をついた。とくに二人の飲食費を会社の経費で落としていたことには口をつぐんだ。横領に問われかねない。

追って沙汰を待つように、と言われて解放された。

陽一郎は蹌踉とした足取りで廊下を歩いた。心神喪失のなかにあっても、「ともかく丹羽に連絡しなくては」と考えている自分が犬のように思えてきた。ケータイを鳴らしたが、繋がらなかった。

デスクに戻ると理香がディスプレイを見ながら、何事もなかったかのように仕事をしていた。怖かった。こいつの心はモンスターだと思った。

陽一郎はスマホやパソコンに残る理香とのやりとりの履歴はすべて消去していた。

しかし念のためにあらためてスクリーニングすることにした。いまさらかもしれないが、やれることはすべてやるつもりだった。チェックしていたら、先ほどガンプ君から届いたメールが目に留まった。

――人が大変なときに、悪ふざけしやがって。

陽一郎はなんの躊躇《ためら》いもなく、ガンプ君のメールをゴミ箱に捨てた。

（4）

佐々木《ささき》タクローは、ウィーンのザッハーホテルのバーで一人飲んでいた。

名物ケーキ「ザッハトルテ」発祥の地であり、国立歌劇場も隣にあるから、日中は観光客や宿泊客で引きもきらない。けれども深更になるとさすがにホテル内も落ち着いてきた。一日の仕事を終えた添乗員がホッとできる唯一の時間だ。

スツールに腰かけ、ちびちび舐《な》めるようにロックを飲んでいたら、

「よう、お疲れさん」

と後ろで声がした。声でわかる。ツアー客の一人の土井《どい》さんだ。タクローは心の中で舌打ちしてから、満面の笑みで振り返った。

「お疲れさまです。あれ、お一人ですか？」

「うん。部屋にいるのも飽きちゃってね。一杯だけご一緒していいかな？」

本当は嫌で仕方なかったが、「どうぞ、どうぞ。光栄です」と椅子をすすめた。

土井さんはタクローのラグジュアリーツアーの常連だった。本人は芸能プロダクションや学習塾を多角経営しているというが、ほんとのところはわからない。確かに水商売っぽい感じはあるし、実業家らしい一面もある。どちらにせよ金持ちオーラは半端ではないから、それだけで愛想をふりまく理由は充分だった。タクローは職業柄、本物の金持ちと成金《なりきん》と小金持ちを見分ける嗅覚は優れている。

土井さんはバーボンを注文すると、「じつは俺、北極にオーロラを観に行きたいんだよね。こんどツアーを企画してよ」と言った。でた。本物の富裕層だけが行き着くネイチャー還《がえ》りである。都会の贅沢《ぜいたく》に飽きた人は、最後に必ず「ヒマラヤに登りたい」とか「熱帯雨林でゴリラを見たい」とか言い出す。

面倒くせぇな、と思いつつも「かしこまりました。不肖・佐々木タクロー、大至急リサーチさせて頂きます」と敬礼した。

「頼んだぜ」

こちんとグラスを合わせた。まるで家来に対する物言いだが、金づると思えば腹も立たない。富裕層は総じて人が良く、鷹揚《おうよう》で、社交慣れしている。客同士でもすぐ打ち解けるから、こういう人たちの引率はわりと楽だ。

そこへいくと安いパッケージツアーの客はどうだ。メイン・ディナーの会場にユニクロで現れ、勝手にビールを追加注文しておきながら、会計の段になって「こんなに高いなら頼まなかった」とゴネる。「ヨーロッパは酒税が高いんです」と説明しても納得しない。情けなくて涙が出そうになる。

タクローはもといた旅行会社でそんな格安パックツアーばかりやらされた。うんざりして今のラグジュアリーツアー専門の会社に移った。朱に交われば赤くなる。もう貧乏人は願い下げだ。

「土井さんって、どうやって成功者になられたんですか？」

タクローは真摯な表情をつくってたずねた。金持ちは自慢話が好きだから、御膳立《おぜんだ》てして時間を稼ぐつもりだった。ただしあまり気持ち良くさせすぎると、話が長くなるので、さじ加減は重要である。

「そりゃぁキミ、自己欺瞞《ぎまん》をなくすことだよ」

土井さんの鼻の穴がすこし膨らんだように見えた。

「美男でもない自分がどうやったら美人と付き合えるか。しがない旅行会社の添乗員が、どうやったら一攫千金《いっかくせんきん》できるか。プライドや自尊心を捨てて、虚心坦懐《きょしんたんかい》に自分を見つめるんだ」

しがない添乗員って言いやがったな、このクソじじぃ。シネ、と思いつつもタクローは感じのいい笑みを絶やさなかった。

「で、金持ちになったらどうすればいいんです？」

「投資するんだ。カネにも働いてもらうんだよ」

「つまり、ビルを買うとか？」

「それもいいけど、やっぱり株がいちばんだな」

「株？」タクローは眉をひそめた。

「うん。株って言うとみんなギャンブルだと思ってるけど、そんなことないよ。余裕のあるカネで長期投資すれば、絶対に負けない」

「ほんとですか？」とタクローは身を乗り出した。下手なセミナーならカネを取られかねない〝成功者の法則〟をタダで聴けそうだ。

「ほんとだとも。いいかい。資本主義っていうのは毎年インフレを宿命づけられたシステムだ。成長が止まったら即破綻するように設計されているからね。だから先進国の首脳はヘリコプターでカネをばら撒《ま》いてでも経済成長させようとする。

そして株価はそのいちばんの指標だ。つまり資本主義が機能している限り、株価は上がり続ける。早い話が、金持ちになったら超大型の優良株をドーンと買って、高みの見物してりゃいいんだよ。株がダメになるときは世界もダメになるときだから心配しなくていい。ここだけの話、俺は配当も入れたらこの10年でン十億儲《もう》かったぞ」

「すごい……」

眉唾ではあったが、成功者の話には妙な説得力があった。

今回のツアー代だって一人350万円する。それにプラス土井さんは「いくら掛かってもいいからウィーンフィルの特等席を押さえてよ」と言ってきた。有名オーケストラの特等席はバス会社のイベント部門の部長や、ホテルのコンシェルジュがこっそり押さえている摩訶不思議《まかふしぎ》な世界である。タクローはコネを駆使して1席50万円の席を二つ確保した。土井さんはその大金をぽんと支払った。

バーボンを1杯飲み終えると、「それじゃ失礼するよ」と土井さんは約束通り席を立った。「あんまり待たせるとあいつがうるさいからね」

土井さんは毎回違う銀座のオンナを連れてくる。今回も娘くらいの年頃のホステスを連れていた。こんな皺《しわ》くちゃのジジイが毎晩あんないい女を抱いてるのかと思うと、むしょうに腹が立った。世の中、どうしてこうも不公平なんだろう。

ウィーンから帰ると、3日の休みがあった。

添乗員の仕事は現地へ行くと気の休まる時間がないから、ヘトヘトになって帰ってくる。とくにこの3年ほどは、海外から帰ると疲れが1週間は抜けなくなった。だから休日は一歩も外に出たくないし、誰とも喋りたくない。

タクローはリビングのソファでごろごろして過ごした。気が向くとテレビをつけてザッピングし、「くだらねぇ番組ばっかり流しやがって」と悪態をついて消した。

妻は留守だった。車椅子生活になった実母を介護するため、朝から夕方まで実家に帰る。妻がいないとじつに快適である。

中2の息子も、学校や部活や塾でほとんど家にいなかった。もっとも最近は家にいても、自分の部屋に閉じこもってばかりいるから気づかないことも多い。どうせエロ動画でも観てるんだろう。

昼過ぎ、土井さんから着信があった。嫌な予感がした。ツアー直後の電話はたいていクレームだ。電話を取ると、「今回も楽しかったよ。ありがとね」と言われ、ほっと胸をなでおろした。じゃあなんの用事だ？

「じつはこんど、講演マッチング会社を立ち上げることになってさ。たとえば企業や官公庁が、誰か有名人を講演に呼びたいと思うだろ。だけど誰を幾らで呼べばいいか分からない。そういうとき紹介してあげる会社。ほら、俺は芸能界にも顔が利くから。でね、そこで働いてみる気ない？」

「へっ？　わたしがですか？」

「うん。タクローくんは仕切りやアテンドが仕事だから、向いてると思ってさ」

「はあ……。講演マッチング会社ですか……」

タクローはすばやくソロバンを弾いた。いくらくれるのか。仕事はラクか。このジジイの下で働くメリットは？　ほんとはすごいケチかもしれない。将来性は？

「いずれ上場を目指すから、初期メンバーになっておけばストックオプション長者も夢じゃないぞ」

その手に乗るか。上場しなきゃベンチャー企業の株券なんてただの紙屑《かみくず》だ。現金で報いたくないだけの話だろ。

「別に社員にならなくても、資本金を入れてくれれば株主になれるけど、そんなカネないだろ？」

「ええ、まあ……」

「だよな」

小馬鹿にしたような嘲《わら》い声が聞こえてきた。やっぱこいつの下で働くのはないわ。シネ、じじい。

「まあ、詳しくはこんどメシでも食いながら話すから、考えといてよ」

「かしこまりました」

「北極ツアーの件もよろしくな」

「お任せください。獲れたてのトナカイとアザラシのフルコースをつけちゃいますから」

「ははは。頼んだぜ」

偉そうに言って電話は切れた。ちっと舌打ちしてソファに寝ころぶ。どうして金持ちはこうも直電が好きなんだろう。せっかくの人の休暇をなんだと思ってやがる。だがタクローは天井を睨んでいるうち、

——転職か……。それはそれで悪くないかもな、と思いだした。

いまの仕事はそのうち体がついてこなくなる。あのジイさんの下で働くかどうかはともかく、そろそろキャリアを見直すべき時かもしれない。

けれども本日41歳になった自分に、業界内でいい転職先が見つかる可能性は薄かった。他業界なら尚更だ。そもそも安月給の旅行業界に入ってしまったのが運の尽きだ

ったのだ。

考えていたら腹が減ってきたので、キッチンに立ちペヤングソースやきそばをつくった。誕生日だから息子用の超大盛を食べてやろうかと思ったが、胃にもたれそうなのでやめた。お湯を注いで3分待つあいだに、義母からショートメールが届いた。

〈お誕生日おめでとう！　申し訳ないんだけど、3万円ほど貸してもらえないかしら？〉

またか、とタクローは顔をしかめた。感情を押し殺し、ネットバンクから義母の口座へ3万円を振り込んだ。身を切られるような思いがする。

義母の無心は結婚して2年くらいした頃から始まった。

「娘を大学出すために親戚に借金したから、返さなくちゃいけないの」

それが義母の言い分だった。妻は母子家庭で育った。義母はついこのあいだまで、清掃のパートをしていたから、生活がラクでないことは確かだろう。

「娘には内緒でお願いね」

義母は必ずそう付け加えた。額は5万円とか10万円とかが多かった。タクローは言われるがままに貸してきた。断るのは気まずかったし、動物的な勘が貸しておいた方がいいと告げていた。

妻には内緒にしておいた。義母との約束もあったが、妻と何かトラブルがあったとき（たとえばタクローの女性問題とか？）、切り札として使えるかもしれないから、ジョーカーとして温存してきたのだ。

車椅子生活になってからも義母の無心は続いた。額は3万円とか小さくなったが、頻度はむしろ上がったようだ。今年もすでに2回貸した。貸しつけ額と日付はすべてメモに取ってある。総額は200万円を超えたが、返してもらったことは一度もない。タクローはペヤングをずるずる啜りながら、

――俺の人生、どこで間違っちまったんだろう、と考えた。41歳の誕生日をこんな形で迎えるとは思ってもみなかった。誰にも祝ってもらえないどころか、逆に3万円も毟《むし》り取られるなんて。妻とはお互いの誕生日を祝わなくなって、もう長かった。

タクローは中央大学の経済学部を卒業したあと、本当なら広告代理店に入社して、合コンでモテまくる予定だった。ところが就活は惨敗。仕方なく代理店違いで旅行代理店に入った。そして27歳のとき、適当に行った合コンで妻と知り合い、うっかり結婚してしまった。

妻は地味だし、大した学歴もない。母親の介護が始まってからは、可愛げのなさにも拍車が掛かった。このあいだも「疲れた」とあまりにグチを漏らすので、「施設で

面倒をみてもらったら？」と言ったら、

「それじゃダメなの。お母さんも家がいいって言うし。あなたみたいに家族に対する情が薄い人にはわからないんだよ」

と言われ、さすがにカッと頭に血が上った。人が親切で言ってやったのに。だが冷静になると、その通りかもしれないと思った。

タクローは人が「感動した」とか「泣けた」という家族ドラマで心を動かされたことは一度もなかった。すべて安っぽいお涙頂戴ものに思えた。

もともとお寺の三男坊だが、実家にはなるべく関わらないようにしてきた。寺はザ・長男みたいな性格の長兄が継ぎ、次兄も地元に家を構えた。

「ご苦労なこったな」

というのが、兄たちに対するタクローの感想だった。あんな田舎で一生を送るなんて、考えただけでも気が滅入《めい》る。

タクローは小さい頃から「お調子者だ」「典型的な末っ子だ」と言われてきた。はじめは反発していたが、やがてシメシメと思うようになった。そんな評判が定着すれば、多少のことは大目に見てもらえる。現にいまではお盆に帰省しなくても何も言われなくなった。正月にお義理で1日帰る程度だ。妻もタクローの実家へは行きたがらない。

面倒は少なく、遺産は平等に。それがいちばんだ。あとはなるだけ敵をつくらないように生きていけばいい。世の中バカばっかりなんだから。

ペヤングを食べ終え、ソファでスマホをいじっていたら、見知らぬアドレスからメールが届いた。

41歳の誕生日おめでとう。

ようやくこの日が来ましたね。

そんなふうに始まるメールだった。タクローは読んでいる最中から、「こりゃ特殊詐欺だな」と見当をつけた。ストックオプションを騙《かた》って怪しい書類にハンコを捺《お》させようとしているのだ。

「ん？　でも待てよ……」

メール末尾に追伸があった。それによれば18歳のタクローは、

「41歳の自分は、家賃収入で悠々自適に暮らしている」

と言ったそうだ。覚えてないが、まあ、自分が言いそうなことではある。

ガンプ君しか知り得ない情報が含まれているから、このメールは本当にガンプ君が書いたものかもしれない。考えてみれば大富豪のガンプ君がいまさらタクローを騙《だま》してカネを引っ張る必要はない。

ということは、特殊詐欺ではないのか？　いや、違う。ガンプ君からバレー部のエピソードを聞いた誰かが、ガンプ君になりすましてメールを送ってきた可能性は残る。もっと言えば、バレー部の誰かが。タクローは部員の顔を順に思い浮かべていった。

キャップ。エリート保険マンが、こんな成りすまし詐欺をするはずがない。

慎ちゃん。あのお人好《ひとよ》しにもこんな真似《まね》は無理だ。

新田。あいつは優柔不断で人畜無害。

みつる。あるとしたらこいつだ。立教大学を中退してプロ雀士《じゃんし》を名乗り、借金をこさえて飛んだと聞いた。いまごろ半グレにでもなって、昔の知り合いに特殊詐欺を仕掛けてくる可能性は充分にある。

ただ、みつるがこのメールを送ってきたとしたら、自分で自分を探せと指令を出したことになる。そんなことをして、みつるになんのメリットがある？

タクローはしばらく考えてみたが、うまい答えは見つからなかった。

　ということは、これは本当にガンプ君が送ってきたメールなのか？

　その可能性もあるが、やはり詐欺の可能性も捨てきれなかった。そもそも代理人を立ててガンプ君と直接連絡を取れないようにしてあるのが怪しい。マイケル・J・フォックスなる送信主に確認してみようかとも思ったが、特殊詐欺なら下手に返信するのはまずいだろう。

　タクローはキャップに連絡を取ってみることにした。2～3年前に東京駅でばったり会ってLINEを交換した。岸高バレー部で唯一、連絡先を知っている相手だ。

〈お久しぶりです。タクローです。元気でやっとりますか？　さっきガンプ君の代理人って人からこんなメールが来たんだけど、どういうことかしら？　僕ちゃん、ハメられちゃってる？〉

　メールの全文を貼りつけて送ると、しばらくして返信があった。

〈ああ、それ俺にも来てたわ。2ヵ月前の誕生日に〉

〈どういうことなの？〉

〈わからん。ほっといた。いまバレー部のグループLINE立ち上げるから待て〉

　しばらくすると【岸高バレー部】のグループLINEに招待された。

　そこへキャップが書き込んだ。

〈皆さん、お久しぶり。本日、タクローの誕生日にガンプ君からメールが届いたそうです。俺にもあった。みつるを探せとか、5万年後とか、なんとか。慎ちゃんと新田にも届いてた？〉

〈届いてました！〉と慎ちゃん。

〈同じく！〉と新田。

〈誰かガンプ君と連絡とった？〉

〈いや、ちょっと気にはなってたけど……〉と慎ちゃん。

〈俺も〉と新田。

〈だよなw。でもせっかくの機会だから、こんどみんなで同窓会がてら集まって相談するか〉とキャップ。

〈うん、そうしよう〉と新田。

〈賛成！〉と慎ちゃん。

〈みんな東京にいる？〉とキャップ。

〈俺は広島に単身赴任してるけど、みんなの都合に合わせて帰るよ〉と慎ちゃん。

〈じゃあ来週の土曜なんてどうよ？〉とキャップ。

〈ＯＫ〉と新田。

〈了解〉と慎ちゃん。

〈タクローもオーケー？〉

キャップに聞かれ、タクローは〈もちろんでございます！〉と返答した。

やりとりが鎮静化したあと、タクローはスマホをほっぽり出して、やれやれと天井を見つめた。同窓会なんて懐かしいような、面倒くさいような気分だ。

――500万ドルあったらいいなぁ、とむくむく妄想が頭をもたげる。

もし5億円あったら、もちろん会社は辞める。熱海《あたみ》に温泉つきのリゾートマンションでも買ってゴルフ三昧だ。愛人もつくる。どうせマンションも愛人も都心より相場は安いだろう。土井さんの講演会社とやらにも、ちょっと投資してやってもいい。

クルマは控えめにレクサス。色はシックなグレー。派手な色に乗りたがるのは成金である。自分の会社をつくり、料理屋で言うのだ。「ここはうちの会社の経費で落とすから、ご馳走させてよ」。一度このセリフを言ってみたかったのだ。どうせなら旅行代理店にして、愛人もそこで働かせよう。経費削減だ。俺って天才かもしれない。

ここでタクローの妄想にストップがかかった。

「これ、妻はどうするんだ？」

どうせなら熱海のリゾートライフは一人で満喫したかった。

――いっそのこと、卒婚しちまうか？

そう考えたら、開かずのトビラが開いたみたいな爽快感が広がった。そうだ、別れちまえばいいんだ。まとまった慰謝料と、息子が大学を出るまでの養育費、それにローンを一括返済したマンションをつけてやればガタガタ言わないだろう。

いや、まてまてまてまて。

もし5億円入ったあと離婚したんじゃ、妻《あいつ》に半分持って行かれちまう。裁判で財産の開示請求をされたら、当然そうなる。ということは、5億円もらう前に離婚しなきゃいけないってこと？

こう言ってはなんだが、ハンコを捺させる自信はあった。妻はタクローに無関心だし、いまは介護のためパートになっているが、もとは看護師だから経済的な心配はない。「マンションはやるし、養育費も払う」と言えばおとなしくハンコをつくだろう。

そう思うと、開かずの第二のトビラが開いた気がした。いままで離婚は敗北だと思ってきた。だがそれは貧乏人の発想だったのだ。

Amazon のジェフ・ベゾスを見ろ。マイクロソフトのビル・ゲイツを見ろ。金持ちはみんな離婚してるじゃないか。離婚は人生の勝者の証《あかし》なのだ。

そんなことを考えていたら、妻が帰ってきた。そしてソファで寝ころぶタクローを見て、「はあ」とため息をついた。「ただいま」でも「誕生日おめでとう」でもなく、「はあ」である。別れたい、と思った。

バレー部の同窓会は新宿御苑《しんじゆくぎよえん》の中華料理屋で開かれた。

5分ほど遅れて到着すると、聞き覚えのある声が個室からわいわいと漏れてきた。

「いやぁ、皆さん。盛り上がってますね」

そう言いつつ、タクローは入っていった。「仲良きことは麗しきかな。またみんなで排球《ハイキュー》でもやっちゃいますか？　僕は手が痛くなるんでヤですけど」

「あいかわらずだなお前」とキャップが言った。

あいかわらずなのはお前だよ、上から目線で言いやがって——とキャップを見てぎょっとした。目は窪み、不健康に太り、髪には白いものが目立った。

「キャップ、若白髪？」

タクローがたずねると、「ああ、この2ヵ月で急に増えちまってな」とキャップは寂しそうに笑った。

「それはご愁傷さまです」

タクローはお寺の子らしく、手を合わせて瞑目《めいもく》した。

「久しぶりだね、タクロー」

新田が言った。こいつも太った。とっちゃん坊やみたいな感じは昔と変わらない。頭髪のボリュームはすこし寂しくなったようだ。本人はそのことに気づいているのだろうか。

「あれ、タクローちょっと髪薄くなった？」新田が言った。

「ほっとけ」それはこっちのセリフだよ！

「そういえばタクローって、昔バレー部を卒業したあと、ロン毛にしてたよな」とキャップが言った。「キムタク意識して」

「あー、してたしてた」と新田が応じる。「音楽室のハイドンの肖像にしか見えなかったけど」

「黒歴史ですな」

「じつに」

「ちょ、やめろよ」

タクローが木村拓哉《キムタク》の真似の真似をすると、笑いが起こった。ここはオッサンたちの部室か。慎ちゃんはやりとりを黙ってニコニコ聞いていた。こいつだけは昔の印象のままだ。気弱は死ぬまで直らないのだろう。

「さて、始めるか」

生ビールで乾杯すると、新田が「ほんと久しぶりだよね」と白い泡の髭《ひげ》をつくりながら言った。

「大学以来か。いつでも集まれると思うと案外やんないもんだよな」とキャップ。

「キャップは転勤が多かったし、ガンプ君はアメリカ。タクローも東京にいないことが多くて、みつるは行方不明だもんね」と新田が言った。「慎ちゃんも転勤が多かったんだっけ？」

「こんどで2度目」

「そっか。みんな忙しかったんだね」

集まらなかった理由を取り繕うために言葉が重ねられた。正直に言えばいいのに、とタクローは思った。僕ら田舎もんだから、こっちで生きていくのに必死で、集まる必要性を感じませんでした、って。

「ところであの胡散臭《うさんくさ》いメールの件ですが、皆さん放っといたんですか？」とタクローはたずねた。

「ああ、ちょうど会社でゴタゴタがあった時期でな。ゴミ箱に捨てたわ」とキャップが言った。「慎ちゃんは？」

「俺はエイプリルフールだと思った。ちょうど向こうがその日だったから。新田は？」

「スパムだと思って放置してた。タクローは？」

「わたしも特殊詐欺か、国際的なオレオレ詐欺かと」

「ま、そうなるわな」

キャップが全員の話を引き取った。

「だけど今日来るとき思ったんだ。ガンプ君にとって俺らに5億ずつ配るなんて、ちょっと高級なランチを奢《おご》るくらいの感覚なんじゃね？ って。だから金額のことだけで言えば、あながちあり得ない話ではないのかもよ。ストックオプションなら自分の懐《ふところ》も痛まないし」

「さすがにそれは言いすぎじゃないですか。それよりガンプ君はなんでみんなの誕生日を知ってたんですか」

タクローの疑問に、慎ちゃんが答えてくれた。

「初めて会ったとき訊かれたじゃん。誕生日とか住所とか身長とか垂直跳びの高さとか」

「それを覚えてたってこと？」

「うん」

「ガンプ君、一度覚えた数字は忘れられないって言ってたもんな」とキャップがうなずく。

タクローは訊かれた記憶はなかったが、きっと訊かれたのだろう。

高校時代のタクローはガンプ君を避けていた。アウト・オブ・カーストといっていいガンプ君と一緒にいるところを見られたら、自分の校内順位まで下がってしまうからだ。

ただでさえバレー部のカーストは野球部やサッカー部に比べて低かった。タクローはお人好しの慎ちゃんや優柔不断な新田とも付き合うメリットを認めなかった。消去法で残ったのがキャップだ。キャップだけは、ほかのイケてる連中と対等に口を利くことができたからだ。

「だけどマジ、みつるどこ行っちゃったんだろうね」と新田が言った。

そこからみんなで最後にみつるに会った日を出しあった。大学時代というのが一致した答えだった。

「連絡先を知ってるやつは？」

キャップの一言でみんなが自分のスマホを確かめたが、知ってる者はいなかった。

タクローは確かめもしなかった。みつるの連絡先なんて、なんなら高校時代から知らない。みつるはナルシシストで、取っつきにくくて、面倒くさい奴だった。向こうもタクローを毛嫌いしていたようだ。みつるが立教大学を中退して麻雀プロになったと聞いたときは、「岸高出身者にもそんなバカがいたのか」と腹の底から笑った。

みんながいい感じに酔っ払ってくると、「みつる何してんのかな」「借金つくって飛んだってほんと?」「探してみる?」「あー、面白いかも」という方向へ話が流れた。するとキャップが言った。「よし、みんなでみつるを探してみるか。あいつがいまどうなってるか知りたいしな」冗談はヨシ子ちゃん、とタクローは思ったが、新田と慎ちゃんが「おー、いいね、いいね」と盛り上がった。ひま人め。

「ついでにガンプ君にも返信してみようぜ」

「そうだね。考えてみたら、今日はガンプ君にも声をかけるべきだったんだよね」と新田が言った。

「言われてみれば」とキャップが言った。「とりあえず卒業アルバムの住所をもとに、地元でみつるの実家にあたってみるか」

「キャップ、地元に帰る予定あるの?」と慎ちゃんがたずねた。

「ないけど、野球部にコバタケっていただろ? あいつが実家に戻って、スーパーを継いだんだ。配達とかでいろいろ回ってるらしいから、ついでに覗いてきてもらおうかと思って」

「コバタケ懐かしー」

と新田が言った。「あいつ、カネ取ってみんなにAV貸してたよね」

「あー、貸してましたね」とタクローはうなずいた。２度ほど借りた気がする。

「じゃ、これで決まりな」

キャップがジョッキをかかげた。

「新田は編集長になったんだよな。めでたいからみんなで乾杯しよう」

新田は浮かぬ顔で答えた。

「いや、めでたくもないんだよ。訳あり編集長で、給料も減らされちゃったし。さっきキャップも、会社でゴタゴタがあったって言ってたよね」

「ああ……。ちょっとな……」

キャップも暗い顔になった。気勢が削《そ》がれた。「厄年ってほんとにあるんだな」というボヤキが、20年ぶりの同窓会の中締めとなった。

第二章

（1）

慎介は広島へ戻ると、支店長から来月の気象予報学会へ出張を命じられた。業界の重鎮たちへの顔つなぎが主な目的である。会場は福島県の郡山市《こおりやまし》。ちょうど週末にかかるので、帰省を兼ねることができる。

妻に早速、次の帰省日をＬＩＮＥした。〈子どもたちにも伝えておきます〉と返事がきて頬がゆるんだ。帰省は毎月の最大イベントである。

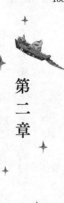

さて、みつるを探さねばならない。

まずはみつるが所属していたプロ麻雀《マージャン》団体のホームページを開いてみたが、所属プロ一覧にみつるの名前はなかった。問い合わせフォームがあったのでそこへ書き込んだ。

〈そちらに所属していた西山みつるプロを探しています。高校の同級生だった北浜慎介という者です。連絡先がわかるようでしたら、ご教示願えませんか〉

送信したあと、ネットで〈西山みつる　麻雀プロ〉で検索してみた。一つだけYouTubeの動画が見つかった。

〝第21回　達人戦決勝　西山プロ優勝〟というタイトルだ。

再生ボタンを押した。4人の男が難しい表情で麻雀を打っていた。もくもく煙草《たばこ》の煙を燻《くゆ》らせて打っているところに時代を感じる。みつるはほかの選手よりも頭ひとつ高かった。そういえば岸高バレー部で180センチを超えていたのはみつるだけだった。あとみつるの特徴で覚えていることと言えば、ベルト集めが趣味だったことくらい。みつるが「ポン」と言った。声まで若かった。

そのうちプロ団体から返事があった。

〈西山さんはこの5年ほど音信不通です。当方の会費も未納のまま登録抹消されました。消息については不明です〉

このやりとりをバレー部のグループLINEにアップすると、〈了解〉〈おつかれ〉〈そっか〉とぱらぱらレスポンスがついた。

キャップからも報告が入った。みつるの実家も、ガンプ君の実家も、ほかの表札が掛かってたって〉
〈コバタケに地元であたってもらった。みつるの実家も、ガンプ君の実家も、ほかの

こちらにも似たようなレスポンスがつき、新田が〈じゃあ俺もガンプ君（マイケル・J・フォックス？）にメールしてみるわ〉と書き込んだところで更新は途絶えた。

夜、診療所を訪れた。すっかりお馴染《なじ》みとなった後藤さんの笑顔に迎えられた。

「いかがですか、最近は」

「おかげさまで順調です。最近はよく父のことを思い出します。海に連れて行ってもらった時のこととか、公園でキャッチボールした時のこととか。その頃の僕は、ちょうどいまの息子くらいの年齢でした」

「子どもを育てるのは、もう一度生き直すことだって言いますからね。ほかには？」

「子どもを助ける団体に興味があって、すこし調べています」

「ほう。たとえば？」

「子ども食堂や学び舎《まなや》みたいなやつです。調べてみると、全国には居場所のない子に食事や教育を提供してる団体がたくさんあって、そういうＮＰＯを立ち上げるのを助

けるためのNPOまであるんです」

「北浜さんもそういう子たちに手を差し伸べたいと？」

「できたら」

「素晴らしい。あとは？」

「以前お見せした、おかしなメールを覚えていますか？」

「Oh、ミスター・ガンプ！」

「ええ。あれを契機に、ほんとに久しぶりに、高校バレー部の同窓会があったんです。しばらくみんなで中年太りとか、髪の毛が薄くなったことを冷やかし合いましたよ」

「あと5年もすると、話題は老眼とEDと血糖値に移っていきますよ」

「なるほど」

さすがは人生の先輩だと、慎介は妙な感心の仕方をした。ここへ通い始めて半年になる。後藤さんはときどき慎介を医者のような目で見つめることがあるが、大半は世間話をするために通っているようなものだった。慎介は後藤さんとのそうした他愛ない会話に、どれほど助けられているかわからない。友人とも家族とも同僚とも違う。それでいて、ちょっとずつそれらであるような関係だ。勇気を出して来て本当によかったと思った。

翌日、新田からグループLINEが連打されてきた。

〈マイケルに以下のメールを送りました〉

〈マイケル・J・フォックス様

お返事遅くなりました。頂いたメールの件ですが、あそこに書かれていることは本当ですか。5万年後の入部同意書とはどんな意味でしょう。ストックオプションの件も本当ですか。ガンプ君は元気ですか。事情がいまいちよく呑《の》み込めないので、ご説明をお願いできたらと思います〉

〈で、以下が返事〉

〈いまは事情があって、詳細については答えられません。書いてあることは本当です。おいおい説明できると思いますので、みつるさんを探してください。どうぞよろしくお願いします〉

するとキャップから書き込みがあった。

〈あれ？　俺もメール送ったら、似たような返事がきたぞ。以下。

いまは事情があって、詳細については答えられません。書いてあることは本当で

す。おいおい説明できると思いますので、みつるさんを探してください。どうぞよろしくお願いします〉

似たような返事どころか、まったく同じ文面だった。テンプレか、と慎介は不審に思った。

テンプレートで返信するのが悪いとは言わない。けれども違和感を覚える。突然、昔の仲間にメールで無茶ぶりしておきながら、その質問にはテンプレで答える。これは本当にガンプ君の指示だろうか。ＡＩか何かが代わって返信しているのではないか。ガンプ君の住む世界ならあり得そうな気がした。

そのまま2週間が過ぎた頃、キャップから個人的なＬＩＮＥが入った。

〈こんどの土曜、そっちに遊びに行ってもいい？　じつは鳥取支社に転勤になった。見せたいものもあるし〉

慎介がオーケーを出すと、次の土曜、キャップは本当にクルマで広島までやってきた。ホテルに泊まっていくというので、地酒と牡蠣《かき》料理がウリの店に入った。

「隣の県つっても、けっこうあんだな」

キャップがおしぼりで顔を拭きながら言った。

「だろうね。ところで、いつ転勤になったの」

「1ヵ月前」

「あれ？　じゃあ――」

「うん。同窓会のときにはこっちに来てた。だけど、なんとなく言い出しづらくてさ」

事情《ワケ》ありの転勤だったのだろうか。そういえば会社でゴタゴタがあったと言っていた気がする。

「この3週間で、また太ったんじゃないの？」

慎介は冗談めかして言ったが、本当にキャップの顔は一回り大きくなったように見えた。

「そうなんだよ。接待も残業もなくなったから、夜が長くてさ。麻雀動画とか観ながらダラダラ飲んじゃう」

「だめだよ。単身赴任はそこに気をつけないと」

「だよな。そこらへんをパイセンにご指導願おうと思って、こうして遠路はるばる来たわけ。それじゃ乾杯」

キャップは酔う前にこれを見てくれと言って、スマホでYouTubeの動画を開いた。

「これ、なんかみつるっぽいんだよ」

「えっ、みつる？」と慎介はスマホを覗《のぞ》き込んだ。

「麻雀系 YouTuber の〈日本全国の雀荘《じゃんそう》へ殴り込みに行ってきた！〉ってシリーズの仙台編。奥のカウンターでグラス洗ってる黒シャツ。これがみつるに似てるんだよ。24分52秒あたり」

キャップがタイムバーを操作して再生した。ほんの一瞬、奥のカウンターで洗い物をする人物がちらりと映り込んだ。すっと通った鼻筋と、ふてぶてしい目つき。確かにみつるの面影がある。

「もう1回いい？」

「何回でも」

慎介はタイムバーを戻して、カウンターの中の男にピントを合わせた。たしかに、全体的な雰囲気や動作の感じは、みつるに似ている気がした。

「どう思うよ？」キャップが言った。

「似てるね。だけどこの動画だけじゃなんとも言えないな。もうちょっと近ければわかったんだろうけど……。あ、そうだ。この男、こだわったベルトとかしてたかな」

「ベルト？」

「ほら、みつるはベルト集めが趣味だったじゃん」

キャップは一瞬きょとんとしたあと、「あー、そうだったかも」と言って、ふたたび動画を再生した。だが腰のあたりはカウンターに隠れていた。そもそもベルトは個性が少ないし、みつるがどんなベルトを好むのかも知らない。だから見えたところでたいした傍証にはならないだろう。

「みんなにも意見を聞いてみっか」

キャップが動画をグループLINEにあげた。

〈この動画に映ってるの、みつるじゃね？　24：52あたり。奥のカウンターでグラスを洗ってる黒シャツ。みんなどう思う？〉

慎介は送られてきた動画のプロフィールを確認した。

公開は1年半前。再生数は2700回。どこにでもありそうな雀荘で、延々と麻雀シーンが流れる。

「仙台のどこの雀荘かわからないの？」と慎介はたずねた。

「雀荘名は伏せられてる。一応、賭博行為だからかな」

「動画主にたずねたら教えてくれるかな」

「おー、その手があったか。『どこの雀荘ですか？』って聞いてみよう」

キャップはその場で書き込み、スマホをテーブルに置いた。

「しかし、あのガンプ君の返信はねーよな。正確にいえば、マイケル・J・フォックスからの返信か」

「うん。ガンプ君にしてはドライだよね。AIか何かかと思ったよ。ガンプ君がマイケルのふりをしてるって可能性はないのかな」

「なんのために？」

「わかんない。けど、なんかありそうだなって。なにかしらの理由で」

「ふむ……なくはないな。ま、結局は悪ふざけなんだろうけど。ところで慎ちゃんは5億あったらどうするよ？」

「会社を辞めて、NPOを立ち上げるかな。困ってる子たちを助ける団体ね」

「なんで？」

「最近、つくづく思うんだ。自分は営利企業に向いてないなって。それにうちは両親が離婚してたじゃん？　だから、そういう子たちを含めて、ね」

「なるほど。慎ちゃんらしいな」

「キャップは？」

「俺はとりあえず貯金でもするかな。欲しいものもないし」

「会社は辞めないの？」

「ああ。辞めたらそれこそ行き場がなくなっちゃうもん」

それこそ、という言葉遣いに不穏なものを感じた。まるでいま行き場を失っているような口ぶりだった。慎介がなにか勘づいたことに、キャップも気づいたらしかった。

「じつは俺、不倫がバレて飛ばされたんだよね」

キャップが芯のない声で言った。

「部下だった女でさ。そいつが録音データを持って、人事部へ駆け込んで、あることないことブチまけやがった。うちの妻にもコンタクトしてきてさ。修羅場だったよ。妻は子どもを連れて出てくって言ったけど、『もうちょっとで俺が飛ばされるから待て』って止めた。転校とかさせるの可《か》哀想《わいそう》だったし。転勤が決まるまでは、ビジネスホテルで一人暮らししてたよ」

「そうだったんだ……」

「だからある意味、単身赴任はありがたかったかな。ていのいい別居だよ」

「奥さんはなんて言ってるの？」

「まだ混乱してる。パニクって上の子に『お父さんが会社の若い女と不倫してた』って言っちゃって。上の子はもう全部わかる年頃だから、口を利いてくれなくなったよ。体調も崩したらしい。真ん中の子が『お父さんと仲直りしてほしい』って言ってくれてるのだけが望みで……」

慎介にはキャップの子たちの心模様が透けて見えた。慎介の胸もそこに重なった。両親の離婚は子どもにとって世界の崩壊である。別れてほしくない。元に戻ってほしい。そんな想《おも》いを抱いた子が、世界にどれだけいることか。これればかりは味わった者にしかわからない。

「これで出世の芽も完全に消えた。あとは出向を命じられるまでの余生だな。だけど、どっかでホッとしてる部分もあるんだ。『これで会社に人生を捧《ささ》げなくてもよくなったんだ』って。5時に帰れるってすごいよな。いや、負け惜しみとかじゃなくてさ。正直、いまは家族に許してもらえるなら、出世とか5億とかどーでもいいわ。ごめんな。湿っぽい話になっちゃって」

「いや……」

打ちひしがれるキャップの姿は目に痛かった。キャップはいつもチームの精神的支柱だった。キャップがいれば場は華やぎ、メンバーの気持ちも安定した。それはこの前の同窓会でも変わりなかった。学生時代のキャップは大人になってからもキャップだった。

二人は地酒に切り替え、ほとんど手つかずだった料理に箸をつけ始めた。牡蠣のマリネ、牡蠣フライ、焼き牡蠣、牡蠣のガーリックソテー。まさに牡蠣づくしだ。

「慎ちゃんは、会社に未練はないの？」

「ないね。支店長がちょっとキツい人でさ。後輩が二人、長期休養に入ってる」

「は？　二人も？」

慎介が実態を説明すると、キャップはあんぐり口を開けた。

「いまどき、そんな奴《やつ》がいるのか。うちの会社だったら1秒で飛ばされるぞ。それこそ録音でもして本社に送ったら？」

「録音か……」

「慎ちゃん向きじゃないか、そういうの。でも、悪を放置するのも悪だぜ。時代は変わったんだ。もう昭和とか体育会系ってキーワードが通用する時代じゃない。うちの会社も体育会系の採用枠はなくなった。今後もしばらくは、多様性とサステナブルの時代が続くはずだ。そんな上司には速やかに飛んでもらうのが、世のため人のためだぞ」

悪を放置するのも悪という理屈はわからなくもなかった。けれども慎介は、どんな理由であれ人とは争いたくなかった。考えただけでお腹が痛くなりそうだ。

スマホを見ると、二人から返事がきていた。

〈うん、みつるかも。よく見つけたね〉と新田。

〈わたしもみつるに1票。ちょい太い気はするけど〉とタクロー。

キャップが「酔うと揚げ物が食いたくなるんだよね」と言いながら、タブレットで唐揚げとアジフライを追加注文した。そりゃ太るはずだよ、と思いながら慎介は「二人から返事きてたね」と言った。

「ああ、見た。それにしても、あの二人も変わらんかったなー。18歳のときは41歳の自分なんて未知の塊だったからあの賭けも成立したけど、41歳になると64歳の自分なんてだいたい想像つくから賭けも成立せんな」

「そうだね」

店を出る頃には、キャップはぐでんぐでんに酔っ払っていた。自分から飲まれにいくような飲み方だった。慎介はホテルまで送っていった。

道中、キャップが言った。

「なあ、死ぬのって怖くないか？」

「えっ？」

「死ぬの、怖くないか。ほら、うちはオヤジがわりと早くに亡くなっただろ。だから俺も早死にするのかなってずっと思ってきた。ま、仕方ねぇかって。だけど今回のことがあって、死ぬとき一人はヤダなって思うようになったんだよ。家族と切れて一人で死んで行くのが寂しいっていうか。酔っ払っててうまく言えないんだけど」

「うん。わかるよ、なんとなく。死ぬのは怖いし、寂しいよ」

「な。そういえば慎ちゃんちは二世帯にしたんだっけ。自分のうちを持つってどうよ？」

「まだ住んだことないからわかんないや。ローンは重いけど。家買う予定あるの？」

「ないんだけど、嫁がずっと欲しがっててさ。買ったら許してくれるかな」

浮気の代償に家をプレゼントするなんて、そこだけ切り取ればアラブの大富豪みたいな話だ。ホテルに着くと、キャップはフロントに預けていた鍵を受け取った。

「大丈夫？　部屋まで上がれる？」

「ああ、大丈夫」

「じゃ、帰るよ。俺でよければいつでも声をかけてね。こんどは俺が鳥取まで行ってもいいし」

「サンキューな、慎ちゃん」

「キャップこそ、ファイトね」

キャップは千鳥足でエレベーターに乗り込んだ。ドアが閉まる瞬間の寂しそうな微笑が傷ましかった。


1週間後、キャップからグループLINEに報告が入った。

〈どうやらYouTuberに雀荘名スルーされたみたい。アホほど動画をアップしてる奴だから、1年半前の動画のコメントなんか見返さないのかも〉

これでみつる探しは暗礁に乗り上げたかと思っていたら、タクローからLINEが入った。

〈あの動画をYahoo! 知恵袋にあげたところ『仙台駅近くのポチという雀荘では？』と書き込みが！　わたしはいま海外なので、どなたか裏をとってくれませんか。——N.Y.より愛をこめて。皆さまのタクローより〉

〈でかしたタクロー！〉とキャップ。

〈なにか褒美を取らす〉と新田。

〈でしたら、どなたか北極ツアーに参加してくれませんか。いま企画中なんですが、爺《じい》さん一人しか参加者がいなくて。ツアー代金は225万プラス税です〉

〈高っ！〉とキャップ。

〈寒っ！〉と新田。

慎介も微笑みつつ〈薄手のダウンジャケットしか持ってないので今回は遠慮しておきます〉と返信した。そして〈ポチには俺が問い合わせてみます〉と追伸した。

《仙台　雀荘　ポチ》で検索してみた。ホームページはなかったが、全国の雀荘紹介サイトに1枚だけ写真が載っていた。なんとなく動画と雰囲気が似ている気がする。

電話すると「はい、ポチです」と男が出た。

「ちょっとおたずねしたいのですが、そちらの従業員で西山みつるという人はいませんか？」

「おたくは？」

「北浜と申します。同級生なんです。たまたまそちらのお店が映った動画を見ていたら、それらしい人物が映っていて。探してるんです」

「なんて名前だって？」

「西山みつるです」

「いないね」

みつるが本名を隠していた可能性はないだろうか。

「その動画は1年半前のやつなんですが、黒いシャツを着て、グラスを洗っていて」

「それだけじゃわかんないな」

「もともと麻雀プロで、180センチくらいあって、昔バレーやってて」

「……そういうの、答えてないんだよ」

男が面倒くさそうに言った。けれども一瞬の沈黙があったことを慎介は聞き逃さなかった。なにか思い当たるふしがあるのではないだろうか。

「動画を送るので見て頂けませんか」

「むり。いま忙しいから」

「1年半くらい前に、そういう人物はいませんでしたか」

「忘れたよ。うちは入れ替わりが激しいから」

「わかりました。お時間を取らせて申し訳ありませんでした」

いったん引き下がることにして電話を切り、「郡山↓仙台」の時間を調べた。新幹線で40分。これなら郡山での学会帰りに寄れる。出張は明後日《あさって》だ。直接会えば動画を見てもらうこともできるだろう。慎介は念のために麻雀の点数計算を復習した。麻雀なんて学生時代に齧《かじ》って以来だった。

出張の前日、支店長に裁可のハンコをもらいに行ったら、「ちょっといいか」と会議室へ連れて行かれた。

「宮本や堤下と連絡取ってるか？」

「いえ、そんな頻繁には……」

支店長の目には焦燥が浮かんでいた。

「会社がハラスメントの調査を始めるって言ってきてさ。どっちかがチクったんだ。そんなことをしたら、自分が会社のブラックリストに載るだけってことがわかってないんだよ、あいつらは。お前は証言してくれるよな。俺がパワハラなんかしてなかったって」

慎介は啞然《あぜん》とした。どうしてこの人は俺を味方だと思い込めるのだ？

「ほんと困ってるんだよ。仕事ができねぇ奴にかぎって、こうやって自分の弱さを責任転嫁してくるから。だけどいまは、言ったもん勝ちみたいな風潮があるだろ。だから頼むぞ。会社に訊かれたら、きちんと無かったって答えてくれよ」

はあ、と慎介はあいまいにうなずいた。初めて聞く支店長の猫なで声に、すこし胸焼けがした。

その晩、宮本にＬＩＮＥを打った。

〈おつかれ。調子はどうかな。間違ってたらゴメンだけど、ひょっとして支店長をパワハラで会社に訴えた？〉

〈はい〉

〈やっぱり。今日支店長に呼び出されたよ。証言してくれって頼まれた〉

〈なにを証言するんでしょうね〉

〈まったくだよ〉

〈教えてくれてありがとうございます。じつは先々週の日曜、目覚めた瞬間に思ったんです。「あ、戦わなきゃ」って。それまでは、このまま会社からフェードアウトするつもりでした。だけど、悪を放置するのも悪だなって。心療内科の先生に相談したら、「特別オススメはしませんが、気の済む方を選べばいいと思います」と言われて。それで戦う方を選びました。堤下の仇《かたき》も取るつもりです。あいつにも連絡しました。協力してくれるそうです〉

〈おれも応援します〉

〈ありがとうございます〉

宮本が「悪を放置するのも悪だ」とキャップと同じセリフを吐いたことに驚いた。学会へ向かう飛行機の中で、このことについてずっと考えていたら、

——そもそも支店長は本当に悪なのか？

というところへ行き着いた。あの気分障害は、部品が足りないまま出荷されてしまった冷蔵庫のようなもので、本人にもどうすることもできないのではないか。壊れやすいお腹を抱えているという点では、自分だって同じポンコツだった。というよりも、たいていの人間は何らかの不具合を抱えたまま世界へ放り出され、足掻《あが》き、苦しむものなのではないのか。

そんなことを考えていたら、ふとガンプ君の顔が浮かんだ。このうえない才能を与えられた「神からの贈り物《ギフテッド》」でありながら、やはりいくつかの不具合を抱えていたあの同窓生のことを。

慎介はガンプ君からもらったメールを思い出した。

——人生100年時代と言ったって、宇宙時間から見ればほんの一瞬だよ。

そう言われているような気がした。けれども一人の人間にとっては、その一瞬こそすべてだ。一度だけの人生を、このお腹と共に生きる。弱さや不具合を抱えていることは、悪なのだろうか。

学会を終えると、新幹線で仙台へ向かった。

目指す雀荘は駅から5分の所にあった。消費者金融やガールズバーが入る雑居ビルの4階だった。

夕刻で2卓が立っていた。思っていたよりも活気がある。慎介は店内を見渡し、みつるらしき人物が洗い物をしていたカウンターを見つけた。この店で間違いなさそうだった。

若い従業員にルール説明を受け、しばらくして卓へ案内された。遊び人ふうの赤シャツ、会社員らしきスーツ姿、それにマスターと呼ばれる人物と同卓だった。

慎介は声でこのマスターが先日の電話の相手であることに気づいた。ほかの二人はマスターと親しげにおしゃべりしながら打っているので常連のようだ。

1回戦、慎介は健闘虚《むな》しく4着に終わった。

負け金を払ってから、マスターに告げた。

「わたしはこの前『動画に映ってるのは同級生なんじゃないか』と電話した者です。この動画なんですが、見てくださいませんか」

慎介はすばやくスマホを再生した。マスターは、ぶすっと仕方なさそうな表情で画面に目を落とした。すると赤シャツが言った。

「なんだ、ヤっちゃんじゃないか」

「ヤっちゃん？」と慎介は訊き返した。

「ヤっちゃんならもういないよ。半年くらい前かな。ね、マスター？」

「ああ」とマスターが顔をしかめてうなずいた。

「同級生によく似てるんです。偽名の可能性はありませんか」

「なくはないね」

マスターがぶっきらぼうに答えた。「うちはいちいち従業員《メンバー》の身元確認なんて取らないから。で、どうします？　続けますか」

「あ、俺は欠けで」と赤シャツが言った。

「じゃ、俺もやめるわ」とスーツ姿。

「では、そちらさんも欠けでいいですね？」

マスターが冷たい目で慎介に告げた。

「はい、終わりにします。あの、どんな人間だったか教えて頂けませんか」

「さあね。恩知らずだったことは確かだよ」

マスターは４人分のコップを持って、ぷいと卓を去ってしまった。赤シャツが「しっ」と人差し指を立てた。どうやらマスターの前で「ヤっちゃん」の話はタブーらしかった。

赤シャツが小さな声で教えてくれた。

「ヤっちゃんは麻雀の腕は確かだったよ。てゆうか、めちゃくちゃ強かった」

「ほかに何か特徴はありませんでしたか」

「特徴って言われてもなぁ」と赤シャツが首を傾《かし》げた。

「昔バレーをやってたとか、映画が好きだとか」

「それは聞かなかったなぁ」

「あとはベルトが好きだったとか」

「あ、それは言ってた！　毎日でも買いたくなって、何百個も持ってるって。変わってるよね」

間違いない。みつるだ。

「どこへ行ったかわかりませんか」

「さあ、それはばっかりは……」と赤シャツが言葉を濁す。いくつか質問を重ねたが、それらしい情報は摑《つか》めなかった。そこへマスターが戻ってきて「打たないならお引き取りください」と言われた。慎介は名刺を差し出したが、カウンターの上に放られてしまった。

店を出た。みつるが半年前までここにいたことは確かだが、仙台まで来てそれしか判らなかったことを収穫と呼んでいいかどうか。とぼとぼ繁華街を歩いていたら、赤シャツが追いかけてきた。

「あのさ。ヤっちゃんならたぶん川崎にいると思うよ」

「えっ、川崎？　ご存知なんですか」

「うん。昔お世話になった伊東《いとう》さんとかいうプロがやってる店に転がり込むつもりだって言ってた。お兄さん、ほんとにヤっちゃんの同級生なの？」

「はい」

「あいつ、なにか仕出かしたの？」

「いや、そういう訳では……」

「言いづらいんだけど、ヤっちゃんはさっきの店で借金を踏み倒《アウト》して消えたの。あの店に来たときから、めちゃくちゃ行き詰まった感じでね。俺とはウマが合ったから、こっそり行き先を聞いてたんだよね」

「そういうことでしたか」

「マスターには内緒な」

「はい。連絡先は知りませんか」

「知らない。俺、５万貸したんだ。『次の勤め先が決まったら返す』って言うから、俺の連絡先は教えといた。でもあいつのは聞かなかった。餞別《せんべつ》のつもり」

「そうでしたか……。そのお店の名前とかは？」

「知らない。でも調べたらすぐ出てくるんじゃない？」

「そうですね。ありがとうございます。何かわかったら、お知らせ頂けませんか」

慎介が名刺を渡すと、赤シャツはよく見もせず胸ポケットにしまった。

「ヤっちゃん、本名はなんだって？」

「西山みつる」

「会ったらよろしく言っといてよ。変な奴だけど、面白い奴だったよ」

仙台駅で新幹線待ちをしているあいだに調べると、みつるの所属していたプロ団体に伊東武史《たけし》という老年プロがいた。

〈伊東武史　麻雀プロ　雀荘　川崎〉

それで検索するとすぐにヒットした。

〈安心・安全！　伊東武史プロと打てる店〝銀龍〟〉

慎介はそこに載っていた電話番号に掛けてみた。なんだかこのところ雀荘にばかり電話している気がする。

「もしも〜し」

かなり高齢とわかる人が出た。伊東プロかもしれない。

「ちょっとおたずねしますが、そちらに西山みつるさんはいらっしゃいませんか。怪しい者ではありません。高校のバレー部で同期だった北浜と申します」

「西山？　さあ、うちにはいないねぇ」

老人はとてつもなくゆっくりした口調で答えた。

「仙台の雀荘からそちらに行ったはずだ、と聞いたのですが」

「来てないなぁ」

「あの、ひょっとして伊東プロですか」

「はい？」

慎介は声を大きくして「い、と、う、プ、ロですか」とたずねた。

「そうでぇす。伊東プロでぇす」

「みつるのことはご存知ですよね？　最近なにか連絡はありませんでしたか」

「ないなぁ」

「そうですか……。もしみつると連絡が取れるようなことがあったら、伝言をお願いできませんか」

「はい？」

「も、し、あ、え、た、ら、で、ん、ご、ん、を、た、の、み、ま、す」

「いいけど、なんで探してるの？」

「なんでと言われると――」

この老人を相手に始めから説明したら3時間くらいかかってしまいそうだ。

「ちょっと昔の仲間で集まろう、という話が出てまして」

「会えるかどうかわからないけど、聞いとくよ。どうぞ」

慎介は「連絡が欲しい」というメッセージと、自分の連絡先を伝えた。それを正確に伝えるだけで、体感的には新幹線1駅分くらいの時間がかかった。


出張から帰ると、支店の雰囲気がおかしかった。

「会社から相当やられたみたいよ、支店長」

隣席のパートの大河内さんがささやいた。「あなたにも来てるでしょ。会社からのメール」

「えっ、メール？」

パソコンを立ち上げると、確かに本社からメールが届いていた。支店長についての聞き取り調査だ。

公明正大に答えてほしいこと。

回答は守秘義務によって守られること。

そんな前置きのあと、支店長を名指しで「彼からパワハラはあったか」「あったらどんな内容か」「できるだけ詳細に記せ」「証拠があるなら差し出せ」といった質問項目が並んでいた。

支店長を窺《うかが》うと、「誰とも目を合わせないぞ」といった様子で頑《かたく》なにディスプレイを見つめていた。肩は下がり、どこか不安げで、威圧感は影をひそめていた。代わりに周囲が一まわり大きくなったように感じられた。コピーを取りに行った女性が近くから支店長を無遠慮に見つめ、ざまあみろと言わんばかりに笑みを浮かべた。

支店長は午前中いっぱい誰とも話さず、デスクから動かなかった。昼休みになると意を決したように慎介のもとへやってきて、「昼飯に付き合ってくれないか」と言った。ランチに誘われるなんて初めてだが、断る理由は見つからなかった。二人は好奇の視線に晒《さら》されながら会社を出た。

すこし離れた中華料理屋に入った。ここなら会社の人間はほとんど来ない。二人とも野菜炒《いた》め定食を頼んだ。これから始まる話の内容を想像すると、お腹がもぞもぞと落ち着かなかった。

「出張はどうだった？」

「無事に終わりました。大村《おおむら》先生と今野《こんの》先生も発表されて」

「そうか。大村先生は確か退官間近じゃなかったかな」

「そうでしたね。ものすごく元気で、ぜんぜんそんなふうに見えませんでしたけど」

「そうか」

支店長は心ここにあらずといった感じで相槌《あいづち》を打った。「……お前にも届いてんだろ、メール」

「はい」

慎介は目を伏せて答えた。支店長は火がついたように主張を始めた。

「俺は何も悪いことなんかしていない。あいつらを指導しただけだ。多少やりすぎたところはあったかもしれんが、あいつらのためだったし、業務のため、ひいては会社のためだったんだ」

慎介は黙って聞いていた。うなずくことはできなかった。

「みんながどう書くかは知らんけど、お前だけはわかってくれると思って、こうして頼んでるんだ。真実を書いてくれ。支店長は適切な指導をしていただけですと。頼むよ。こんなことでポシャったら悔やんでも悔やみきれない。俺にも家族がいるんだ」

慎介に水に落ちた犬を叩《たた》く趣味はなかった。不器用な懐柔にも哀れを覚えた。だがこの人が宮本や堤下にしてきたことを思うと、甘い顔をする訳にもいかなかった。深呼吸して、5秒ほど数えて気持ちを落ちつけてからたずねた。

「支店長はどんな子どもだったんですか」

これは後藤さんのセッションから学んだ話術だった。生い立ちを知れば、何らかのシンパシーが湧くかもしれない。

「えっ、子どもの頃？」

不意を突かれ、支店長はしばらく黙り込んだ。

「いつも気を張ってたかなぁ。うちは母子家庭だったから、舐《な》められないようにって」

この人もそうだったのか、と慎介は息を呑んだ。

支店長の40年前の姿を想像してみた。半ズボンから突き出た足。ボタンのように小さな爪。いつも擦《す》り剝《む》けているひざ。夢中になって遊んだあと、日が暮れて家に帰ると、台所から母が野菜を刻む物哀《ものがな》しい音が聞こえてくる。わびしい夕餉《ゆうげ》のたびに父親不在《ファザーレス》を思い知らされる。そんな夜が、何千回と繰り返される。

この人は俺だ、と慎介は思った。別の世界線での俺の姿だ。ほんのすこし製造ラインがずれていたら、自分がこんなふうになってもおかしくなかった。そう思うと、慎介は援軍が駆けつけたような励ましを得た。そして支店長に向かってきっぱりした口調で告げた。

「誰にでも家族はいます」

「えっ？」

「誰にでもその人のことを大切に思う家族はいて、あなたはそういう人たちのことも傷つけていたんです。まずはそのことを率直に認めて、みんなに謝ってください。そこからやり直すのがいいと思います。もし興味がおありなら、いいカウンセラーを紹介します。僕もかかって、救われました。気持ちが軽くなりますよ」

支店長は口を尖《とが》らせて何も言わなかった。慎介もそれ以上は言わなかった。

会社へ戻ると大河内さんが「ちょっと、ちょっと。なに話してきたのよ」と、はち切れんばかりの好奇心でたずねてきた。「たいしたことないです。仕事の話がメインですよ」と言うと、大河内さんはつまらなそうに鼻を鳴らした。そして、簡単に許すもんですか、みんなで懲らしめてやるんだから、と呟《つぶや》いた。

（2）

「失礼します」

新田がゲラを持って病室へ入って行くと、ナツミさんは見ていたスマホを閉じて、ガウンの胸元を合わせた。治療を始めてからずいぶん痩せてしまった。もとから目を惹《ひ》いた美しい鎖骨が、いまは浮かび上がりすぎて痛々しい。

「1特をお持ちしました」

「ありがとう」

個室に備えつけの机にゲラを広げると、ナツミさんはベッドから起きてチェックを始めた。まずは全体のデザインの流れ。次に見出し。そして個々の写真。何度打ち合わせをしても、こうしてゲラになるまで出来栄えはわからない。最後にハーモニーを整えるのが指揮者の仕事だ。ナツミさんは全体を見終えると指示を与えた。

「このメインカットはちょっと雰囲気に寄りすぎ。もっと読者が味を想像できそうな写真に替えて」

「承知しました」と新田はメモを取る。

「逆にこっちの写真は説明しすぎ。もっと柔らかな光のものに。あと、この見出しは堂本くんぽいケレン味が出すぎ。もっと落ち着いた見出しに替えて」

「はい。でも、どんな文言に？」

「それを考えるのが編集長の仕事でしょ」

「すみません」と新田は謝った。ナツミさんの前だとどうしても指示待ち部下に戻ってしまう。ナツミさんはさらに時間をかけていくつか指示を与え、すべて見終えると「ふーっ」と大きな息をついた。「以上よ」

「ありがとうございました。お疲れのところ申し訳ありませんでした」

「いいの」

この前の手術入院のときも、ぎりぎりまでゲラを見てもらった。ナツミさんがそうしたがったし、新田もその方が安心できた。そのときの手術は成功したが、今回の検査で「疑わしきところあり」となり、２泊３日の検査入院となってしまったのだった。

「検査はもう終わったんですか」新田はノートを閉じながらたずねた。

「うん。結果待ち。こっちは摘《と》りきったつもりでいたのにね」

ナツミさんが憂うつそうに病窓へ目をやった。新田もつられて外を見ると、いつのまにか銀杏《いちょう》が黄色に染まっていた。もう秋も深いのだと気づかされる。このところ仕事に追われて、ゆっくり街路樹を見上げる余裕もなかった。

正直に言うと、新田は担当ページを持たない編集長は暇なものだとばかり思い込んでいた。とんでもなかった。朝から晩まで部員の報連相《ほうれんそう》を受け、さらには社内会議やクライエントとの会食が問答無用で押し寄せてくる。一見空いているように見える時間も、頭の中は雑誌のことでいっぱいだ。晩酌の量が増えた。こんなストレスフルな仕事を15年も続けていれば、ナツミさんでなくとも体を壊すだろう。

「九州に乳癌《にゅうがん》の最先端治療があるの」

ナツミさんが病窓から目を戻して言った。

「全身に電気を流すんだって。なんか怪しいなと思ってリサーチしたら、これがけっこう効くそうなの」

「いいじゃないですか」と新田は喜色を浮かべた。

「だけど電話してお値段を聞いたら3000万だって。だったら死にますって言って切っちゃった」

寂しい笑い声が病室に木霊し、新田は話の継ぎ穂を失った。

「ほかに問題は？」

「ありません。次回は2月号の企画打ち合わせをお願いします」

「また連絡ちょうだい」

承知しました、と新田はゲラを鞄《かばん》にしまって帰り支度をした。もっと世間話でもしてナツミさんの退屈を紛らわすべきかもしれないと思う一方で、やはりナツミさんはさっさと一人に戻りたいに違いないとも思う。どちらが正解かわからぬまま逡《しゅん》巡《じゅん》を抱えて病室を出るとき、しぶ子が言う通り、俺は空気が読めるようで読めないのかもしれないと思う。

地下鉄の中で考えた。いまナツミさんはあの静かな病室で、何を想っているのだろう。雑誌のことか。病気のことか。それとももっとほかのことか。順風満帆だった人生が突如暗い海域に迷い込んでしまったことに、気持ちの整理は追いついたか。ナツミさんのことだからきっぱり受け入れたかもしれない。だがそう簡単に癌と向き合えるものではあるまいと思いなおす。41歳になっても、他人や人生のことはわからないままだった。なにが不惑だよ、とおかしくなった。

新田はその惑いの元締めとなっている雑誌の売上データを見た。先月は前年比でマイナス3%。これで新田が編集長になってから5ヵ月連続のマイナスだった。

新田は自他ともに認めるワンポイント・リリーフだった。会社が新田の減給を決めたあと、退任が決まったナツミさんから「後任は新田君に」と申し出があった。会社は新田の編集長就任を渋ったが、ナツミさんは「わたしが在宅で指示を出すなら彼がいちばんやりやすい」と呑ませた。

会社は新田を編集長代理という肩書にしようとした。ここでもナツミさんは「それじゃクライエントが不安がる」と押し切った。

結局会社は、ナツミさんを「エグゼクティブ・プロデューサー」という肩書にし、奥付の最上位に記すことを条件に新田の編集長就任を認めた。

ナツミさんが堂本を1特で起用し続けたのも、自分の退任を見据えてのことだった。新田が安心して堂本を1特を任せられる人材を育ててくれたのだ。そこまでしてくれたナツミさんの恩に応えたかったが、数字は残酷に現実を突きつけてきた。

グルメ手帖《てちょう》のテイストは変えていないつもりだった。しかし飲食店でも代替わりした途端に微妙に味が変わり、常連たちの足が遠のいてゆくことがある。ナツミさんは「いまは数字を気にするな」と言ってくれるが、社内には「それ見たことか」という雰囲気が充満していた。

会社に着くと、堂本を呼び出して告げた。

「この1特のメインカット、もっと具体的な写真に差し替えて」

「えっ、それってナツミさんの指示っすか？」

堂本が眉を曇らせたのを見て、またか、とうんざりした。堂本は新田の指示に一発で「はい」と言ったためしがない。

「そうだよ」

「ちょっとナツミさんに確認します」

「しなくていいよ。俺がしてきたんだから」

「いや、します。自分もポリシーがあって選んだ写真なんで」

お前のポリシーなんて関係ない。グルメ手帖はナツミさんの雑誌なんだ。そう言ってやりたかったが言えなかった。

ナツミさんがいなくなって堂本は変わった。いちいち盾つくし、頭越しにナツミさんとやりとりしようとする。外部スタッフにときどき横柄な口を利くし、タクシーに乗りすぎるし、ギャラ伝票の締め切りも守らない。裏表のある奴と睨《にら》んでいた新田の読みは正しかったのだ。なかんずく声を大にして言いたいのは、

「俺の赤字を無視するな」

ということだった。先月号の薬膳特集の見出しで、堂本は「体はすっきりポカポカ」とつけた。新田は「すっきり」と「ポカポカ」は嚙《か》み合わない気がしたので、

「体はぽかぽかリラックス」と赤字（訂正命令）を入れた。

　堂本はそれを無視し、雑誌はそのまま発売された。編集部員が編集長の赤字を無視するなんて前代未聞の出来事だった。たとえるならオーケストラの楽団員が指揮者を無視して勝手にソロ演奏を始めたようなものだ。

　けれどもグッと堪えた。新田は部下を持ったことも、誰かを叱ったこともないので、どう言えばいいのかわからなかった。それに正直、堂本のページづくりのセンスは抜群だから辞表を叩きつけられても困る。

　デスクワークをしていたら、しぶ子から〈下のカフェにつきました〉と連絡が入った。ちょっと話があるから、と誘われていたのだ。新田が下りて行くと、しぶ子は大きなお腹を抱えて豆乳ラテを飲んでいた。

「大きくなったね。もう動くの？」

「ボコボコですよ。お腹の中で鯉《こい》を飼ってる気分。新田さんの方はどうですか。編集長稼業には慣れましたか」

「ぜんぜん。誰も言うこと聞いてくれなくてさ」

「堂本とか？」

「イエス」

「あいつ、『どうせナツミさんの院政だから』とか言ってるらしいですよ」

「院政か」

うまいこと言いやがる、と妙に感心してしまった。

「ま、舐められるのも仕方ないかもな。あいつから見りゃ、たしかに俺はナツミさんのメッセンジャーボーイみたいなもんだもん」

「そんなことないですよ。ナツミさんは治療で髪の毛が抜けたり、痩せてしまった姿を新田さんに見せてるんでしょ？」

「そうだけど、それがどうした？」

「ほら、また読めてない」

としぶ子が微笑む。働いているときには見せなかった柔らかな微笑み方だった。

「女の人がそういう姿を見せるのって、けっこう勇気がいるんですよ。ナツミさんが新田さんに見せたってことは、そういうことです」

「またそっちへ誘導しようとする」

「これは女性にときどきいるタイプなんですけど、ナツミさんって与えるだけの人なんです。受け取る人《テイカー》ではなくて与える人《ギバー》。毎月毎月、数十万人の読者を喜ばせるために命をすり減らしてきた観音さまみたいな人です。恋愛でもそうなんじゃないかな。

男の人に尽くされたり、依存したいなんて気持ちはこれっぽっちもなくて、たぶん与えたい一方のタイプなんだと思う」

なるほど、と新田は思った。

「って言ったら、なるほどって思うじゃないですか」

「えっ、違うの？」

「んな訳ないじゃないですか。よく『あの人は強いから』ってみんな言うけど、強くならなきゃやってられなかったから強くなっちゃったんです。ナツミさんだって心細いときや、寂しいときがたくさんあるに決まってます」

しぶ子は静かに豆乳ラテに口をつけた。もう昔のように、新田を動かそうとはしていなかった。ただ自分の思ったことを口にしているだけといった感じだ。

「で、話ってなに？」と新田はたずねた。

「ライターの吉田《よしだ》サヨちゃんているじゃないですか」

彼女はグルメ手帖でよくお願いしているライターさんだった。しぶ子と仲良しで、しぶ子の退社後は堂本が1特でよく起用していた。達者な文章を書くライターさんだという印象が新田にはあった。

「サヨちゃんが堂本にしつこく付《つ》き纏《まと》われて困ってるんです」

しぶ子は自分のスマホで、二人のやりとりのスクリーンショットを見せた。

〈今日＊＊ホテルにいるんだけど、打ち合わせできる？〉〈承知しました！　ラウンジにお伺いすればよろしいですか？〉〈いや、302号室〉〈えっ？　部屋で？〉〈うん〉〈それはまずいでしょ〉〈静かなところで二人でやりたいんだよね〉〈いやいや、やっぱりまずいですって〉〈別になんにもしないからw〉〈まあ、わたしのようなおばさんですからね。でも、やっぱり外でやりましょー〉〈もう部屋で寛《くつろ》いでるから、外出るの面倒なんだよね。きてよ〜〉〈う〜ん、やっぱり難しいかも〜。別の日はいかがですか〉〈今日じゃないと来月号に間に合わない〉〈でももうメイクも落としてお化けみたいだし〉〈それでもいいから！〉

見るに堪えないやりとりだった。これは控えめに言ってもセクハラだ。

「サヨちゃんが必死に笑いへ持って行こうとしてるのが、読んでてつらくて……」

しぶ子が声を詰まらせた。

「新田さん、なんとかしてください」

「わかった。預からせてもらうよ」

とんでもない爆弾を抱えてしまった、と珈琲《コーヒー》カップを口に運んだとき、息が止まった。窓の近くの席に、小学生くらいの女の子を連れた気怠《けだる》げな女性がいた。かつて新田を捨てた元婚約者だった。

「どうしたんですか?」

しぶ子が異変に気づいた。

「絶対に振り向かないでくれよ。あっちに昔の婚約者がいるんだ」

しぶ子の顔に驚きが張りついた。新田は体の向きを変え、元婚約者から自分の顔が見えづらいようにした。そして「ごめん、帰ってもいいかな」と言って足早に店を出た。

編集部へ戻ると、差し替え用の写真がデスクに置かれていた。堂本の字で「ナツミさんに確認ズミ」と付箋が貼られていた。やっぱり確認しやがったか、と小さくため息がもれる。

新田はデスクで動悸《どうき》を落ち着かせながら、元婚約者の姿を思い出した。相応に歳《とし》を重ねていたが、年齢のわりに若く見えるのは昔と変わらなかった。母娘《おやこ》ともに控えめな格好をしていた。それで思い出したが、彼女には締まり屋の一面があった。リアリストと言い換えてもいい。そのリアリストの一面が新田を捨てさせたのだろうか。こんな男と一緒になっても幸せになれそうもない、と。実際の彼女は幸せそうにも、あまりそうでないようにも見えた。

しぶ子からＬＩＮＥが来た。

〈新田さん、婚約したことあったんですね……〉

〈うん。で、捨てられた〉

〈ひどっ。店を出る前に睨みつけておきます〉

しぶ子が仇を取ってくれるなら、以《もっ》て瞑《めい》すべしとするべきだろう。

〈サヨちゃんの件もよろしくお願いしますね。サヨちゃんはシングルマザーで、生活もあるし、グルメ手帖を愛してるし、うまいし、仕事がなくならないようにしてあげてください〉

〈了解。至急、対処します〉

新田はその場でナツミさんに「相談したいことがあるので、もういちど伺ってもいいですか」とたずねた。ナツミさんはオーケーの返事をくれた。病室へ取って返し、事情を説明した。ナツミさんはうんざりした目で言った。

「ねえ、いまのわたしにいちいちこれ聞きにくる？」

「すみません」

これ以外の言葉が見つからない。

「ま、いんだけど。堂本ね。絶対やると思ってた。クビにすれば？」

「でもあいつがいなくなると、部の戦力が」

「だったらうまく使いなよ」

「ただ、ちょっと使いづらくて」

「あんな子、カンタンじゃない。褒めときゃいいのよ。褒めたことある？」

「ありません」

「じゃあ褒めてみれば。ま、わたしは褒めないけどね。セクハラの件は、堂本にそのライターさんの起用を禁じて、ほかの人に仕事を振らせればいいんじゃない？」

「承知しました」

「何年やってんの。しっかりして」

「申し訳ありません」

編集部へ戻り、堂本に吉田サヨの起用禁止を告げると、目つきが蛇のように変わった。

「吉田さんがなんか言ってきたんすか？」

「そういう訳じゃないが、吉田さんには後半のページを担当してもらう。彼女にもキャパがあるから、お前はもうなんでもかんでも振るな」

「ふーん」

さすがに堂本も何事か察したらしかった。自分のプライドを守るために「ま、考えておきます」と訳のわからないことを言った。

夜、慎ちゃんからグループＬＩＮＥに書き込みがあった。

〈仙台の雀荘へ行ってきました。みつるは消えたあとで、そこで得た情報をもとに川崎の店にも問い合わせてみましたが、行方は摑めませんでした。引き続き捜索を続けます〉

わざわざ仙台まで行ったのか、とまずそのことに驚いた。そしてあの黒シャツが本当にみつるだったことにも。新田はこの件について何も動いていなかったので、お務めを果たすつもりでキーワード検索してみた。

〈里中灯　現在〉

それらしい情報はヒットしなかった。

〈Tomoshi Satonaka　now〉

そもそも英語でヒットしても読めないのだが、ロクな記事はなさそうだった。

〈里中灯　家族〉

これもだめ。

これも……ん？　画面を下にスクロールしていくと、すこし怪しげなお手製っぽいサイトがヒットした。

〈コンピュータウイルス及びバグに関する知財保証財団の理事長〉

という肩書をもつ老人のインタビューだった。老人のプロフィールへ飛ぶと、「長男の里中灯さんはアメリカで起業家として活躍中」とあった。ガンプ君の父親だ。

新田はざっとインタビューに目を走らせた。どうやらバグやウイルスも人類の知的遺産だと言いたいらしいが、ちんぷんかんぷんだった。ただしガンプ君の父親だけあって、人間よりも人間以外のことにたっぷり興味を抱いていそうな感じだけは伝わってきた。財団は瀬戸内海の伯方島《はかたじま》にあった。「しまなみ海道」の島の一つだ。伯方の塩で有名な小さな島だが、どうしてそんなところにあるのだろう。

老人はアロハシャツを着ていた。どことなくガンプ君の面影がある。後ろには瀬戸内海とおぼしき海。どうやら伯方島に住んでいるらしい、と新田は当たりをつけた。ホームページには電話番号もあったので掛けてみた。

「はい、もしもし」

「わたしはフタバ出版の新田という者ですが、里中さんはいらっしゃいますか」

〈里中灯　長男〉

「私です」

「息子さんの灯くんについてお聞きしたかったのですが、すこしお時間よろしいですか」

「灯は死にました」

がちゃんと切られて新田は啞然とした。こんな対応は漫画の中だけだと思っていた。もう一度掛けた。

「はい」老人の声はすでに怒気を含んでいた。

「先ほどの者ですが」

「しつこいな。話すことなんてないよ」

「待ってください。僕は灯くんの岸高時代の同級生なんです」

「えっ、岸高の？」

「はい。バレー部で同期でした」

「なんだ、そうか」

老人の声が穏やかになった。「出版社の人っていうから、てっきり灯のことを嗅ぎつけたマスコミかと思ったよ」

「いえいえ。ところで、マスコミが嗅ぎつけるとは？」

「詳しいことは伏せてますが、いま灯がつくった財団の連中と揉《も》めてましてね。ご存知ありませんか」

「ええ。じつはちょっと前に、バレー部のみんなに灯くんからメールが届きまして。だけど灯くんとは直接連絡とれなくて、みんなで『おかしいね』って話してたんです。正確に言えば、メールを送ってきたのは灯くんの代理人を名乗るマイケルという人物だったんですが」

「そいつだ」

老人が声を荒らげた。

「マイケル・J・フォックスとかいうふざけた名前の奴。あいつが灯の財産を独り占めしようとしてるんだ」

「どういうことですか？」

「ほんとに何もご存知ない？」

「はい」

「詳しくは言えませんが、先ほど言ったことは本当です」

「先ほど言ったこととは？」

「灯はすでに亡くなっています」

「はい？」

「あいつらに殺されたようなもんだ。くそっ！」

「ちょっと待ってください。灯くんが亡くなったって本当ですか」

「いまは詳しく話せん。それに俺は電話が嫌いなんだ。切っていいですか」

突然の変調に新田は不安を感じた。

「待ってください。もうちょっとだけ話を」

「やだ。切るよ」

「じゃあ、あと30秒だけ。もし私がそちらへ伺ったら、詳しい話を聞かせてくれますか」

「来るのは自由だけど、詳しくは話せんよ。弁護士に止められてるんだ」

「わかりました。ちょっと検討させてください。またお電話してもいいですか」

「いいよ」

言うと同時に、老人はがちゃんと電話を切った。新田は呆然《ぼうぜん》とした。衝撃から醒《さ》めると大きな疑問が襲ってきた。ガンプ君が死んだだって？

〈里中灯　死〉で調べたがヒットしなかった。

〈Tomoshi Satonaka　death〉これもゼロ。

新田は老人とのやりとりを反芻《はんすう》した。はじめの方は正常な感じがしたが、後半は怪しい感じがした。「マスコミ」とか「財産を独り占め」といったワードが、いかにもまだらボケの老人の妄想っぽい。

新田がじっと考えていると、ナツミさんから連絡が入った。

〈転移してました。治療が始まるので、もうゲラは見られません。あとは任せます。自分の思う通りにやってください〉

（3）

陽一郎が仕事を終えて営業所を出ようとしたら、「課長、ちょっとよろしいですか」と末永《すえなが》さんに呼び止められた。先日初孫が生まれたばかりの60歳になる契約営業の女性である。

「この前はありがとうございました。課長の説明は本当にわかりやすくて助かりました。お礼にお惣菜《そうざい》をつくってきたんですが、お口に合うかしら」

「いやぁ、すみません」

陽一郎は恐縮して受け取った。保険の新商品の規約を口頭で説明しただけでこんなことをしてもらっては、かえって申し訳ない。

「タッパは洗わないでそのまま返してくださいね。ここだけの話、営業の女性陣にも課長のファンが増えてきましたよ。さすがは東京でバリバリやってらした方ね、ってみんなで話してたんです」

陽一郎は「ははは」と笑って誤魔化した。実質的な降格人事《ポスト・オフ》で転勤してきたことはみんな知っているはずだ。

クルマに乗り込み、まだ馴染《なじ》んだとは言いがたい景色を通ってマンションへ帰る道すがら、「東京でバリバリやってらした方」か、とため息が出た。

本社にいたのは遠い昔のようだった。理香の自爆テロを思い出すといまも心が凍りつく。

「馴《な》れ初《そ》めは課長のパワハラ気味の誘いでした。それまでも幾つかセクハラ発言がありました」

妻へも虚実入り交じった文書を書き送ってきた。

「課長は奥さんと別れて、わたしと結婚すると言いました」

妻は失語症のようになり、一日じゅう涙を流した。長女も変調をきたした。笑顔を忘れ、食欲を失い、学校を休みがちになった。心療内科の診断の結果はＰＴＳＤ。カウンセリングが始まると、ダンマリを続けていた長女もぽつぽつ語りだした。

「お父さんが会社の若い女の人と不倫してた。妹の誕生日にもその人と会ってた。出張も嘘《うそ》だった。お母さんが壊れて可哀想。わたしも奈落の底に落とされた気分。すべてが嫌になった。何もする気が起きない」

会社の聴取も続いた。理香があまりに好き放題言っているようなので、このままでは身に覚えのない罪まで着せられて量刑が重くなってしまうと、火に油を注ぐ覚悟で理香にメールした。

〈事実に反することは言わないでください。こちらも対抗措置を取らざるを得なくなります〉

すると3行だけ返事がきた。

上等だよ
バカヤロウ
全部お前のせいだ

鳥取転勤が決まると、丹羽部長が有志4人で送別会を開いてくれた。はなはだ気勢は上がらず、陽一郎は自分の通夜に参列しているような気分になった。お開きになった別れ際、「さすがに庇《かば》いきれんかったぞ」と丹羽に耳打ちされた。

「ご迷惑をお掛けしました」

陽一郎は深く頭を垂れた。この人の考査ポイントにもマイナスを付けてしまったかと思うと心底申し訳なかった。

引っ越し作業は一人でやった。自宅へ荷物を取りに行く日、妻は用事をつくって、家族全員で留守にした。

陽一郎はマンションに戻ると缶ビールを開け、末永さんの手づくりお惣菜を摘んだ。ひじき煮や里芋の煮っころがしは美味《おい》しかったが、かえって妻の手料理が恋しくなってしまった。

テレビをつけると広島カープの野球放送をやっていた。野球中継は、この間合いだらけの進行が晩酌にぴったりだ。東京にいた頃は忙しくてナイター中継なんて観《み》られなかった。選手にも疎くなり、知らないあいだに入団した選手がいつのまにか引退したりしていた。

陽一郎が幼い頃のカープは強かった。北別府《きたべっぷ》、大野《おおの》、川口《かわぐち》、津田《つだ》といった投手陣。

正田《しょうだ》、高橋《たかはし》、小早川《こばやかわ》といった打撃陣。デッドボールの演技がうまいキャッチャーの達《たつ》川《かわ》や、打率は低いがよくホームランを打つランスという外国人もいた。

——いまごろ慎ちゃんもこうして、ビール片手にカープ観戦かな。パワハラがひどい上司がいるって言ってたけど、大丈夫かな。

そう思った途端、おつまみに伸ばしかけた手が止まった。

——俺たち、なにしてるんだろう？

そんな言葉が浮かんだ。年功序列。終身雇用。サービス残業。単身赴任。中間管理職。パワハラ。モラハラ。社内不倫。左遷。出向。定年。自分たちがそんな理不尽まみれの組織に耐えてきた〝ニッポンのお父さん〟の最終走者のような気がした。

ここ数年、陽一郎はおのれの最期を見つめる時間が多くなってきた。会社員としての最期であり、人間としての最期である。父の死んだ齢《よわい》まであと23年。そんなのあっという間だろう。23年前の自分は片田舎の18歳の高校生だった。体育館でトスをあげ、勉強に悩み、女の子のことばかり考えていた。内面はあの頃からちっとも成長していないような気がする。

子どもの頃は、41歳の大人といったら知らぬことなど何一つない完璧な存在に思えた。けれども自分がこの歳になってみると、ぜんぜんそんなことはないのだと思い知らされる。そんなことを考えていたら、新田からLINEが入った。

〈ガンプ君の父親を発見！　電話で話したんだけど、「灯は死にました」とか「財団の連中に殺されたようなもんだ」とか言ってて、かなり様子が変。詳しく聞こうとしたら電話は嫌いだと切られました（笑）。来週の土曜、瀬戸内海のしまなみ海道にある伯方島へ会いに行くことにしました。広島からクルマですぐだけど、慎ちゃん一緒にどう？〉

陽一郎はしまなみ海道について調べた。広島の尾道《おのみち》と愛媛の今治《いまばり》をいくつかの橋で繋《つな》いだ全長約60㎞の絶景サイクリングロードで、ドライブにもいいらしい。

〈OK！〉と慎ちゃんから返信がついた。

陽一郎も返事を入れた。〈それ、俺も参加していい？　クルマは俺が出すよ〉

〈了解です〉と新田から返事がきた。なんにせよ週末の予定が埋まるのはありがたかった。時計を見ると、20時が近づいていた。

「あ、いけね」

陽一郎は缶ビールを片づけて、身支度を整えた。20時ぴったりに「パパいる～？」と次女からテレビ電話が掛かってきた。「いるよ～」と陽一郎は満面の笑みで答えた。次女だけは父と連絡を取ることを許されている。

「今日のご飯はなんでしたか？」と陽一郎はたずねた。

「え〜っと、ハンバーグにサラダにお味噌汁《みそしる》にひじき」

「おっ、ひじきはパパも食べたぞ。美味しかったろ」

「まああかな」次女は肩をすくめたが、妻のひじき煮は紹興酒を隠し味に使って煮詰めるから風味があってうまい。

「お姉ちゃんはどう？」

陽一郎は胸に疼《うず》きを覚えながら、毎晩、この質問をする。

「また、おかゆ一口」

「そっか……。ケンタは？」

「ハンバーグとご飯だけ。食事中もずっと幼稚園のお遊戯の唄歌ってて、うるさかった」

「ははは。そこは大目に見てやってよ」

「こんどの土曜、ケンタの発表会なんだって。みんなで観に行くことになったよ」

「みんなって、あっちのお祖父《じい》ちゃんとお祖母《ばあ》ちゃんも？」

「うん」

妻は自分の両親に、夫の不始末をどう伝えたのだろう。きっとありのまま伝えたに違いない。陽一郎は自分の母にも事実が伝わる日のことを思って胸が痛んだ。自分で言うのもなんだが、母にとっては自慢の息子だったはずだ。

「ケンタは海老《えび》の役をやるんだって。『お父さんにも来てほしい』って言ってたけど無理だよね？」

たぶんね、と陽一郎が小さな声で答えたとき、ケンタが「お姉ちゃんお風呂だって〜」と言いながら部屋に入ってきて、驚愕《きょうがく》の表情を浮かべた。

「えっ、パパ？　なんでパパがいるの？」

パパっ子のケンタは「お父さんは外国へ行っている」と信じ込まされていた。陽一郎が日本にいるとわかったら、会いたがってうるさいからだ。妻は家で陽一郎の話題が出ることを望んでいないらしかった。

あ〜、バレちゃったか、と次女の声がする。

「よう、ケンタ。海老の役をやるんだってな」

「うん！」と弾《はじ》けるような笑顔がディスプレイ一杯に映し出される。

「パパは行けないから、いま見せてくれよ」

「いいよ。ちょっと待っててね」

ケンタは毛布を持ってきてかぶり、海老を演じてくれた。セリフは一言、「わたしは後ろへ飛びすされます」。陽一郎は笑いながら見守った。そのあともしばらくおしゃべりに興じた。

夜中、妻から久しぶりにLINEがきた。

〈ケンタが「僕もパパと毎日お話ししたい」と言うのでテレビ電話を許可することにしました。でもあまり長引かせないでください。お姉ちゃんはあなたの声が聞こえてくると、リビングへ来てヘッドフォンをします〉

長女にそこまで毛嫌いされてしまったことに胸を傷めていたら、妻から息を呑むほど長いLINEが送られてきた。どうやらこれまでに書き溜《た》めたものらしかった。

〈わたしはいま、毎日さまざまな気持ちと向き合いながら生きています。なんで不倫なんかしたの？　寂しかったから？　わたしを愛していなかったから？　家庭の居心地が悪かったから？　セックスレスだったから？

わたしの心は死んでしまいました。お姉ちゃんのカウンセラーはわたしにもカウンセリングをすすめてきます。お姉ちゃんはカウンセラーに言ったそうです。

「わたしだって泣きたいのにママがずっと泣いてるから隠れて泣いてる」「パパのことは好きだったけど人として最低のことをしたから顔も見たくない」「わたしには教えないでほしかった」

あなたのしたことをお姉ちゃんに話してしまったのは、本当にわたしのミスでした。あの子は初めての子でわたしも厳しく育てたから、まじめです。だからあなたのしたことが許せないし、わたしもそこに期待して喋《しゃべ》ってしまったのかもしれません。わたしも毎日泣きたかったし、誰かに話を聞いてほしかったから。

わたしはあなたに対して、ずっと心のともなった結婚生活を送ってきました。だからあのことがわかった瞬間、別れるしかないと思いました。

だけどわたしは高卒でバカだし、わたしだけだと子どもたちに与える教育のクオリティが下がっちゃうかな、そうならないためには、夫婦関係を続けるしかないのかな、というのがいまの正直な気持ちです。

あなたが目の前にいないと「またあの人に会ってるんじゃないか」と不安になります。もう、知らなかった頃には戻れないんだ。バレなきゃ続けてたんだ。一生、引きずるんだ。そんなふうに思うと、涙が溢《あふ》れてきます。4kg痩せました。毎日ほんとうにつらいです。

ネットで調べると、「もし離婚しないなら旦那を責めちゃダメ。美味しいものをつくって、笑顔でお帰りなさいって言いな」と出てきます。ぐちぐち責めると、旦那もどうしていいかわからず、またよそに癒《いや》しを求めるよって。

一方的に裏切られた方が頑張らなきゃいけないなんて、理不尽です。それに一度捨てようと思った服は、もう一度着ようと思っても、やっぱりしっくり来ないものだし。わたしはどうすればいいの？　こういうとき答えを教えてくれるのはあなたしかいなかったのに。

外ではどうか知らないけど、わたしはあなたの不器用なところが嫌いじゃありませんでした。わたしが「美味しい」と言ったものをずっと買ってきてくれたり、独身の頃、髪を巻くのに失敗した日に限って「なんか今日の感じいいね」と褒めてくれたり。それなのに、どうしてあんなことしたの？

いずれにせよ、お姉ちゃんの心を治すには、わたしたちが二人揃《そろ》って謝る必要があるそうです。あなたは「ひどいことをしてしまってごめん」と謝り、わたしは「子どもに聞かせちゃいけないことを話してしまってごめん」と謝る。それでも心の傷は一生残るそうです。

いまは二人の娘に、こんなつらい思いをさせたくないと願う日々です。

そして息子には、こんな思いを味わわせない男に育ってほしいと願う日々です。

人生が、虚しいです〉

陽一郎はこの文面を何度か読み返した。ひっくり返してしまったジュースは絶対に元に戻らないのだと初めて知った幼児のように、この世には取り返しのつかないことが起きるのだぞと、事件を起こす前のいい気な自分に告げてやりたくなった。

ガンプ君の父親をたずねる日、陽一郎は朝早くクルマで鳥取を発《た》った。広島で慎ちゃんを拾い、尾道のホテルで前泊していた新田を拾った。

「こんな遠くまでよく来たな」と新田に言った。

「尾道ラーメンと、伯方の塩の取材ってことにしたよ」

「さすが編集長ともなると権限が違うな。それじゃ出発進行」

橋を渡るとすぐに、しまなみ海道に入った。

「で、ガンプ君が死んだってどういうことよ？」と陽一郎はたずねた。

「それがよくわからないんだよ。灯は死にました、裁判の準備中だから話せませんの一点張りでさ。詳しく聞こうとしたら『電話は嫌いだから切るぞ』って。ボケてんのかも」

「だけど事情があって話せないっていうのは、マイケル・J・フォックス様の言ってたことと同じだな」

「実際、どうなんだろ」

「ま、行けばわかるさ」

瀬戸内海に浮かぶ島はどれも、こんもりした緑に覆われていた。その島々を繋ぐように橋が架かっている。クルマは橋の上を快調に走った。青い海と空が溶け合い、まるで絵画の中を走っているようだった。

――こんなたっぷりした海に囲まれて青春を送ったら、一味違うものになったんだろうな、と陽一郎は思った。岸高は山裾にあった。妻のLINEを受け取ってから凍りついていた心身が、久しぶりにリラックスして解けてゆく。

向島《むかいしま》、因島《いんのしま》と過ぎて、生口島《いくちじま》に入った。助手席の慎ちゃんが「あと橋二つだって。早いね」とナビを見ながら言った。

「本当だな。しかしガンプ君のオヤジは、なんでこんな所に住んでるんだろう」と陽一郎は疑問を口にした。

「なんか理由があるんじゃない？　海賊の研究とか」と新田が答える。

伯方島に着くと、約束まで時間があったので、道の駅のレストランで腹ごしらえをすることにした。3人とも〝島魚と地穫《と》れ野菜の定食〟を頼んだ。

「仕事の調子はどうなの？」慎ちゃんが新田にたずねた。

「混乱の極みだよ。じつは前任者が乳癌になって、俺はその代理みたいなもんだったんだけど、彼女が再発しちゃって……」

　それを聞いて、陽一郎はようやく納得した。新田ほどリーダーシップのない男が、なぜ編集長に指名されたのかずっと疑問に思っていたのだ。繋ぎ役ならわかる。優秀な者を後継者にしたらポジションを奪われかねないが、新田なら安心なのだろう。

「それで、うまくいってるのか？」と陽一郎はたずねた。

「ぜんぜん。言うこと聞かない部下がいてさ。そいつがセクハラ騒動まで起こした」

「クビにすればいいじゃん」

「ところがそいつは編集部のエースなんだよ」

「あー、ある意味、あるあるだな」

「もう編集長なんて降りたいよ」

「大政奉還か」

「だけど平部員に戻ったら、会社に切られちゃうかも」

「行くも地獄、退くも地獄。まさに徳川慶喜《とくがわよしのぶ》だな」

「うまいこと言わないでよ」

　食べ終わると、陽一郎は特売場をぶらぶらした。野菜はどれも新鮮そうで安かった。オリーブオイルや塩も珍しいものばかり並んでいる。いろいろな調味料を試すのが好きな妻を連れてきたら、さぞかし喜ぶだろう。

あのＬＩＮＥを読んで以来、陽一郎は「いつか妻も娘も許してくれるだろう」という期待と訣別《けつべつ》した。「毎日ほんとうにつらいです」「人として最低のことをしたから顔も見たくない」「人生が、虚しいです」……彼女たちの告発状は心に突き刺さったまま、陽一郎の胸を抉《えぐ》り続けていた。

うしろから新田に肩を叩かれた。

「キャップ、伯方の塩ソフトクリーム食べない？　奢《おご》るよ」

「おう。食うか」

慎ちゃんの分も買い、３人で並んでぺろぺろ舐めた。なんだか部活帰りの買い食い気分が甦った。20代や30代の頃は岸高のメンバーに会いたいなんてほとんど思わなかったが、この歳になって交友が復活してみると、なんの気兼ねもなく話せる間柄が、どこかありがたかった。社会人になってから知り合った人とは、こうはいかない。

ガンプ君の父親の家はそこから5分だった。ペンションのような平家で、壁は若干メルヘンな空色だ。車を停めて外から窺っていると、建物の裏から作務衣《さむえ》を着た白髪の老人が現れた。手には山盛りの卵を持っている。裏庭から「コッ、コッ」と鳴き声が聞こえてくるところを見ると、ニワトリの世話をしていたらしい。

「どうも。岸高で灯くんと一緒だった広瀬陽一郎と申します」

「新田です」

「北浜です」

「どうぞ」老人はニコリともせず中へ案内した。床はコンクリートで固めてあり、「土足のままでいいですよ」と老人は言った。

まず目に飛び込んできたのは、リビングの大きな窓から覗く瀬戸内海だった。ほとんど額縁の中の絵のように見えた。リビングと繋がった小部屋にはベッドが一つ。どうやら一人暮らしのようだ。潮風をたっぷり吸い込んだ室内には陽光が燦々《さんさん》とふりそそぎ、まるで家全体がアトリエのようだった。

新田が東京土産を差し出すと、老人は「どうも」と素っ気なく受け取り、「目玉焼きを食べますか。採れたてですよ」と言った。

「ありがとうございます。でもお気遣いなく」

陽一郎が代表して断わりを入れたつもりだったが、老人には伝わっていないらしかった。「それくらいしかできないから」とコンロに火を入れ、慣れた手つきで卵をフライパンへ次々と放り込んでいった。３人は目配せを送りあった。お前が食えよ。いや、お前が食え。定食なんか食べてくるんじゃなかった。

「どうぞ」

大皿に載った目玉焼きが置かれた。話を聞きたければこれを食ってからにしろと言わんばかりだった。取り皿は出されなかったので、醤油《しょうゆ》を回しかけて直箸《じかばし》で摘んだ。

「うまい」一口食べて新田が言った。陽一郎も食べてみた。確かにうまかった。東京のスーパーの卵とは違う野生味がする。

「醤油も、なんか独特の風味があるね」と慎ちゃんが言った。

「近くの小豆島《しょうどしま》には蔵が多いんだ。やっぱり酵母も、その土地で食べるのが一番だよ」と新田がグルメ誌の編集長らしいところをみせる。

温かいうちにどうにか平らげ、陽一郎は用件を切り出した。

「ところで、灯くんが亡くなったというのは本当ですか」

「本当です」

老人は表情を変えずにうなずいた。「命日は現地時間で今年の2月1日。連中がそう言ってきた」

「連中というのは？」

「財団の奴らです」

「ガンプ君のつくった財団の奴らが『灯くんは死んだ』と言ってきたんですね」

「そうです」

「遺体はご覧になられた？」

「見てません」

「葬式は？」

「してません。灯は27歳のときに信仰を捨てましたから。向こうへ渡って3年目のことでした。それから連絡は取っていません」

3人は息を吞んだ。ガンプ君の家が敬虔《けいけん》なクリスチャンであることは知っていたが、義絶状態にあったとは思いも寄らなかった。

「2月1日っていったら、俺に誕生日メールを送ってきた2ヵ月前のことだな」

慎ちゃんが呟いた。もしガンプ君が本当に亡くなっていたなら、代理人がメールを送ってきた理由は説明がつく。しかしメールの中でガンプ君の死を隠す必要はあったのか？

「死亡通知書みたいなものは届いたんですか。公の通知みたいなものは」と新田がたずねた。

「きとらん。灯はあっちで永住権《グリーン・カード》を取得したから。国籍も移した。とにかく、こちらには何も言わずに逝ってしまったんだ」

「その財団は何をするところなんですか」

新田が重ねてたずねると、老人は「知らんっ！」と声を荒らげた。

「訳のわからん連中が、訳のわからんことを吹き込んで、灯の財産を奪ったんだ。あいつには純真なところがあったから。『灯の遺言を見せろ』と言っても、言を左右にして答えん。だからいま訴訟準備中なんだ」

国籍を移したなら、ガンプ君の父親に相続権はないんじゃないかな、と陽一郎は思った。しかし調べてみないとわからない。

「ともかく弁護士事務所に『裁判が終わるまで何も喋るな』と言われているので、あとは向こうに聞いてください」

「向こうというのは、マイケル・Ｊ・フォックスという人物に、ですね」

「そうだ。いまはあいつが財団を牛耳ってる」

「その人物は、実在するのでしょうか？」

慎ちゃんの質問に、老人は「なにっ？」と目を剝《む》いた。まったく想定外の質問らしかった。

「なんとなく架空の人物っぽいよね、とみんなで話してたんです。メールの返事も、ＡＩぽいテンプレートだったし。たとえば灯くんがなりすましてるとか、ＡＩにそういった名前を与えてるといった可能性はありませんか」

「なんのために？」

さあ、と一同は首をひねった。

血族と縁を切って財産を渡さないために？　だが義絶状態にあったならそんな面倒な真似《まね》をする必要はないし、バレー部のメンバーを巻き込む必要もない。

「灯くんは、本当に亡くなったんでしょうか」

陽一郎があらためてたずねると、老人はむっと押し黙った。そして、亡くなったんでしょ、と小さく呟いた。老人も100%確信している訳ではなさそうだった。

「いまは訴訟準備中だから、この話はもう……」と老人が言った。

「奥様はどちらに？」と新田が話題を変えた。

「3年前に亡くなりました。最後は修道院にお世話になりました」

「それは失礼なことを聞いてしまって」

「いえいえ。天に召されたのですから」

そこから老人の一人語りが始まった。ご先祖に興味を持って調べていたら瀬戸内海に行き着いたこと。もともと人体におけるミネラルの役割や、自給自足に関心があったから、伯方島を終《つい》の住処《すみか》に定めたこと。ライフワークにしているコンピュータの知財のことも含め、話は小一時間ほども続いた。ガンプ君についてはもう触れようとしなかった。

帰りがけ、老人は泥のついた島ラッキョウをお土産にくれた。

「わたしが育てたものです。うまいですよ」

3人は来た道を帰った。1本目の橋に乗ったところで、「どう思う？」と陽一郎はたずねた。「結局よくわかんなかったね」と新田が言った。「慎ちゃんは？」

「うーん……。俺はずっと『ガンプ君は死んでないだろうな』って思いながら聞いてた」

「なんで？」

「なんとなく。ガンプ君のオヤジさんも、うまく言えないことがあるんじゃないかな。隠してる訳じゃなさそうだけど」

「だけどこの時代に、人の死を隠したり、捏造《ねつぞう》したりできる？」と新田が言った。

「それな」陽一郎はサンバイザーを下ろしながら言った。来るときはあんなに青々と輝いていた海山が、いまはオレンジ色に染まって夕陽《ゆうひ》が眩《まぶ》しかった。

「仮にガンプ君が生きてるとして、嘘の死亡通知をしてくるメリットってなによ？」

と陽一郎は言った。

「そりゃ財産独占でしょう」と新田が答えた。「ガンプ君のオヤジさんも言ってたじゃん。あいつらが灯の遺産を独り占めしようとしているって」

「だけどガンプ君が生きてるなら、たんに財団に寄付すればいいだけの話じゃないの？」

「確かに」

「じゃあ仮にガンプ君が亡くなってるとして、オヤジさんに遺体を拝ませない理由は？」

「クリスチャンをやめて義絶した訳だから、そこらへんの理由じゃない？　そこに莫《ばく》大《だい》な遺産が絡んで、的な」

「ふむ……」

要するに、すべては想像の域を出なかった。

「今日の成果をマイケルにぶつけてみるか。ガンプ君の父親に会いに行ったら、こんなことを言ってました、ほんとのところはどうなんですか、みたいに」

「それがいいね」と新田が言う。

「慎ちゃん、頼んじゃっていい？」

「オーケー。あとで文案を送るからチェックしてよ」

「了解。ごめんな、面倒なこと頼んじゃって」

「いいよ。だけどガンプ君のオヤジ、ぜんぜんボケてなかったね」

「だね」と新田がうなずく。「思い込みは激しそうだったけど」

2本目の橋を渡り、丘にさしかかると、まんまるの夕陽がまさに海に沈んでいくところだった。「おー、停《と》めて見て行こうか」3人はクルマを降りた。夕陽が周りの空をオレンジのグラデーションに染め上げて沈んでいくさまは、息を呑むほど美しかった。

「むかし、ガンプ君とお堀端で虹を見たことがあるんだよね」

新田が言った。

「こっちがうっとりしてたら、いきなり虹の光線の数値を語りだしたりしてさ」

「ガンプ君らしいな」と陽一郎は笑った。

「やっぱり、ガンプ君は死んでない気がするんだよね」

慎ちゃんが夕陽を見つめながら言った。

「あーあ。東京に帰りたくねえな」と新田が夕陽に向かってぼやいた。

「俺は早く東京に帰りたいよ」と慎ちゃんが夕陽に向かってぼやき返す。

陽一郎は微苦笑した。同じ年に生まれ、同じ土地で育ち、同じような漫画を読んで育った。同じようなゲームにハマり、同じような音楽を聴き、同じ試験問題に頭を悩ませ、同じコートで汗をかいた。それでもわかりあえないことは多い。結局のところ、長男にしか長男の気持ちはわからない（次男にしか次男の気持ちはわからない）。キャプテンにしかキャプテンの気持ちはわからない（平部員にしか平部員の気持ちはわからない）。不倫した者にしか不倫した者の気持ちはわからない（不倫された者にしか不倫された者の気持ちはわからない）。

みんながみんな、自分の特殊なポジションから世界を眺めていること。歳をとり、柔らかな冷たい孤独の中で、そのことを諒解《りようかい》すること。それこそが多様性というやつの本質ではないだろうか。陽一郎はなぜだかそんなことを思った。鋭い胸痛の中で、この景色を家族にも見せてやりたいと願った。

鳥取へ帰ると、同期会の案内が届いていた。

同期100人は全国に散らばっているから、同期会はブロックごとに開かれる。今回から陽一郎は西日本ブロックに属し、会場は大阪だという。気は進まなかった。「まだこの境遇に馴《な》れていないから」というのは言い訳で、つまりは落ちぶれた姿を見せたくないのだ。

返事をためらっているうち、同期の貴子《たかこ》からメールが届いた。彼女とは新人時代から仲が良かった。同期から「お前らさっさと付き合っちゃえよ」と冷やかされるたび、二人して「えへへ、付き合っちゃおうか」とおどけたものだ。いまは和歌山支社にいるはずだ。

〈うちの支社に茅森理香がきた。あんたの不倫相手でしょ？　なんなん、あの女⁉　詳しく聞かせて。同期会は絶対参加で！〉

理香も転勤したと風の便りに聞いていたが、まさか貴子と同じ支社だったとは……。だがこれで腹は決まった。貴子の耳に入っているなら同期広報に載ったようなものだ。「なんなん、あの女」も気になる。陽一郎は参加の返事をした。

慎ちゃんからＬＩＮＥが入った。

〈以下、マイケルに送る文案です。皆さんチェックのほどを〉

〈マイケル様　先日、ガンプ君の父親に会ってきました。お父さんは「灯は死んだ。財団は遺体に会わせてくれないし、遺産も独り占めしようとしている。訴訟準備中だ」と言っていました。本当のところはどうなんでしょう？　われわれに届いたガンプ君のメールの件と合わせて、ご回答お願いします。なお、みつるの行方については捜索中です。仙台から川崎の雀荘へ行ったところまでは摑めました。岸高バレー部一

同〉

〈カンペキです。慎ちゃん、サンキュー！〉と陽一郎は返事をした。

同期会は北新地の居酒屋で行われた。21名が集まり、陽一郎は懐かしい顔といくつか再会した。酒が始まった。さすがにもう無礼講という歳ではなかったが、3〜4人のグループに分かれて話に花が咲いた。

ホノルルマラソンの完走や、健診数値で若さ自慢をする者。

老眼や下半身事情で、老い自慢をする者。

子どもの受験事情について延々と情報交換するテーブルもあった。

もちろんいちばんの肴《さかな》はほかの同期の消息で、いまだ出世コースに乗っている奴の噂《うわさ》は耳に痛かった。

すこしすると、いい感じに酔っ払った貴子が隣にやってきて、

「よっ、不倫課長」

と肘でうりうりと突ついてきた。

「えっ、なになに!?　陽一郎《ヨーイチ》、不倫してたの？」と周囲が食いつく。

「なんだ、知らなかったのかお前ら」

と陽一郎は開き直った。

「俺は不倫してた部下に人事部に駆け込まれて、鳥取に飛ばされたんだぞ」

まじか、と誰かが呟いた。

「お願いだからここで静まり返らないで」

陽一郎が苦笑すると、誰かが「お疲れっした！」

と叫び、笑いが起きた。

「そんな訳で俺は貴子と今から密談があるから、お前らは散れ散れ」

陽一郎が手を振ると、みんなおとなしくグラスを持ってほかの所へ行った。

「お疲れ～。久しぶりじゃ～ん」

グラスを合わせる。貴子はすこしふっくらしたようだが、それはお互いさまだ。会うのは6年ぶりくらいだった。そのもう1回まえに会ったとき、「俺たち新人の頃、ほんとに付き合ってもおかしくない時期があったよね」という話になった。「だけど付き合わなかったからこうして続いてるんだよね」と貴子は言った。貴子は20代の終わり頃、ほかの同期と2年くらい付き合い、結婚近くまでいったはずだった。

「いかがですか、単身赴任ライフは」と貴子が言った。

「もう、パラダイスですよ」陽一郎は青息吐息で答えた。

「聞きたいんでしょ、あの子のこと」

「そのために来た」

「あの子、うちの支社に来て、もう泣いたから」

貴子が急に醒めた目つきになった。

「あんたの前でも泣いたんじゃない？　男と女の関係になる前に」

図星だった。陽一郎は丸の内の喫茶店で突如泣かれたことを思い出した。

「わたしが思うに、仕事で泣く女って三つのパターンがあるんだよね。一つ目は『本当はもっとできるのに』って自己評価が高いパターン。二つ目は『わたしは仕事ができない』って自覚してるパターン。三つ目は、やりたくなくて嘘泣きしてるパターン。あの子の場合は、典型的な一つ目。たいした玉だよ。だいたい転勤してきて1ヵ月目に上司の前で泣く？　結局あんたと不倫してたのも、話を聞いてくれるおっさんが欲しかっただけだと思うよ」

陽一郎は反論したくなったが、口を尖らせるだけで堪えた。理香にとって自分は「話を聞いてくれるだけのおっさん」ではなかったはずだと思いたい。

「あの子、あんたの奥さんにもバラしたんでしょ？」

陽一郎はうなずいた。苦いものが込み上げてきた。

「それも自己評価が高いからだと思うよ。あんたの奥さんより、自分の方が上だと思ってんだよ。女としても、人間としても」

赴任先のセンパイにこんなふうに見切られてしまい、理香は今後大丈夫なのだろうか？　陽一郎はいまだに理香を父親のような気分で見守っている自分がいることに驚いた。

「奥さん、大丈夫なの？」

「だめ。失語症みたいになって、長女もカウンセリングに通ってる」

「話しちゃったの？　子どもに」

「うん。妻が」

「なに奥さんのせいにしてんの。あんたが悪いんでしょ」

「うん」

「子どもは3人だっけ？」

「そう」

「奥さんは専業主婦なんでしょ？」

「うん」

「可哀想すぎる……」

「ま、俺も仕事が忙しかったし」

「それ、世界中の女がイラッとする一言ね。だいたいあんたは女の人生を軽んじてるんだよ。昔っから」

「そんなことないよ」

「そんなことあるって。ちょいちょい出るんだよね、そういうのって。そもそもどんな女だったとしても、部下に手を出した時点であんたが一番悪い」

「そっちはどうなんだよ。男はできたのかよ」

陽一郎の反撃に、「彼氏ならいるよ。でも、一生独身でいいかな」と貴子は肩をすくめた。

「なんで」

「あんたたちみたいなケースを見すぎた」

「で、結婚に幻想を抱けなくなったか」

「もとから抱いてなかったけどね。ところで、わたしの大学の同期で離婚専門の弁護士になった奴がいるから、紹介してあげよっか」

「まだ離婚するって決まった訳じゃ……」

「わかるよ。だけど相談してみるのもいいと思う。昔と違って、今はいろいろ選択肢があるみたいだから。奥さんはなんて言ってるの？」

「どうすればいいかわかんないって」

「じゃあ、なおさら弁護士に聞いてみなよ。奥さんのためにもなると思うし」

「わかった。考えてみる」

そこへ同期たちが「不倫課長〜、詳しく話を聞かせてくださ〜い」と乱入してきたので、陽一郎は「うるせーな、表に出ろ」と応戦した。

結局この晩は、遠征組と明け方まで繰り出した。久しぶりにカラオケへも行き、ビジネスホテルに泊まった。

翌日は二日酔いだった。３次会まで行ったのなんて、いつ以来だろう。

帰りの特急の中で貴子にＬＩＮＥを打った。

〈昨日は相談に乗ってくれてありがとう。例の弁護士、相談させてもらうかも。その折はよろしく〉

〈了解。絶対に相談した方がいいから〉

そのあとぼんやり車窓の景色を眺めていたら、慎ちゃんからグループＬＩＮＥにアップがあった。

〈マイケルから返事がきました。以下、転送します〉

〈北浜慎介さま　メールありがとうございました。悲しいことに、いまガンプ様のご家族を含め、いくつか係争中の案件があることは事実です。したがってこの件についてはまだ詳しくお話しできません。ただし皆さんの疑問もごもっともなので、二つだけお答えしておきます。ガンプ様から皆さまに届いたメールは本物です。そしてガンプ様はまだ亡くなっておりません。

P.S.　みつるさんの追跡情報ありがとうございました。それを基にこちらでも探してみます。　マイケル・J・フォックス〉

おいおい、ガンプ君はまだ生きてるだって？

じゃあガンプ君のオヤジが言ってたことはどうなるんだ？

大きな矛盾を感じたが、アルコールで濁った頭では、うまく考えられなかった。

（4）

タクローは慎ちゃんから転送されてきたマイケルのメールを読み、グループLINEに質問をアップした。

〈ガンプ君の父親は『財団から灯は死んだと知らせがきた』と言ったんですよね。つ

まりマイケルからそう言われたと〉

〈そうです〉と慎ちゃんが返事をくれた。

〈で、マイケルは僕らには「ガンプ君は死んでません」と書いてきた。完全に二枚舌ですね〉

〈そうなるな〉とキャップが横入りしてきた。

タクローは考えた。

ガンプ君の父親に「ガンプ君は死んだ」と信じ込ませること。

バレー部の同期に「ガンプ君は死んでない」と信じ込ませること。

この二つを通じて、マイケルが得することってなんだ？

しばらく考えてみたが、思いつかなかった。

タクローはガンプ君から送られてきた誕生日のメールに立ち返ってみた。条件は三つあった。
1．みつるを探し出してほしい。
2．5万年後にバレー部を再結成したら入るという同意書が欲しい。
3．5人の同意が揃ったらストックオプションを贈る。
タクローは息を凝らして考えた。

詐欺か、詐欺じゃないか。

詐欺か、詐欺じゃないか。

花びら占いのように、二つのあいだを揺れ動く。

そして、「これは詐欺じゃないのかもしれない」という結論に達した。

カギとなるのはガンプ君のメールにあった「僕らのカラダは星屑《ほしくず》で形成されている」だの、「宇宙は無から始まった」だのといったゴタクだ。初読のときは、奇人の単なる戯言《たわごと》と捉えていたが、違う。そのあとガンプ君は書いているではないか。

〈そんなことを考えていたら、
宇宙や時間にささやかな抵抗をしたくなり、
こんなメールを送ることになりました〉

と。つまりここに書かれていることはすべて真実なのだ。ガンプ君にこちらをダマす意図はない。「5万年後」とか「再結成」とか「同意書」というのは何らかの比喩なのだ。

ガンプ君は生きているけど、死んでいる。

死んでいるけど、生きている。

これも正しい。

そしてそんな存在といえば——ずばり神だ。

これは宗教への勧誘だったのだ。ガンプ君は「5億円やるから入信しろ」と誘っているのだ。ガンプ君は出家するか、自ら神になってしまったのだろう。そう思えばすべてが氷解する。

父親に「死にました」と連絡してきたのも、何らかの宗教的思考が関係しているに違いない。「里中灯は死にました。今日から○○という名前で再生します」という宣言だ。入信したら親から授かった名前を捨てて、俗世とかかわりを絶つのは、仏教も一緒である。ガンプ君が奥に引っ込んで出てこないのも、教祖として威厳を保とうとしているからだろう。

タクローは知っていた。大金持ちは最後に、ネイチャーか宗教へ還《かえ》っていくのだ。ラグジュアリーツアーの常連にも、土井さんのように大自然へ向かう人もいれば、宗教団体へ何億も寄付する人もいる。共通しているのは〝人智《じんち》を超えたものへの憧れ〟だ。莫大なカネに囲まれて暮らしていると、自然とそこへ行き着くのかもしれない。

ガンプ君はもともとクリスチャンの家に育ったから、宗教的な気分には親しんでいたはずだ。タクローもお寺の子だからそれはよくわかる。

信仰を持つ家に育った者は、自然と信仰について考える。そして考えている対象へ惹き寄せられてしまうのは人間のサガだ。うぶなガンプ君がアメリカへ渡り、新しい教えに出会い、ぞっこん入れ揚げていく様が目に浮かんだ。

……と、ここまで推理したところで、当たらずといえども遠からずな気がした。まったく見当はずれな気もした。しょせんは、雲を摑むような話なのだ。

タクローはグループLINEに書き込んだ。

〈これ、宗教絡みの案件だと思いますわ。ガンプ君は教祖様になっちゃったんですわ。だから表に出てこんのですわ。われわれは勧誘されてるんですわ〉

するとグループLINEは匿名掲示板のような賑《にぎ》わいを見せた。

〈なるほど。その解釈があったか〉

〈ガンプ君、神は数学者だって言ってたもんね〉

〈ガンプ教！〉

〈宗教法人フォレストの方がよくね？〉

〈いっそのこと〝ガンプの教え〟でどうですか〉

〈みんなでネーミング考えてどうする！〉

〈だな〉

〈さて、どうするかな〉

〈以下のようなメールをマイケルに送るのはどうでしょう〉

〈本件については不明な点が多すぎます。ガンプ君と直接やりとりできないなら、われわれは手を引きます。バレー部一同〉

〈いんじゃね？〉

〈異議なし〉

〈同じく〉

〈じゃあ慎ちゃん、これをマイケルにメールしてもらっていい？　もうすこしオブラートに包んだ言い方で〉

〈了解！〉

〈嗚呼《ああ》、これで500万ドルもパーか〉

〈5億くれるなら入ってもよかったな〉

〈泣くな。また同窓会やろう。タクローの誕生日にでも〉

〈サプライズなら僕に内緒で進行してくださいね。スケジュール空けときますから〉


事件は3日後に起きた。

マイケルからみんなに返事が届いたのだ。

皆さま

お申し越しの件、ごもっともです。

みつるさんの居場所についてヒントを頂きましたし、

すべての条件を解除して、皆さまにストックオプションをお贈りします。

すぐに換金したい方はお申し出ください。

税金や為替手数料を差し引くと、2億8000万円ほどお手元に残るはずです。

至急、書類をお送りします。どうぞよろしくお願い致します。

マイケル・J・フォックス

タクローはこのメールを何度も読み返した。

そして氷のように冴え返った脳髄に、ささやく声がした。

もしこれが本当なら、さっさと妻と別れなければいけない。

第三章

（1）

慎介は杉並区にあるＮＰＯ団体を訪れた。

古いマンションの一室のチャイムを鳴らすと、代表の海野《うんの》さんが「いらっしゃい」と笑顔で迎えてくれた。赤銅色に日焼けした精気みなぎる人で、とても60代には見えなかった。海野さんは自らお茶を淹《い》れ、向かいに腰をおろした。

「お話はだいたい把握しました。居場所のない子どもたちのためのＮＰＯを立ち上げたいということですね。とても素晴らしいことだと思いますよ。

ご存知の通り、日本はすでに深刻な格差社会です。６人に一人の子が貧困家庭に育ちます。ひとり親世帯だとじつに２人に一人。人生のスタートラインに立つ前に心が折れたり、投げやりになってしまう子が増えています。それじゃあまりにアンフェアです」

慎介はうなずきながら話を聞いた。ここに来るまで何度もメールをやりとりしてきたから、初めて会う気がしなかった。海野さんはNPOのプロ・コンサルタントで、これまで70以上のNPO立ち上げに協力してきたという。

「頂いたメールには、『1億円ほど自己資本を投入するつもりだ』と書かれていましたね」

「はい。それで足りますか」

「足らせればいいんです。どうしてもはじめは頑張りすぎてしまう。だけど大切なのは継続すること。長くやっていればコツは摑《つか》めるし、寄付やボランティアも集まってきます。本拠地については、この前メールした神奈川県の秦野《はだの》の物件はいかがでしたか」

「とてもいいと思いました。大きさは言うことないし、自然も豊かそうだし。あんなにぴったりの物件があるんですね」

「でしょう？」

海野さんが白い歯を見せた。

「企業の保養所だったそうですよ。ちょっと手を入れればすぐに使えます。われわれのメンバーには大工も内装屋もいますから、業者を入れる必要はありません」

「そんな方もおられるんですね」

「みんなボランティアです。技術を無償で供与《サプライ》するのも立派な活動ですから」

メールのやりとりでも感じていたことだが、海野さんはとても優秀な実務家だ。ホームページにあった経歴によれば、若い頃は海外でばりばりビジネスをやっていたという。転機は仕事でアジアを歴訪したときにあったそうだ。慎介はそれについて訊ねてみることにした。

「海野さんはバングラデシュを訪れたとき、貧しい子たちを見て『この道に入らなきゃ』と思ったそうですね」

「すぐにではないんです」

と爽やかに否定された。

「だけどそのとき見た光景が忘れられなくてね。7歳くらいの男の子が、朝の6時から夜の22時まで、お母さんと一緒にゴミを集めて回るんです。リヤカーを後ろから押しながらね。遊びたい盛りでしょ。それなのに学校にも行けず、くたくたに疲れて涙を流しながら、ゴミを集めてる。母親もそれに気づいているんだけど、手伝ってもらわなきゃ今晩の食べ物に困るから、見て見ぬふりをしている。

リヤカーいっぱいにゴミを集めて日当が2ドル。それで明朝まで食いつなぎ、朝が来たらまたリヤカーを引いてゴミ集めに出かける。この繰り返し。いったい、なんなんだって思いましたね。生まれつきのラッキーとかアンラッキーで済ませていい問題だとは思えなかった。僕にもそれくらいの子どもがいたから尚更《なおさら》です。

それで現地の通訳に聞いてもらったんです。男の子に『将来は何になりたい？』って。そしたら『警察官になってお母さんにラクさせてあげたい。だからほんとは学校に行って勉強したい』って。僕はそのとき引き出せるお金を全部引き出して母親に渡しました。『この子を学校に行かせてやってくれ』って。母親は一瞬嬉《うれ》しそうな顔をしたあと、ふと真顔になって言ったんです。『隣の家には8人の子どもがあって、うちより貧乏だ。その子たちにも分けてやっていいか』って。僕、自分が恥ずかしかったですね。おれは日本の太ったブタだ、と思いました。

意外だったのは、人に施しをするのに後ろめたさを覚えなかったことです。当然の義務を果たしたまでだ、という感覚に近かった。自分はこの道に進むべきだと思いました。だけど僕もちょうど仕事が楽しくなりかけていた頃で、家庭もあったから、すぐにはライフステージを変えられませんでした。

だけどホテルのラウンジで商談相手を待ってるときなんかに、ふとあの子の姿が浮かぶんですよ。目に涙を溜《た》めながら、お母ちゃんのためにリヤカーを押すあの子の姿がね」

海野さんはまるで昨日見てきたかのように、目に大きな悲しみを湛《たた》えた。ある意味でこの人も繊細さんなのかもしれないと慎介は思った。

「そこから紆余曲折《うよきょくせつ》を経て、15年後にこの事務所を構えました。以後、この道一本です。すみません、なんか話が逸《そ》れてしまって」

「いえいえ」

そこから海野さんはＮＰＯ設立までの流れと、申請書類の注意点について説明してくれた。

「で、物件の内覧はいつ行きますか？」

「えっ。一緒に行ってくださるんですか」

「もちろん。初期コストはできるだけ安く抑えないと。僕が窓口になって叩《たた》きます。こう見えてタフ・ネゴシエーターでしたからお任せください」

わっはっは、と海野さんが豪快に笑う。慎介もつられて笑った。

「北浜さん」

海野さんが笑みを収めて言った。

「僕は『NPOを設立したい』と訪れてくれる皆さんに必ず伝えるんです。『とにかく続けてください。続けることに意味があるんです』って。あてになるのは、自分の想《おも》いだけ。これをエネルギーにして悠々と急いでください」

「悠々と急ぐ……」いい言葉だと思った。

「自分の腹の底から湧いてきた想いで灯《とも》した松明《たいまつ》は、意外と燃え尽きないものです。何も仕事で成功したり、金持ちになることだけが人生の意味ではありません。弱い人や困ってる人を助けること自体に、意味があると思います。僕らは共感するために生きているんです」

慎介は、今日、自分はこの言葉を聞くためにここへ来たのかもしれないと感じた。

「お恥ずかしい話ですが、わたしは気象予報会社に入ってからずっと、胸に火が灯らないまま仕事と向き合ってきました。いつしか会社員人生の完走自体が目的となっていました。だけどいま海野さんに『続けることに意味がある』と言われて、それなら自分にもやれるんじゃないかと思いました。うまく言えないのですが、そこに意味を見出《みいだ》せればいいのかなって」

「その通り。恋と同じで、一瞬で燃え上がった情熱は、一瞬で消えることも多いですからね。お互い、悠々と急ぎましょう」

はい、と慎介はうなずいた。

「じつは今回の資金は、高校の友人でアメリカで大金持ちになった人間が提供してくれたものなんです。なにか持続可能な目標を立てて、使ってほしいと言われて」

「ほう、そうでしたか。向こうは寄付の文化が根づいていますからね」

普通ではあり得ない話にも、海野さんがあっさりうなずいてくれたことに、慎介は安心した。

数ヵ月前、マイケルから書類が送られてきた。そのいくつかにサインしただけで、しばらくすると大金が振り込まれた。税金や為替手数料を引いた手取りで2億8000万円。キャップと新田とタクローにも同額の振り込みがあった。けれどもマイケルは一連のやり取りのあいだも、ガンプ君の現状については「いつか話す」の一点張りで、詳しいことは教えてくれなかった。

「ほんとに不思議な申し出だったんですけど、大金をもらったとき、これは自分だけのお金じゃないなって思ったんです。神様から授かったものだ。みんなに還元しなきゃって」

「いや、そのお話を伺って安心しました。北浜さんなら大丈夫だ。もしよかったら、こんど高井戸にあるＮＰＯへ手伝いに行きませんか。参考になると思いますよ」

「それじゃ予約いれときます。これから長丁場になると思いますが、どうぞよろしくお願いします」

「ええ、ぜひ」

「こちらこそ」

二人はがっちり握手をして別れた。

家に帰ると、妻に「どうだった？」とたずねられた。

「いい人だったよ。すごく頼りになりそう」

「よかったね。いまお姉ちゃんはピアノで、わたしはスーパーに行くから、たっくんと遊んでてくれない？」

「オーケー」

慎介はリビングにいた息子に「たっくん、雲を見に行こうか」と声をかけた。二人は手をつないで多摩川へ向かった。好天に恵まれ、土手には散歩する人たちがたくさん出ていた。慎介は海野さんから聞いたリヤカーの少年のことを思い出した。もしこの子がそんな境遇にあったら、と思うだけで胸が張り裂けそうになる。海野さんも言っていた通り、ラッキーとかアンラッキーで済ませていい問題ではないだろう。

「ここにしよっか」

二人は芝生に尻をおろした。

「さあ、今日はどんな雲があるかな？」

慎介が言うと、息子は早速、

「あっ、あれ大きい！」

と遠くに浮かぶ大きな雲を指さした。

「ほんとだ。大《お》っきいね。なんに見える？」

「うーん……わかんない！」

「パパには大きな亀に見えるな。ほら、あそこがニョキッて首で、手足はあそことあそこ」

「ほんとだ！　亀だ！」

全長1㎞はある巨大な亀だった。

「あれはなんて雲なの？」

「積乱雲の一種かな」

「なんで雲は落っこちてこないの？」

「いい質問だね。雲は目に見えないくらい小さな粒が集まってできているんだ。その粒は1秒に1センチくらい落ちてるんだけど、上昇気流っていう目に見えない空気が上に押し返してる。だから落ちてこないんだよ。だけどときどき、粒と粒がくっついて、とーっても大きな粒になる。すると上昇気流でも支えきれなくなって落ちてくる。それが〝雨〟ってやつの正体だよ」

「ふーん。あの亀、ぜんぜん動かないね」

「そうかな？　じゃあ、目をつむってごらん」

「うん」

二人は芝生に寝ころんで目を閉じた。そのまま慎介は息子に語りかけた。

「ねえ、たっくん。パパがお仕事やめて、たっくんと一緒に暮らせるようになったら嬉しい？」

「嬉しい！　あ、目ぇ開けちゃった」

「ははは。またつむってください」

「はぁい」

「パパはいまのお仕事をやめて、子どもたちを助けるボランティアのNPOを始めようと思ってるんだ。ボランティアっていうのは、困っている人をタダで助けてあげること。NPOっていうのは、その会社ね。どう思う？」

「いいと思う」

「たっくんもいいと思うか。よし、そろそろ目を開けよう。いっせーの、せっ」

「わぁお！」

息子が叫んだ。「ほんとだ、亀動いてる！」

「ね？　積乱雲の寿命はだいたい30分から1時間と言われている。変わらないものなんて、この世にはないんだよ」

もし変わらないものがあるとしたら、家族への思いくらいだろう。慎介は来週、退職願を提出するつもりだった。お金で人生は変わったが、人格までは変わらない。織細さんはずっと織細さんのまま生きていくほかないのだ。

「あっ、飛行機雲！」

息子が左の空をさして言った。上空はドラマで大忙しだった。

「ほんとだ。なかなか消えないから、あしたは雨かもしれないね」

「なんで？」

「飛行機雲が消えないのは大気に水分が多い証拠。つまり、天気は下り坂なんだ」

「ふーん。今日のご飯、唐揚げがいいなぁ」

「ママにリクエストした？」

「してない」

「それじゃお魚だろうな。週末は魚力《うおりき》がセールだから」

果たして、その晩の夕食は鯛《たい》の塩焼きだった。４人で食卓を囲んでいると「パパ、あとで宿題教えて」と上の娘が言った。

「いいよ」

「ぼくも公文《くもん》おしえて」

「オーケー。あとで3人で一緒にやろう」

いまはこうして甘えてくれるが、会社を辞めて本格的に同居を始めたら、さて、いつまで賞味期限がもつか。娘が箸を両手に持ちかえて「えいっ」と魚の腹をさいた。弟もその真似《まね》をした。魚がついているのは子どもたちだけである。

ストックオプションをもらってから、妻と相談して節約を始めた。

二世帯ローンを一括返済し、ＮＰＯに資本を入れて、残った貯金を65歳までで割ると、可処分所得は慎介が会社勤めを続けた場合よりも少なかった。会社を辞めたら、厚生年金も当初の予定より少なくなるから、夫婦の老後は心許《こころもと》ないものになる。それで大人たちの食事は菜食主義と見紛《みまが》うほど質素なものになったのだった。

「会社を辞めていいかな」と相談した慎介に、妻は「うん、いいよ」とあっさり言ってくれた。「住まいさえあればどうにかなるもん。わたしも子育てが落ち着いたら、働きに出たり、NPOに合流したりしたい。パパ、これまでご苦労さま。これからが人生本番だね」

この人と結婚してよかった、と慎介は思った。もちろん妻は慎介のお腹《なか》がポンコツであることを知っていて、いつか大きな病を引き起こすのではないかと心配していた。すぐに退職を了承してくれたのは、それも関係していたのかもしれない。

子どもたちの宿題を見たあと、息子と風呂に入った。頭を洗ってやって先に出し、一人で湯船に浸《つ》かる。やはり広い湯船は気持ちいい。

あす、広島へ帰る前に父と会う。慎介は父にもお裾分けをしてやりたかった。いまから妻にその許可を取らねばならぬのが気が重い。こちらの二世帯ローンを返済したとき、公平を期すために慎介の母にも1000万円を贈与した。父にも幾らかやりたいと言えば、妻は思うだろう。なんであなたを捨てたお父さんにまでお裾分けしてあげなくちゃいけないの？　わたしたちだって将来は不安なんだよ、と。

自分でもわからなかった。だが、そうしなければ前へ進めない気がした。風呂から出ると、先に風呂から上がってソファで足にクリームを塗っていた妻に声をかけた。

「ちょっといいかな」

「うん、いいよ」妻は顔を上げずに答えた。

「オヤジのことなんだけど」

「お義父《とう》さん？」

妻は手を止めて慎介を見上げた。

「じつはあした、会うことになっている。そこで相談なんだけど、あっちにもすこし分けてあげていいかな。500万円。どうだろう」

妻は目を伏せた。しばしの沈黙のあとに「まあ、あなたがそうしたいって言うなら……」と言った。

「ごめん」

「謝らなくてもいいよ」

話はそれで終わった。ストックオプションをもらってから、妻に借りばかり増えている気がする。

翌日、蒲田《かまた》のマンションをたずねた。

管理人室に父の姿がなかったので、裏のゴミ集積場へ行った。父は軍手をはめて作業していた。「やあ」と声をかけると、父は糖尿病で濁った目をこちらに向けた。

「あっちですこし待ってろ。最近越してきた奴《やつ》が、分別ができてねぇんだ」

慎介は管理人室に戻った。奥にある3畳間が父の居住スペースで、折りたたみベッドが半分を占めていた。テレビにはイヤホンが繋《つな》がれたままで、シンクには豆腐の空パックが放置されていた。父は極端な糖質制限を行っている。

「やれやれだよ、まったく」

父がぶつぶつ言いながら戻ってきた。ティファールのケトルでお湯を沸かし、マグカップに緑茶のティーバッグを入れて慎介に差し出した。

「体の調子はどうなの？」慎介はたずねた。

「ぼちぼちかな。ダマしダマしってやつだ」

家族を捨てて出て行ったとき、父は丸々と太っていた。いまは痩せこけて、冬になると寒い寒いとこぼして、体じゅうにカイロを貼りつける。

「じつは会社を辞めようと思うんだ。信じられないかもしれないけど、宝くじが当たってね」

「なにっ!?　いくらだ？」

「3億。それですこしお裾分けを、と思って。500万。受け取ってくれるかな」

父はムッと眉をひそめた。そして自分のマグカップにティーバッグを浮かべると、おもむろに告げた。

「お前は勘違いしてるみたいだけど、俺は年金をもらってて、本当はそれだけで生きていけるんだ。この仕事をしてるのは、体を動かしたいからだよ。あと社会と接していたいからだ。ほら、俺はずっと営業マンだったろ。だから人と接してないと人間が腐っちまうんだよ」

慎介は驚いた。父がずっと営業マンだったなんて知らなかった。それにこの仕事を〝人と接するもの〟と捉えているのも意外だった。

「だから、ありがたい申し出だけど断る。カネは子どもたちのために使ってやれ。ただ、ひとつ気になってることがあってな。よかったら、実家の墓じまいをしてくれないか」

「墓じまい？」

「ああ。俺は戒名もいらんし、葬式もいらん。あそこに入るつもりもない。だから墓はもういらねぇんだ。兄弟たちも『しまっていいよ』って言うし。それで寺に問い合わせたら『更地にするために150万寄越せ』だとよ。それで頭にきて放《ほ》っといたんだ。お前たちもあそこを使う予定はないだろ？」

慎介はうなずいた。

「だったら墓じまいを頼む。寺とのやりとりは俺がやるから」

「150万でいいんだね？」

「ああ」

「すぐに振り込むよ」

父は「ふーっ」と一息ついた。「よかった。これで肩の荷が下りたよ。ずっと気になってたんだ。それにしてもお前、すげぇの引き当てたな。どこで買ったんだ？」

「駅前」

「俺の証券時代のお客さんにも、宝くじで1億当てた人がいてな。よく株を付き合ってもらったもんだよ。結局その人は株でほとんどスっちまったけど。株には手を出すなよ」

「わかった」

帰り道、慎介は何か大切なものをカネで解決してしまったのではないかという、後ろめたさを覚えた。だが一方で、つぼみがほどけていくような心ゆるびも感じた。安堵《あんど》。寂寥《せきりよう》。終息。解放。さまざまな感情が心をノックした。「お邪魔しますよ」と中へ入ってくる者もいれば、何も言わず立ち去る者もいた。心とは雲のようなもので、かたちも出現のタイミングも、まったくもって取り留めがない。

これに比べたら、翌日広島に戻り、支店長代理に辞意を告げたときの感情は明瞭だった。訣別《けつべつ》。その結論が出ていたからだ。

「なんで辞めんの？」

元支店長は退職願を見て驚いた。彼は完全に死に体《レーム・ダック》で、降格されて左遷を待つ身だった。懲戒解雇まであると言う者もいた。

「まったく違う道に進もうと思うんです」

「違う道って？」

「ＮＰＯです」

「あっ、そう」

彼は安堵したらしかった。慎介の退社まで自分のせいにされるのではないかと不安だったのだろう。

慎介は会社の聞き取り調査に〈上司としては不適格かもしれませんが、人としてはもう一度チャンスをあげてほしいと思います〉と書いて提出した。それが慎介の心の雲が、現状でかたちどった答えだった。われわれは共感するために生きているのだとしたら、共感力のない者へも共感する必要がある。

その晩、最後の診療に訪れた。海野さんや父に会ったこと。支店長との一連のやりとりで感じたことなどを報告すると、後藤さんは微笑《ほほえ》んだ。

「思ったより早く、支店長は古いアルバムの中に収まりましたね」

あ、その通りだと慎介は思った。

「それにしても、お父さんが墓じまいを頼んできたのは象徴的だな」

後藤さんが職業的な顔になって言った。

「と言いますと？」

「お父さんは墓じまいを頼むことで、知らず知らず、いくつかのメッセージを込めていたんですよ。お前らを捨てて悪かった。いったんリセットしよう。俺はもうすぐ死ぬ。お前もいつか死ぬ。死んだらチャラになるといいな。俺の人生はどうだったんだろう。まずまずだったのか。失敗だったのか。ひょっとしたら、『お前は俺がお前にしてやれなかったことを、お前の息子にしてやれ』というメッセージも含まれているかもしれませんね。

人はあまりにたくさんのメッセージを伝えたいとき、こうやって一つに圧縮して、象徴的に伝えるんです。この場合は墓じまいというふうにね。むろんすべて無意識のうちにですが。そして無意識と無意識は連結します。だから北浜さんはこれまでのお父さんとのやりとりのなかで、こうしたメッセージをすでに受け取っていたのかもしれません」

「それはあるかもしれません」

と慎介は言った。

「子どもたちといるとき、思うんです。この子たちが独立するまではそばに居てやりたいって。それは僕がオヤジにいちばんして欲しかったことでした」

「人と人は無意識で繋がっていますからね。肉親なら尚更です。北浜さんはおっしゃっていましたよね。自分が子どもを授かってから、ふとお父さんに会ってみる気になったって。そのときから北浜さんの無意識はこの日が来ることを予見していたのではないかな。北浜さんがお父さんと無意識のやりとりで得たものは、お子さんにもしっかり伝わっていますよ」

慎介は広大無辺な心の宇宙に驚いた。自分の中に心があるのか、心の中に自分がいるのか、わからなくなるほどだった。

「最後に一つ、はなむけの言葉を」

と後藤さんが言った。

「北浜さんのように心が感じやすい人は、物事を深く見つめ、さまざまな角度から考えることができます。相手の気持ちや立場に立って、行動することができます。芸術に感動し、周囲に優しさを植えつけ、環境を守ることができます。

つまりこの世界の真善美は、繊細さんたちが担ってきたのです。これは『弱いことは強いことだ』と言い換えることができます。大切なことなので繰り返します。弱いことは、強いことです」

翌日、慎介は商店街の掲示板へ子どもの絵を見に行った。

もう、涙ぐむことはなかった。

（2）

新田は大金を手にしてから、自分のことを嫌いになりかけた。

中古車が買えるくらいの高級ワインと高級靴を買い、これまでの人生は神が俺に与えた試練だったのだと万能感に酔いしれる時期が終わると、虚《むな》しさが襲ってきた。自分の存在と預金残高が釣り合っていなかったからだ。大金持ちになったといっても、誰に褒められた訳でもないし、認められた訳でもない。

宝くじに当たった人の高揚感が半年もたないというのがよくわかる気がした。そもそもそも宝くじを当てた人は「くじを買う」という行為をしたが、自分はそれすらしていない。普段のように息を吸っていたら、向こうから勝手に大金が転がり込んできたのだ。

それでは幸せじゃないのかといえば、そんなことはない。口座にある2億8000万円のことを思うと、申し訳ないほど心が豊かになる。ガンプ君、ありがとう。その一言しか浮かばない。

気持ちが落ち着いてくると、このまま貯金を食い潰して生きていこうかな、と思わなくもなかった。しかし一つだけ心痛があった。ナツミさんの退社が決まったのだ。本人には確認してないが、クビ勧告を受けたのかもしれないし、自ら退《ひ》いたのかもしれない。いずれにせよこの大功労者に対して会社は冷たすぎる気がした。

ステージ3のb。5年生存率は52％。

このまえ見舞いに行ったとき本人から聞いた数字だった。そのとき「わたしもそろそろ大部屋に移らなきゃ……」という一言にもショックを受けた。経済的な心配はナツミさんにふさわしくなかった。新田は「僕が出します」という言葉をかろうじて呑み込んだ。

次号のゲラをぱらぱら捲《めく》っていたら、ステーキ特集で手が止まった。

〝エモいレア〟

堂本がつけた見出しだ。さすがにこれはないと思った。雑誌に流行語を取り入れる遊び心は大切だが、グルメ手帖《てちよう》の読者に〝エモい〟は受け入れられない。また堂本に無視されるかも、と懸念しつつ「要再考」と赤字を入れた。

あのセクハラ事件後、堂本はしばらくおとなしくしていた。だが最近また増長してきた。連絡なしに昼過ぎに出社したり、全体会議で新田に食って掛かってきたり。顔を見るのも嫌だったが、残念ながら1特に起用し続けている。

会社を辞めるのを思いとどまらせていたのは「グルメ手帖の部数を死守し、ナツミさんに返す」というロマンティックな目標のためだった。しかしそれもナツミさんの退社でハシゴを外された。いつ辞表を提出してもいいが、まだ出していないのは、堂本を残して先に去るのが癪《しやく》に障るからだった。

しぶ子から〈赤ちゃんが生まれました〉と連絡があった。新田は銀座のバーバリーでベビーギフトを包んでもらい病室を訪れた。新米お母さんは、赤子を胸に乗せて寝かしつけていた。

「やったな、しぶ子」

「産んでやりましたぜ、ダンナ」

しぶ子は健気《けなげ》にへらず口を叩いた。ぎゅっと閉じられた赤ちゃんの手は信じられないほど小さかった。「だから誰だよ、そのキャラ……」と新田は喉を詰まらせた。

「ちょっとぉ。なんで新田さんが泣くんですか⁉」

「なんかグッときちゃって。で、体調はどうなの」

「授乳のたびに叩き起こされるのがキツイっす」

「あ、そうだ。これプレゼント」

「わぉ。ありがとうございます。開けてもいいですか？」

「もちろん」

中からクマのぬいぐるみと、バーバリーチェックをあしらったブランケットが出てきた。

「かわいい！　ほら、クマちゃんでちゅよぉ。お友だちになりませんかぁ？」

まだ目も見えぬわが子に赤ちゃん言葉で話しかける様子に、ふたたびグッときた。なにかしら平和的な神秘を感じる。

「落ち着いたらまたランチに行こうな。ベビーを連れて行ける旨いところを探しておくから」

あまり長居するのも悪いので、新田は病室を出て地下鉄へ向かった。大金を得たあと、自腹でタクシーに乗りまくっていた時期があったが、なんと浅ましかったのかと今にして思う。

売店で週刊誌を買って電車に乗った。席に座って週刊誌をぱらぱら捲っていたら、しぶ子から写真が届いた。ベビーにクマのぬいぐるみを添えて、ブランケットをかぶせたものだ。

〈いとエモし〉

なに古文みたいな見出しつけてんだよと笑ったが、確かに「エモい」ってこういうとき使う言葉だよな、と思い直す。週刊誌に戻ると、「巷《ちまた》の時の人」をクローズアップするページがあった。

〝教師からストリッパーに転向した乳癌《にゆうがん》サバイバーのいま〟

という見出しに目が止まった。記事によれば、志帆《しほ》さんという女性は35歳のとき乳癌を患い、左の乳房を摘出。「また再発するかもしれない」「一日一日の命だ」「世に棲《す》む日々は案外短い」と思うと、やむにやまれぬ表現欲が湧いてきて、公立中学校の教師を辞して踊り子になったそうだ。はじめは難色を示していた夫も応援してくれるようになった。「ストリップを通じて、同じ病に苦しむ女性たちを勇気づけたい」という意志は口コミで広がり、いまや彼女の公演には女性客が多く駆けつけるという。

新田は穴が開くほどインタビュー写真を見つめた。志帆さんの目にはナツミさんと同じように、戦いの最中にある人の厳しい光が湛えられていた。欄外の舞台スケジュールによれば、ちょうどいま都心のストリップ劇場に出演中だった。

「行ってみるか……」

新田は途中で乗り換えて劇場へ向かった。ストリップなんて初めてだが、彼女が自分と同い年というところにも興味を惹《ひ》かれた。

小屋へ着くと、拍子抜けするほど狭かった。客は20人ほどで、そのうち5人が女性客だった。

「ここ、空いてますか」新田は野球帽をかぶった老人にたずねた。

「空いてるよ」

隣に腰をおろすと、老人は「今日はおねえちゃんたちが多いなぁ」と新田に聞かせるともなく呟《つぶや》いた。どうやら常連らしい。年金暮らしの楽しみだろうか。

やがて志帆さんの出番がきた。

花魁《おいらん》のような着物で現れ、小沢健二《おざわけんじ》の曲に合わせて踊りだす。和と洋。ポップと伝統舞踊。いろいろなものがミックスされた、極めて独創的なステージだった。着物から覗く手脚はすらりと美しかったが、エロティックな雰囲気は微塵《みじん》もない。幼い頃バレエをやっていたというだけあって、素人目にもしっかりした踊りだった。

途中で何曲か変わった。スピッツ、ミスチル、イエモンと、どれも懐かしい曲ばかりだった。

新田は彼女に戦友のような共感を覚えた。

曲が変わるごとに暗転が入り、そのたびに衣装が剝《は》ぎ取られていく。短いステージの中に物語性が組み込まれていることに新田は目を瞠《みは》った。

志帆さんが長襦袢《ながじゅばん》を脱いだ。左の乳房はなく、火山の噴火で吹き飛ばされたように平坦《へいたん》だった。かわりに痛々しい縫合痕が刻まれている。

ショーツも脱ぎ捨てると、舞台の突端まで来て、滋味深い笑みを湛えながらさまざまな格好をした。手を伸ばせば触れそうなほどの距離だった。女性客の全員が目許《めもと》を拭った。男性客の中にも涙を浮かべている者がいる。志帆さんが鯱鉾《しゃちほこ》のようなポーズを取ると、ひときわ高い拍手が巻き起こった。彼女は究極の与える人《ギバー》だった。何もかも超越したところで、すべてを曝《さら》けだしていた。

踊りが終わると、志帆さんと1枚500円で写真が撮れる「デジカメショー」なる時間があった。多くの客が並んだ。新田もせっかく来たのだからと並んだ。

志帆さんは長襦袢だけを羽織り、一人ひとりに笑顔と言葉をかけた。どんなポーズにも応じるとのことで、一人だけ、あられもない格好をリクエストした客がいたが、志帆さんはそれにも笑顔で応じた。

新田の前に並んでいた女性客が、「初めて来ました。感動しました」と言って花束を渡した。

「嬉しぃ〜。ダリア大好きなんだよね。ありがと〜」

「じつはわたしも乳癌サバイバーで、いま転移してて……」

女性客が思い詰めたように言った。志帆さんは彼女の手を取り、花のような笑顔を開いた。

「頑張ろっ。奇跡なんて普通に起きるから」

「はい……」と泣き崩れた女性の肩を、志帆さんは優しく包み込むように抱擁した。

新田の番が来た。「どんなポーズにします？」と聞かれ、「あ、普通で」と答えた。前を開けた志帆さんとスマホに納まるとき、彼女の首のうしろに小さな十字架のタトゥーがあるのを見つけた。これは教師時代からあったものか。それとも踊り子になってから何かをおのれに刻み込むために入れたものか。

小屋を出ると、いい映画を観《み》たあとのような余韻に浸って歩いた。すると道の向こうから、元婚約者が歩いてくるのが見えた。この短期間に2度目。本来なら驚嘆すべきだが、いまの新田には運命にしか感じられなかった。奇跡なんて普通に起きるのだ。

「やあ、久しぶり」

新田が声をかけると、彼女は幽霊でも見たように驚いて立ち止まった。

「すごい偶然だね。じつはこの前も、たまたま見かけたんだ。娘さんと一緒のところを遠くから」

「……そう」

彼女はすこし気味悪そうに眉を寄せた。

「実は好きな人ができてね。君以来、10年ぶり。あれからずっとダメだったんだ」

自分では必然と感じられる独白を始めると、彼女はいよいよ眉をひそめた。新田は構わずに続けた。

「その人は元上司なんだけど、乳癌の治療中でさ。俺はまとまったカネがあって援助したいんだけど、こういうのって言い出しづらいじゃん？　何が言いたいのかって言うと、俺のどこがいけなかったの、ってこと。責めてる訳じゃないんだ。聞いてみたかったんだよずっと」

この質問をするために、何者かが彼女と引き合わせてくれたのだと思った。彼女は新田をまじまじ見つめると、

「ねえ、ばかなの？」

と言った。

「そこはウダウダ考えるところじゃないでしょ。自分が癌で死にそうだったら、藁《わら》にでもすがるよ。ていうか、10年前にふられた女に何を言ってほしい訳？　あー、腹立つ。何も変わってないんだね。ほんと結婚しなくてよかったわ」

彼女の嵐が収まると、新田は恩寵《おんちょう》ともいえるような静かな感情に捉われた。すべてが明瞭《クリア》になった気がした。

「ありがとう」

「はっ？」

「その言葉が聞きたかったんだ。君も与える人《ギバー》の一人だね。どうぞお幸せに」

ナツミさんの闘病、しぶ子の出産、志帆さんの踊り、元婚約者との再再会。すべては同一線のうえで起きた出来事に思えた。いのちをつむぐ女たちに比べ、男たちの悩みのなんとちっぽけなことか。

新田は編集部に戻ると、堂本を呼び出して告げた。

「いいか。こんど俺の赤字を1文字でもスルーしたらクビだ。お前をクビにして俺も辞める。よく覚えとけ」

ぽかんとする堂本を残して、ナツミさんの病院へ向かった。

病室に着くと、ちょうどナツミさんが検査から戻ってくるところだった。転移がわかってから、白かった肌がさらに透けるように白くなった。

「僕と一緒に九州へ治療に行って下さいませんか。お金は僕が出します。友人が株をくれたんです」

ナツミさんは呆気《あっけ》に取られたあとに「本気で言ってんの？　冗談なら許さないよ」と新田を睨みつけた。

「本気です。そして治療がうまくいったら——いや、仮にうまくいかなくても、僕と結婚してください」

言葉を失ったナツミさんに、新田はさらりと告げた。

「大丈夫です。奇跡なんて普通に起きますから」

（3）

タクローは熱海《あたみ》の温泉つきマンションの受け渡しを来週に控えていた。

いまは都内の家具つきマンスリーマンションで株の勉強中である。

会社は辞めた。妻とも離婚できた。あとは「富裕層になったら株で増やす」という土井さんの教えを実践するだけだった。

株の指南本を10冊ほど読み終えたところでネット証券に口座を開いた。そして土井さんのアドバイス通り、超大型の優良株を買ってみた。トヨタとファナックを500万ずつだ。しかし値動きが遅すぎて、なかなか儲《もう》けは出なかった。

そこで小型株に手を出してみた。ナスダックに上場しているITやバイオ銘柄だ。こちらはちょっとした材料で連日ストップ高をつけたり、ストップ安をつけたりと、まるでジェットコースターのように面白かった。100万の元手が2日で120万に化けた。

――1億買ってたら、2000万儲かってたのか……。

俺って天才かもしれないと思った。さらに本を買い、日経新聞の電子版に申し込み、すこし怪しげな投資指南の有料メルマガの購読も始めた。

株の世界は知れば知るほどに奥が深かった。要するに毎朝9時から開く賭場である。おのれの才覚ひとつで落ちてるカネを拾ってこられる。誰からも命令されず、搾取もされない。なぜもっと早く始めなかったのだろう。

とりあえず1億増やそうと目標を立てて先物取引を始めた。先物は投資額の3倍を張らせてもらえるから効率がいい。そのかわり負けるときも3倍だから深傷《ふかで》を負わないようにスウィングトレードを基本フォームにした。買った銘柄を3〜4日で手放して、利ザヤを稼ぐ手法だ。おかげで日中はディスプレイに貼りついて過ごすようになった。肩と首はガチガチだ。早く熱海で温泉三昧の日々を送りたかった。

しばらくやってみたが、スウィングトレードも手数が多いわりには儲からないことが判明した。結局、日経225先物がいちばん手っ取り早そうだ。

これは日経平均の値動きそのものに賭けるもので、日経平均を1000倍したものを「1枚」と呼ぶ。現在の日経平均が2万円なら、1枚で2000万買ったことになる。儲かるときも損するときも1000倍。つまり日経平均が100円上がれば1枚で10万儲かる。証拠金は取引額の30分の1程度入れておけばいいから最高に効率がいい。

タクローは恐るおそる1枚買ってみた。そのあとディスプレイにへばりつき、値動きをじっと見つめた。午前中に日経平均は140円上がった。タクローは午後いちで売り、14万ほど儲かった。

――1回取り引きしただけで日当14万!?　10枚買ってたら140万儲かってたの？

タクシーで銀座ヘランチに向かった。クルマが中央通りに入ると、高級ブランド店が「おいでおいで」と手招きしているように見えた。富裕層の目には、銀座という街はこんなふうに見えていたのか。

土井さんの言っていたことは正しかった。この世は金持ちがさらに儲かるようにできている。自分もそこへ仲間入りを果たしたが、今日は儲かった喜びよりも機会損失の悔しさの方が勝った。やりようによっちゃ、えげつないほどの大金持ちになれる。

「あのう、ここらへんだと思うのですが」と運転手が告げた。

「は？」

ここらへんじゃねぇだろ。それでもプロか。てゆーか、のろのろ走るならメーター止めろや。これだから田舎もんは嫌なんだよ。ありったけの罵言《ばげん》が胸に渦巻いたが、そこは富裕層らしく「そう。じゃここでいいよ」と鷹揚《おうよう》に言ってクルマを降りた。ただしチップでくれてやるつもりだった釣り銭は受け取った。

食べログで調べてきた焼き肉店で4000円のカルビ御膳とビールを注文する。14万儲かったから、これくらい屁《へ》とも思わない。食べ終わり、昼キャバクラでも寄って行こうかと思ったが、思いなおして電車で帰った。パーッと遊ぶのは熱海に引っ越してからだ。

マンションに戻り、夜遅くまで株の本を読んでいたら、ふと妻子の顔が浮かんだ。マイケルからストックオプションに関する書類が届いた晩、妻に切り出したのだった。

「気持ちが冷めた。もう一緒にいる意味がない。別れてくれ」

妻は言葉を失った。それから3日間、二人は口を利かなかった。誰かに相談しているのだろうか、とタクローは勘ぐった。それとも有利な条件を引き出そうと探偵でも雇ったか。残念でした。愛人をつくるのは離婚が成立して熱海に移住してからだよ。

3日目の夜、妻が言ってきた。

「わかった。離婚は受け入れます」

協議のすえ、タクローは月々15万円の養育費を支払うことに決まった。マンションのローンの残債もタクローが個人名義で借り換えた。妻が「お母さんを施設に入れてフルタイムの仕事に出るつもり」と言うので、義母の入所金も払ってやった。妻はタクローの気前良さを訝《いぶか》しんだが、「退職金を前借りしたんだよ」と言っておいた。

あれやこれやで離婚に総額2600万掛かってしまったが、まあハシタ金だ。これで後ろめたさを払拭できるなら安い買い物である。

離婚届を提出したあと、マイケルにサインした書類を送り返した。この手順を踏むことで、本来なら妻に持って行かれるはずだった2億8000万の半分、すなわち1億4000万を守ったことになる。

——俺って、つくづくお人好《ひとよ》しだな。

と、ため息がでた。ずっと冷たくあしらわれてきた妻にマンションを与え、金をせびられてきた義母に入所金を出してやった。根がお寺の子だから、縁のあった衆生《しゅじょう》に功徳《くどく》を施してやりたくなるのかもしれない。

いよいよ家を出て行くとき、「たまには遊びにこいよ」と息子の肩を叩いた。息子は目も合わせようとしなかった。まあ、大人になればわかってくれるだろう。

熱海のマンションの鍵を受け取ると、タクローは有楽町のビックカメラへ行って高級シアタールームセットを買った。次に高性能パソコンとディスプレイを三つ、それにハーマンミラーのチェア。株のデイトレード・ルームをつくるためだ。最後にそれらのポイントで大型のワインセラーを買った。

配送手続きを済ませると、タクシーで青山へ向かった。高級ソファのショールームでさんざん悩んだすえ、イタリア製のカッシーナのソファに決めた。白の本革だった。座るだけでリッチな気分になれそうだ。

またタクシーで銀座へ戻り、アルマーニでシャツとジャケットを3着、スラックスを2本買った。ベルトと革靴と鞄《かばん》も同系統で揃《そろ》えた。

一日で300万近い出費になってしまったが、まったく気にならなかった。デイトレード・ルームの環境さえ整えば、すぐにでも取り戻せるだろう。懐具合を気にしなくてもいい買い物がこんなに気持ちいいものだとは知らなかった。

やがてレクサスの新車が納車され、熱海ライフが始まった。

やることは山ほどあった。シアターセットやパソコンの配線を考えるだけでも一日仕事だった。なんで金持ちがこんなことやんなきゃいけないんだよ、と思ったが仕方ない。

そして週末の夜。タクローにこの物件を紹介してくれた、地元の不動産屋の宮沢《みやざわ》くんという青年と熱海の寿司《すし》屋で乾杯した。

「移住おめでとうございます！　ささやかですがお祝いを持ってきました。赤ワインですが、お口に合うかどうか」

「ありがとう。ワインセラーに収納する記念すべき1本目だよ」

「そうでしたか。すみません、あまり高いものじゃなくて」

「いいの、いいの」君は安月給なんだから。「気持ちだけで嬉しいよ」

お任せで握ってもらい、お代はタクローがもった。店を出ると、坂道を下って潮の匂いがする歓楽街へ出た。いよいよ待望のキャバクラだ。黒服に案内されて店内の席につくと、早速わらわらと女の子たちが現れた。宮沢くんが言った。

「こちらの佐々木さんは資産家で、うちから桃山のオーシャンリゾートの最上階を買って移住してきたんだよ」

「すご〜い」

タクローを見る目つきが変わった。これこれ。富裕層はいつもこの目に囲まれて暮らしているのだ。

「わたしもあんなところから景色を見てみたいなぁ」

横についた女の子がしなだれ掛かってきた。あまりタイプではなかったが、「よかったらこんど見においでよ」といかにも下心なさそうに言ってやった。

わたしたちも飲んでいいですかぁ？　と言うので、好きなだけ飲みなよと答えた。やったぁと女の子たちが喜ぶ。こういうことは始めが肝心なのだ。気前のいいところを見せておけば、後がやりやすくなる。熱海くんだりじゃ、こんな羽振りのいい客はいまい。

「佐々木さんて趣味はなんなんですか？」

向かいに座るハタチくらいの子が言った。彼女のスタイルを確認する。悪くない。

「株かな。ちょっと遊びでやってるんだけど、けっこう儲かるんだよね」

「すご～い。やっぱりお金持ちは違うわ。わたしも株で増やしてほしい～」

「ははは。こんど教えてあげよっか?」これも邪心なさそうに言う。

「本当ですか? あっ、でも元手がなかった。元手も欲しい～」

そこまでは面倒みきれないぞ。俺の愛人になるというなら話は別だがな。

次々と女の子たちが現れた。そのたびに酒をおねだりされ、カンパイを強要され、会話も似たようなものばかり。タクローは次第に飽きてきた。思ってたより楽しくない。若いだけで、雰囲気のある子がいないのだ。ボトルを2本空けたところで、「そろそろ行こうか」と宮沢くんに告げた。黒服が伝票を持ってきた。

¥210000――

タクローはゼロの数を確認した。21万? キャバクラ遊びなんてほとんどしたことがないから相場は知らないが、ボッタクリじゃないのか?

女の子たちがじっとタクローの様子を窺《うかが》っていることに気づいた。「こほん」と咳《せき》ばらいをして黒服にカードを渡した。「1回払いで」

「楽しかったぁ。また来てくださいね～」

見送りに出てきた女の子たちが手を振る。タクローは「また来るよ〜」と手を振りつつ思った。二度と来るかボケ。

「いやぁ、楽しかったです。ご馳走《ちそう》さまでした」

宮沢くんはホクホク顔だった。そりゃそうだろう。人のカネでさんざん遊びやがって。店からキックバックでももらってんじゃねぇか？　嘘《うそ》つきとキックバックは添乗員の始まりだぞ。

「もうすこし大人な感じの店はないの？」とタクローはたずねた。

「大人っていうと、スナックとかですか？　一軒だけ知ってますが、年増ばっかりですよ」

「それでいいよ。口直しして帰ろう」

案内されたのは「浜かぜ」というスナックだった。壁紙はところどころ破れ、絨毯《じゆうたん》には大きなシミ。カラオケの機械も見たことないほどバカでかい。場末感はばっちりだ。

「あら宮沢くん、いらっしゃい。昨日、お父さん来てたのよ」

カウンターの中から老婆がニコリとした。

「また酔っ払ってご迷惑かけませんでしたか」

「かけたわよ。だから迷惑料としてボトル入れてもらったの。それでいい？」

「ういっす」

「そちら様も水割りでいいかしら？」

「はい」とタクローは答えた。

「こちらは佐々木さんと言って、うちのお客さんです。先日こちらに越してきたんです」

「ようこそ熱海へ。坂道と美女には事欠かない街ですから、男の人は足腰が鍛えられていいでしょ」

「ママ、いまのひょっとして下ネタ？」

「あら、わかっちゃった？」

ママが豪快にガハハと笑う。タクローもリラックスして笑った。こっちの方がいいや。

「ミキちゃん、お通しをお出しして」

「はぁい」

カウンターの奥から、女の子と呼ぶにはいささかトウの立った女性が小鉢を持ってきた。

「いらっしゃいませ。ミキです」

切れ長の目の猫顔。タクローのタイプど真ん中だった。愛人はこの女で決まりか？

タクローはできるだけ感じのいい笑みを浮かべた。

「ミキちゃんって言うんだ？　何か飲みなよ」

「ありがとうございます」

ミキは自分で水割りをつくり乾杯した。

そこからタクローは知りたいことを遠慮なくたずねた。ミキはそのすべてに答えてくれた。33歳のシングルマザーで7歳の娘がいること。昼の仕事とスナックを掛け持ちしていること。西伊豆《にしいず》の鄙《ひな》びた漁師町で生まれたこと。裕福な家ではなかったが、伊勢海老《いせえび》ならいくらでも獲《と》れるのでお味噌汁《みそしる》にはいつも入っていたこと。

タクローが株で儲かって仕方ないと自慢すると、ミキは「すごいですね」と純粋に尊敬の念を浮かべた。しかも、先ほどの女たちのように物欲しげじゃないし、すぐにバレるお世辞も言わない。おとなしくて従順そうだ。タクローは心の中で決裁印を捺《お》した。この女と月20万で愛人契約を結ぼう。

「明日もいるの？」

「います」

「じゃ、明日もくるよ。ボトル入れて」

タクローは翌日も口開けから店に行った。

そこでミキと食事の約束を取りつけ、2日後の食事の席で援助を申し出た。

「えっ!?」

ミキは驚き、それまでとは違う目つきでタクローを見つめてきた。この人に身を委ねていいものかと思案する目だ。タクローは言った。

「ただし、もしそうなったらスナックの仕事は辞めてほしい。その分はちゃんと補塡するから」

ミキはすこし考えてから、もじもじと上目遣いでタクローを窺った。

「あの、もしそうなったら、どんな感じにしてくれるんですか?」

タクローは心の中でガッツポーズした。と同時に、月20万が惜しくなった。

「月18万でどう?」

ミキが、こくんとうなずいた。

それから2ヵ月——。

タクローは伊豆のゴルフ場にいた。所属プロとレッスンラウンドだ。夜はメシに連れて行くから10万近い出費になってしまうが、まったく惜しくなかった。というのも、このところ日経平均は上昇を続けており、タクローの含み益は1000万を超えていた。額面上は億を動かす男である。

ティショットでチーピンが出て、「あちゃ！」と叫んだ。

「ドンマイ。もう1球打ちましょう」

プロが励ましてくる。なにがドンマイだ。高いカネ払ってんだから、もっと技術的なアドバイスしろや。再度ティアップして打つとこんどはプッシュアウト。株と違ってゴルフはなかなか上達しない。

午後4時すぎ、ラウンドを終えてひとっ風呂浴びた。そしてロッカーでスマホを開き、「嘘っ!!」と叫んだ。日経平均大暴落という見出しが躍っている。

すぐさまネット証券にログインして株価を確認した。日経平均は時間外取引でも下落を続けていた。まさにナイアガラの滝のような大暴落だ。迂闊《うかつ》だった。このところ順調だったから、つい気を抜いて〝宵越しの先物〟を大量保有してしまった。腰にバスタオルをまいたまま頭を抱える。

――売るか？　いや待て。それじゃ負けが確定してしまう。冷静になるんだ。どうすればいい？　そうだ。売りだ。下落しているときは空売りで儲ければいいと本に書いてあった。

　タクローはすぐさま売り玉を建てようとしたが、証拠金不足で取り引きさせてもらえなかった。追証《おいしょう》である。暴落により、見せ金が足りなくなったのだ。あすの正午までに2000万円の追加証拠金を入れなければ、いま保有している先物をすべて強制決済するという。

「ふざけんな！」

　スマホに向かって叫んだ。そんなことされたら大損が確定してしまう。自分の叫びがさらに焦りをあおった。そこへ着替えを済ませたレッスンプロが来て、

「そろそろ行かれますか？」

　と呑気《のんき》なことを言った。香水の匂いにイラッとする。メシのあとクラブに連れて行ってもらえると思って色気だしやがって。これだからタダ酒ばっかり飲んでる連中は嫌なんだ。

「緊急事態！　今日はキャンセルだ！」

「……はあ」

　プロはいかにも不服そうに消えていった。このアホ。お前なんかもう指名しないからな。タクローはその場でさらに10分考えた。そのあいだも日経平均は下落を続け

る。預金口座に穴が開き、ざあざあカネがこぼれ落ちていくような気分だ。いや、気分じゃない。実際にカネはどんどん減っている。

観念した。負けを認めて、すべて売り払おう。そしてあす、取引口座に２０００万の追証を入れていったん手仕舞いするのだ。

まだ大丈夫。預金口座には大金が残ってるんだから、それで取り返せばいい。自分にそう言い聞かせたが、１０００万の含み益がふっ飛び、さらに２０００万の追証が掛かったことを思うと、魂の何分の一かを持って行かれたような気分だった。

死んだような気持ちでマンションに戻り、パソコンを立ち上げた。まだ下落が続いている。このぶんだと明日も朝９時の開場から大暴落だろう。

ぱちぱちとキーボードを打って調べていたら、あるトレーダーのブログにこんなことが書いてあった。

「いまは機関投資家もスーパーコンピュータに取引を任せている。１秒間に数千回取り引きできるからだ。コンピュータに取引を任せるリスクは、いったん下落が始まると、世界中のコンピュータが連動して、売りが売りを呼ぶこと。だから人間が主役だった頃よりも大暴落が起きやすい」

タクローはディスプレイに向かって「早く教えてくれよ！」と叫んだ。

翌朝、タクローは大きな敗北感と共に取引口座へ2000万の追証を入れた。昨日だけで1500万やられた計算になる。

午前中、タクローは注意深く動向を見守った。日経平均がすこしずつ上昇を始めた。

底をついたか？

ところが昼過ぎ、ガツンと一撃を喰《く》らってまた下落を始めた。

――くる……！　第二の暴落だ。戻しはフェイクだったんだ！

負けを取り返すチャンスだった。

――こんどは売りから入ってみるか？　また暴落する方に賭けるんだ。

タクローは人生で初めて空売りを仕掛けた。日経平均が下がれば下がるほど儲かる仕組みである。売りから入るのはプロっぽくてゾクゾクした。

午後2時過ぎ、ディスプレイが真っ赤に染まった。暴落だ。

やった！　買い足せ！　いや売り足せ！

タクローはすばやく売り玉を増やした。

空売り、約定。空売り、約定。

ひたすらこれを繰り返す。スーパーコンピュータ並みの取引スピードだった。よ

し、間に合った。これで昨日の負けを取り戻せると思った瞬間――、

「……あれっ？」

一転して株価が上昇を始めた。すさまじい勢いで上昇していく。

「待て待て待て待て！　えっ、ちょっと待ってよ！　嘘でしょ!?」

含み益はどんどん減っていき、あっという間にマイナスに転じた。踏み上げ相場が始まった。空売りを仕掛けた連中が火あぶりにされているのだ。タクローは頭の中が真っ白になった。いくつ売り足した？　すぐ手放さなければ、と思ったが手が震えてマウスをうまく操作できない。それでも火傷《やけど》を小さく抑えるために、買ったばかりの売り玉をどんどん手放していった。

終わってみれば、日経平均は史上稀《まれ》な爆上げをみせた。

空売りで勝負をかけたタクローにはまたも追証が掛かった。

この2日間でタクローが失った現金は4700万円。

呆然《ぼうぜん》としていたところへ、ミキからLINEが入った。

〈今晩はどうしますか？〉

夕食の相談だが、いまは返事をする気になれなかった。30分ほど呆《ほう》けたあと、ガンプ君からもらったストックオプションの使途を記してみた。マンションのローンの一

括返済。慰謝料。義母の入所金。熱海のマンション。レクサス。追証。遊興費。

ざっと半分ほどが消えていた。残り1億4000万。

80歳まで生きるとして、それで割ると――年350万。

嘘でしょ？　これしか使えないの？　マンションの管理費や駐車場代などの固定費を考えると月20万しか使えない。いやいやいやいや。月15万の養育費を忘れていた。

「無理じゃん」

タクローは呟いた。養育費を減らしてもらうか？　いや、さすがにそれはまずい。だったらミキのお手当はどうだ？　……ありかもしれない。たった2ヵ月で減額を申し出るのは心苦しいが、「株で勝ったら元に戻すから」と言えば、気立ての優しいミキのことだ。きっと受け入れてくれるに違いない。それにミキとはまだ体の関係はなかった。なんでも婦人科系の病気の回復期で、もうすこしだけ待ってほしいと言われていた。タクローは返事を打った。

〈こっちで食べよう。来れる？〉

〈うん。今晩はすき焼きにするね。材料買っていきます〉

すき焼きか……。また材料費として1万円あげなきゃ。うどんでいいんだけどな。

ミキが来るまでのあいだ、タクローは部屋の中をうろうろ歩き回った。まだ負けを受け入れられなかった。4700万といえば家が買える。それを2日で失ってしまった。「誰だ！　こんな糞みたいなギャンブルを考え出したのは！」と叫びだしたい気分だった。

ミキがスーパーの袋を抱えてやってきた。手際よくすき焼きの準備を整え、ダイニングで海を眺めながら乾杯する。引っ越してきた当初はこの景色に感動したが、もうなんとも思わない。

「どうだったゴルフは？」

「うん、まあまあだったよ」

答えながら、そうだ、ゴルフもやめようと思う。もとからあまり好きじゃなかったのだ。

「体調、悪い？」

ミキが心配そうにたずねた。

「いや、そういう訳じゃないんだけど……」

タクローは箸を置き、あらたまった口調で伝えた。

「じつは、ちょっとおカネが忙しくなっちゃってさ。本当に悪いんだけど、しばらくお手当を減額してもらえないかな。また株で勝ったら戻すから」

「そう……」

ミキは諾とも否とも言わなかった。「とりあえず食べちゃおっか」

食べ終わるとミキは洗い物を始めた。タクローはすこし迷ったすえに5000円を渡した。

「はい、今日の材料費」

「ありがとう」

ミキは手を拭いて受け取り、エプロンのポケットにしまった。

「さっきの話だけど……」

「うん、わたしも考えてみるよ。あなたも大変でしょうし」

ミキはそそくさと支度をして帰った。そして翌日から連絡が取れなくなった。

数日後、ミキの親戚と名乗る坊主頭の男がマンションに乗り込んできた。タクローは部屋にあげてお茶を出した。

「佐々木さん、あなたのやり方はあんまりだ」

男が切り出した。50歳手前くらいで、場慣れしている感じがした。タクローは男の小指をそっと窺った。よかった。ついてる。

「たった2ヵ月でポイだなんて、もとから玩《もてあそ》んで捨てるつもりだったんですか？」

「いえ、決してそんな訳では……」

「あの子の職場も奪っておいて、あんまりですよ」

「職場？」タクローは首を傾《かし》げた。

「スナックのことです。あなたが辞めさせたんでしょ」

確かに辞めてほしいとは言ったが、スナックなんてまたすぐ雇ってもらえるだろうに。タクローはテーブルに目を落とした。どうして部屋にあげてしまったのだろう。

「しかも、こう言ってはなんですが、あの子にさんざん羽振りのいい話をしておいて、お手当もたったの18万って。そこ、刻むところですか？　この前も『すき焼き代で足が出た』ってあの子泣いてましたよ。呼び出して、メシをつくらせといて、５０００円ぽっちって。聞いたことないや」

「申し訳ありません」

「わたしに謝られても困ります。誤解しないでくださいよ。わたしはあの子が可哀想《かわいそう》で見ちゃいられないから、こうして現状をお伝えに来てるだけなんです」

「あの、ボクはどうすればいいんでしょう……」

さっさと帰って欲しくてたずねた。足も臭そうだからスリッパに匂いがついたら困る。

「それは佐々木さんご自身が決断なさることじゃないですか」

「それじゃ考えてみますので、いったんお引き取り頂いて」

「いやいや、こっちも子どもの使いじゃないんだ。あの子に結論を持って帰ってやらないと。佐々木さんのご相談に乗れるかもしれないし」

「はあ……」

どうやったら帰ってくれるのだろう。

「これは聞いた話ですがね」男が言った。「似たようなケースで、1本払った社長さんがいたようですよ」

「1本と言いますと？」

嫌な予感がする。

「1億」

男は指を立てた。

「ってことはさすがにないでしょうから、おそらく1000万でしょうな。相場なんですかね。あくまで聞いた話ですが」

「いやあ、さすがにそれはキツいな」

タクローが言うと、男はムッと唇を尖《とが》らせた。

「でも、いいクルマに乗ってるじゃないですか。あれを売るだけで500はつくれるでしょう」

クルマまで見てやがったか。これは追証と同じで、払うまで納得してもらえないパターンかもしれない。この世に神も仏もないものか。

「わたしならそうしますけどね。落とし前というか、男のケジメとしてね」

その後も男は言質《げんち》を取られないように、のらりくらりと躱《かわ》しながら、タクローが具体的な金額を提示するまで粘った。ミキははじめからこうするつもりだったのだろうか。だからヤラせなかったのか。婦人科系の病気も、シングルマザーも、昼の仕事も、すべて嘘だったのではないか？

やがてタクローは根負けし、650万円を払うことで合意した。株を損切りするときのような気分だった。男は念書を取ると、「それじゃなるべく早くお願いしますよ」と晴れやかな顔で去って行った。ミキからどれくらいバックマージンをもらうのだろう。

数日後、元妻から義母が施設で急逝したと連絡があった。

ひきだしに孫名義の預金通帳が残されており、200万を超える額が入っていたという。それはタクローが義母にタカられた全額だった。義母はその旨をメモに残していた。それを聞いた息子は、「あいつのカネなら要らない」と言ったそうだ。タクローは、だったらそれ返してくれよ、と思った。

（4）

陽一郎は貴子に紹介された離婚専門の弁護士事務所をたずねた。繁華街にある雑居ビルだが、窓に「離婚　相談」と大きく書かれていたのですぐわかった。

事務所で来意を告げると、貴子と大学のサークルで同期だった弁護士の男が迎えてくれた。

「広瀬さんですね。貴子から話は聞いてますよ」

同世代にしてはずいぶんくたびれた雰囲気の男だった。くる日もくる日もネガティブな相談を聞いているうちに疲れ果ててしまったのかもしれない。陽一郎もここに来るまで勇気を要した。いまも負のオーラを発している自覚がある。

「事情をお聞かせ願えますか」

陽一郎は自分の不始末について詳しく話した。肉体関係について語るときはかなり居心地が悪かったが、彼は眉ひとつ動かさず、患者の症状を聞く医者のように丁寧にノートを取った。

「だいたいわかりました。いま所長を呼んで参りますのでお待ちください」

しばらく待たされたあと、赤い口紅をつけた老女が奥の部屋から現れた。陽一郎より短く髪を刈り込んでいる。

「話は聞きました。浮気しちゃったんだって？」

「はい」と苦笑を浮かべる。

「笑いごとじゃないよ。子ども3人もいて何やってんの。で、奥さんはなんだって？」

「どうすればいいかわからないって」

「ほらね」

なにが「ほらね」なんだろう。

「逆の立場になってみなよ。自分は外で楽しんどいて、バレたら『すみません、許してください』って冗談じゃないよ。勘違いしないでほしいのは、子どもをカタに取られてるのは奥さんの方だってこと。子どもはかわいいし、育てあげなきゃいけないから、馬鹿ダンナのことも切れないんだよ」

確かに妻も似たような意味のことを言っていたが、正面切って馬鹿ダンナと言われるとは思いも寄らなかった。貴子のお友だち割引を使ったから雑に扱われているのだろうか。

「ほんと、男ってどうしてこうなんだろうね」

彼女がため息をついた。誰にでもこんな口を利く人なのだろうと陽一郎は覚悟を固めた。良くいえば裏表がない。悪くいえば——候補がありすぎて絞れない。

「奥さんには二つのことを教えてあげてほしいの。一つは、不倫相手に損害賠償を請求できること。もう一つは、離婚しないでもあなたから慰謝料を受け取れること」

「えっ、僕から?」

「そう。私たちがあいだに入ってきちんと書類を交わすケースもあれば、略式で済ませる場合もあるけど。正式な慰謝料だよ」

「そんな方法があったんですね」

耳を洗われたような気分だった。「その方向で考えてみようと思います」

「あっそ。お金もひとつの誠意の見せ方だから、ヘソクリも何もかも全部差し出しなよ」

ヘソクリなら2億8000万ありますと言ったら驚くだろうか。妻の悦ぶ顔が浮かんだ。陽一郎自身も、この問題に解決の兆しが見えてきた気がした。

「来てよかったです。ありがとうございました」

　陽一郎は手を差し出した。彼女はバイ菌でもついているかのような目で見つめ、

「そういうのはいいから」と言った。


　数日後、朝イチの飛行機で東京に向かった。次女の小学校の懇談会に出るためだ。

昨晩、貴子に感謝のLINEを送ったら、こんな返事がきた。

〈お役に立てて何より。それよりあの子、結婚したよ。相手は三住化学の男で、『彼の海外赴任について行きま〜す』って会社も辞めた〉

　理香の結婚報告を受けても、これといった感想は浮かばなかった。ネットで名も知らぬタレントの結婚報道を目にしたときのような感じだ。もうどれくらい愛していたのかもうまく思い出せなかった。覚えているのは、初めて結ばれた晩のことと、別れを切り出したパブで罵られたこと。恋も旅も映画も絶頂《ピーク》と終焉《エンド》だけ覚えているという〝ピーク・エンドの法則〟は正しいのかもしれない。

　陽一郎は手帳を開き青字を目で追った。家庭関係は青いボールペンで記してある。来月も息子の幼稚園の面談の予定があった。

〝子どもたちの行事案件には、すべて出る〟

それが陽一郎の考えた贖罪《しょくざい》の第一歩だった。そのたびに会社を休むのは気が引けたし、鳥取からの交通費もバカにならない。だがこうやって一歩ずつ家族の信頼を取り戻していくのが近道だと思った。

この1年で、女たちからさんざんに罵られた。理香に偽善者と言われ、貴子に女の人生を軽んじてると言われた。長女には人として最低のことをしたと言われ、妻には人生が虚しいですと言われた。どれも耳を塞ぎたくなるような言葉だったが、いまはこれらを甘受することが第2の贖罪に繫がるような気がしていた。

一方で、「俺はそんなにひどい男なのか？」という思いを完全に払拭することはできなかった。昭和生まれにしては、女性に対してフェアな態度で臨んできたつもりだ。少なくとも欲望の対象としてだけ見なしたり、一段下に見たりしたことはないはずだ。大学時代に一度だけ、周囲の「遊び人に見られたい男たち」の影響を受けて、そちら方面にキャラを振ってみたことがある。しかしすぐにやめた。サイズの合わない服を着ているような気持ち悪さがあったからだ。しょせん俺は田舎もんなのだ、と思い知らされた。

陽一郎は自分のゆく先を案じた。5年後には出向を命じられてもおかしくない。その前にもう一度くらい転勤があるだろう。冴《さ》えない正社員が歩む典型的な〝ご苦労さんコース〟だ。会社に言わせれば、働かないくせに給料だけは高い人たちの面倒を見てやってる、ということになるのだろう。ついこのあいだまで、自分もそういうおじさんたちを不良在庫の山と見なしていた。

会社員としての自分の葬式は出したつもりだった。だが出世コースに乗っていた頃の自分を眩《まぶ》しく思い出してしまうことはときどきあった。まるで歳《とし》をとったアスリートが往年のパフォーマンスを思い出すように。

けれども組織にとって、一人ひとりの構成員は石ころみたいなものだ。代わりはいくらでもいる。だから組織にすべてを捧《ささ》げてはならない。ところが家族に代わりはいない。だから家族にはすべてを捧げても悔いはない。陽一郎はジャケットの内ポケットに忍ばせてきた通帳と印鑑にそっと触れた。これを見せたら妻はどんなに驚くだろう。

小学校で懇談会を終えたあと、隣駅の喫茶店で妻と待ち合わせた。妻が「懇談会終わりのママたちと顔を合わせたくない」とこの店をリクエストしてきた。先月もここで会った。

妻はごく普通の普段着でやってきて、珈琲《コーヒー》を注文した。

「どう？　なんか言ってた？」

「来月から水筒を持って行ってもいいって。中は水かお茶」

「そう。ほかには？」

「とくに。あの程度の話なら、A4にまとめて配ればいいのに。それを読み上げてるようなもんだよ。こっちは鳥取から来てるっていうのに」

「そういうところなのよ、学校は」

と妻はニべもなかった。よそよそしい感じも先月と変わらない。すこしは打ち解けた感じになるかな、と期待していた陽一郎は落胆した。けれどもいまから起きるサプライズには喜ぶはずだ。

「高校の同級生で、大金持ちになったガンプ君のことは、話したことあったよね？」

妻はすこし自信なさそうにうなずいた。

「そのガンプ君がバレー部のみんなにストックオプションをくれたんだ。ストックオプションっていうのは株のことね。2億8000万。全額ここに入ってる。慰謝料として受け取ってくれないか」

陽一郎が通帳と印鑑をテーブルに置くと、妻は激しく顔を歪《ゆが》めた。

「どういうこと？　離婚するってこと？」

「違う」

陽一郎は首を振った。「お前、言ってただろ。『自分だけじゃ子どもを育てられないから、夫婦関係を続けるしかないのかな』って。だけどこのカネがあれば俺を切っても生きていける。ちょうど俺の残りの生涯年収と同じくらいだ。家でもなんでも買ってくれ」

「ねえ、それほんとなの。2億8000万て」

「見てみなよ」

言われて妻は通帳を捲った。0の数を指で確認して、息をのむ。

「詳しい人に聞いたら、離婚しないでも慰謝料を払えるんだって。だからこの金は先にお支払いする。これでフェアな関係だろ。その上でお願いしたい。もう一度俺にチャンスをくれないか。頼む」

陽一郎は頭を下げた。すると頭上で「ずるいよ、陽くん」と声がした。えっ？　と陽一郎は顔を上げた。

「こんな状況で言われたら断りづらいじゃん。ぜんぜんフェアじゃないよ、こんなの。そういうところなんだよ。わかる？」

ぜんぜんわからなかった。そういうところとは、どういうところか。

「バレなきゃいいか、って思ってたのと同じ。それがわたしに対する気持ちなんだよ。怒ってるんじゃないよ。そんなのはもう、とっくに通り過ぎた。陽くんはずっと家のことしてくれなかったよね。言い合いになっても負けを認めてくれたことは一度もなかったし。夫婦なのに陽くんの人生に参加してる感じがぜんぜんしなかった。仕事が忙しいのはわかるけど、それと家族への気遣いは別じゃない？　あと、子どもを産んだとき、ありがとうって言ってくれなかったよね。3回とも」

そんな昔のことを蒸し返すのか、とむしろ新鮮な驚きを覚えた。

「プロポーズされたときは、ほんとに嬉しかったのに……」

妻が声を震わせた。ほかの女に言われたどんな言葉よりも、結局、この一言が陽一郎の胸にいちばん深く突き刺さった。プロポーズしたとき、妻は「これで毎日会えるね」と微笑みながら泣いた。泣きながら微笑んだ。その姿を見て、「一生守っていこう」と決めたはずだった。

妻に褒められたことなら、どんな些細《ささい》なことでも覚えている。

陽くん、勉強家だね。

陽くん、手が男らしいね。

陽くん、弱い人に優しいね。

陽くん、リーダーシップあるね。

陽一郎を褒めるときの妻はいつも誇らしげだった。そんな様子は陽一郎を英雄気分にしてくれた。

「お姉ちゃんに聞いてみる」

妻がハンカチで目許を拭った。「あの子がいいって言ったら、わたしも考えてみるよ」

「うん……。どうなんだ、サトミは」

「まだぜんぜん。体重も34kgになっちゃった。あ、そろそろケンタのお迎えだ。戻らなきゃ。ところでこれ、どうするの」

妻が通帳と印鑑に目を落とした。「てゆうか、これほんとにもらったの？　そんなことある？」

「あるんだ。信じられないよな。持って行ってくれ」

妻は一瞬ためらったが、「それじゃ預かっておきます」と言って鞄に入れた。

陽一郎は帰りの飛行機の中で、妻に言われた「そういうところ」について考えた。

妻の気持ちを一段下に見ていたとか、コントロールしようとしていたと言いたいのだろう。だがそれは受け入れがたかった。そしてそのことを受け入れがたいと感じている自分までひっくるめて、正直、すべてが面倒くさくなった。だがそう思った次の瞬間には、家族に捨てられたら正気を保てなくなるだろうという予感に襲われた。そんな感情の揺れまで含めて、またすべてが面倒くさくなった。

高くついたな、と溜息が出た。

鳥取へ帰ると、契約営業の末永さんが久しぶりにお惣菜《そうざい》のタッパを持ってきてくれた。そしてその場で辞意を告げられた。目も膝も悪くなってきたし、これからは家庭菜園をしながら孫の面倒を見るつもりだと言った。

「そうですか。末永さんに辞められるのは辛いけど、仕方ありませんね。お疲れ様でした」

「こちらこそお世話になりました。最後のリーダーが課長でよかったです。お世辞じゃありません。いろいろあると思うけど、頑張ってくださいね。いつまでも雨降りじゃないから」

こんなふうに励まされるのは久しぶりのことで、胸に沁《し》みた。陽一郎は深ぶかと頭を下げた。

席に戻ると妻からＬＩＮＥが来ていた。

〈今晩20時、お姉ちゃんにビデオ電話で直接謝罪してください〉

その日、陽一郎は早めに仕事を切り上げてまっすぐマンションへ帰った。そして夜8時、ディスプレイに長女のサトミの顔が映し出された。

「久しぶりだね、サトちゃん」

陽一郎が話しかけると、サトミは微《かす》かにうなずいたように見えた。表情は薄く、別人のように痩せこけていた。もともと大人しい子ではあったが、とにかく表情が乏しいことが気になった。

「お父さんは本当にひどいことをして、ママのこともサトちゃんのことも傷つけてしまった。本当にごめん」

パソコンに向かって頭を下げた。数秒して顔を上げると、サトミは無表情のままこちらを見つめていた。

「お父さんは、またいつかみんなと一緒に暮らしたいと思ってる。もしサトちゃんが許してくれるなら、ときどき東京へ帰ってみんなでご飯を食べたり、遊びに行ったりしたい。すこしずつでいいんだ。すこしずつ許してくれないかな。お父さんはみんなのことを本当に大切に思っているんだ」

「じゃあ、なんで浮気なんかしたの？」

抑揚のない声でサトミが言った。

「大切に思ってるなら、浮気なんかしないんじゃない？　なんでしたの？」

頭の中が真っ白になった。

迂闊にも、この質問に対する答えを用意していなかった。

「いや、それはつまり……悪いことをしたと思ってる……」

「だから、なんで？」

サトミの声に初めて感情が含まれた。

陽一郎は観念して、自分の中のいちばん向き合いたくない部分へ降りて行った。

「お父さんは、弱かったんだと思う。誘惑に打ち勝てるほど強い人間じゃなかったんだ。だけど浮気してるときも家族のことがいちばんだったよ。そこだけは信じてほしい」

こんな時でも男のプライドを守ろうとする自分を心の片隅に感じたが、

「もう、やだ……」

サトミが涸《か》れ井戸から絞り出すように泣く姿を見て、自分の足元が土台から揺らいでいくのを感じた。妻が画面に現れ、サトちゃん、と娘を抱きしめた。二人のすすり泣く音がパソコンから聞こえた。そこで交信はシャットダウンされた。

そのまま2週間、連絡はなかった。

陽一郎は幼稚園の面談の前日、恐るおそる妻にお伺いをたてた。

〈あしただけど、面談終わったらいつもの喫茶店でいい？〉

しばらくして妻から返信があった。

〈あのあと、お姉ちゃんがインターネットの掲示板（？）に質問しているのを見つけました。こんな内容です。「父が不倫してました。もう終わったそうですが、母を平然と裏切っていたのかと思うと、心底憎いです。気持ち悪くて、もう一緒に暮らしたくありません。娘の方から母に離婚してくれと頼んでもいいものでしょうか。母いわく、離婚しても経済的な不安はないそうです。あと、わたしは14歳で、父のせいで拒食症と不登校になりました。わたしが父の不倫相手に損害賠償を求めることは可能でしょうか？　ご意見をよろしくお願いします」

質問には答えがいっぱいついていました。わたしも読んで参考になりました。

そして昨日お姉ちゃんから「やっぱりお父さんのことは許せない」と言ってきました。いろいろ話し合ったのですが、本人もじっくり考えた結果、離婚してほしいと言われました。あしたのことは了解しました。いつもの喫茶店で13時に。ハンコを持っ

てきてください〉

陽一郎は愕然とした。明日、ハンコを持って行ってはいけないと思った。なにかの拍子に捺してしまったらすべてが終わる。だが持って行かないと妻の機嫌を損ねてしまうかもしれない。だから持っては行くが、持ってこなかったつもりで臨もうと決めた。そんな結論を出した自分が情けなかった。

翌日、幼稚園の面談を終えたあと喫茶店で待っていたら、妻が晴れやかな表情でやってきた。まずいと陽一郎は思った。吹っ切れたのかもしれない。格好もどこか垢抜《あかぬ》けている。

「どうだった？」

妻が軽やかな声でたずねてきた。

「みんなと仲良くやってるって。好きな女の子もいるらしいよ」

「ああ、サナちゃんね」

「知ってるの？」

「当たり前でしょ。ほかには？」

「とくに」

「そう。で、持ってきた？」

「なにを？」

「ハンコ」

「いや、まあ、うん」

「どっちなのよ」

妻が吹き出すように笑った。

「一応持ってきたけど、まだにしてくれないかな」

「なにを？」

「だから、つくのを」

「なんで？」

「だって、まだ……」と陽一郎は口ごもった。

「まだ？」

まだ見切らないでほしいと言いたかったが、言えなかった。

「だってお姉ちゃんがああ言ってるんだよ？　無理だと思わない？」

陽一郎は項垂《うなだ》れた。ぐうの音も出なかった。いつだったか会社で不倫聴取を受けたときと同じような絶望の中にいたら、

「よし、これくらいにしておくか」

と妻が言った。

「昨日送ったLINEは全部嘘。お姉ちゃんとわたしで考えた文面」

「全部？」

「そう」

なんだよ〜、と魂が抜けたような声が出た。

「昨日みんなで盛り上がったんだよね。家を買おうって」

「サトミも？」

「うん。お姉ちゃんはベッドが小上がりになった部屋が欲しいんだって」

「変わってるな」

「女の子は憧れるんだよ、そういうの。わたしは広いキッチンが欲しいな。カウンターがついてるやつ」

「いいな、それ」

「でしょ？」

「でも、転校はできないだろ。近くで探すのか？」

「うん。むかし見に行った建売があったでしょ。あれを調べたら売れちゃってた」

「もう1年前だもんな」

久々に妻と自然な調子で会話できるのが嬉しかった。妻が「うーん」と伸びをした。「ねえ、あのお金でシャネルのバッグも買っていい？」

「おう、買えよ。あれはもうお前の金なんだから。靴も買ったらどうだ」

「バッグだけでいいの。それにしても、すごいよね。宝くじに当たったようなもんだもんね」

「ああ、すごいよな。ほんとに」

妻の晴れやかな顔が目に沁みた。

「ところで、サトミは俺のこと許してくれるのかな」

「どうだろう。それよりわたしの方が先じゃない？」

「そうだった。許してくれる？」

「ずっと許せないと思うよ。家を買ったら、月に1回くらい帰ってきてもいいけど。だけど、もう1回間違えたらアウトだからね」

「なにを？」

「そんなの自分で考えなよ」

具体的なことはわからなかったが、一生を執行猶予で過ごすことだけはわかった。仮に同居が許される日が来ても、牢獄みたいな暮らしが待っているのかもしれない。

もう浮気なんてまっ平ごめんだと思った。

その晩、マイケルからメールが届いた。

〈皆さま　ようやくすべてをお話しできる時が来ました。あすの23時、通信環境のある場所で待機頂くことは可能ですか？　何卒《なにとぞ》よろしくお願い致します〉

（5）

みつるの最後の1日が始まった。

陋屋《ろうおく》に近い4畳半のアパートで目覚めると、トーストで最後の朝食をとった。

それから最後の洗顔をして、最後の歯磨きをした。

鏡で自分の顔を見る。

本日、42歳の誕生日。今晩、目を閉じたら永遠に開けないつもりだった。この覚悟に至るまで2年を要した。

みつるは7年前に離婚し、その2年後に自己破産した。そのあとも闇金から借金を重ね、いまは2度目の自己破産を待つ身である。こうしている間にも借金は1分1秒と膨れ上がっていく。

売れるものはほとんど売った。戸籍もパスポートも魂も。すべてを溶かしてしまったのだ。家庭も信頼も人格も何もかも。

どうしてこんなことになっちまったんだろう、と鏡の中の人物に問いかけた。十数時間後に縊《くび》られるはずの男は、十数時間後に彼を縊るはずの男を、無言で見つめ返してきた。

みつるは一瞬の光だけを求めて生きてきた。

0・1秒の中に永遠を感じられるような一瞬だ。

それは恋の中にあった。

映画の感動の中にあった。

なかんずく、麻雀《マージャン》の中にあった。

みつるは若い頃から麻雀ばかり打ってきた。はじめは勝ち負けにこだわったが、やがて麻雀の本質は勝ち負けにないことを悟った。それに気づいてからは、麻雀を通じて人智《じんち》を超えた何事かについて考えを巡らせてきた。

たとえば生命のバイオリズムについて。

運気の因果応報について。

変えられる運命と変えられない運命について。

宇宙の定理について。

勝負中にひょっこり現れる永遠の相を捉えるのは、感性の仕事である。24歳で達人位を獲った頃、みつるの感性は研ぎ澄まされていた。人が和了《アガ》れない手で和了り、止められない牌《ぱい》を止めた。ところが30代に入ると、ぴたりと勝てなくなった。感性が鈍ってしまったのだ。

麻雀プロはもともと生業とはなりにくい。俺は麻雀が強いのだ、という吹けば飛ぶようなプライドが崩れてしまえば、これほど脆《もろ》いものはない。

みつるは生活のために雀荘《じゃんそう》勤めを続けた。酒を飲みながら打つ客とは真剣に打つ気になれなかった。借金と不義理が膨らみ、生気と運気が萎《しぼ》んだ。

みつるは最後の着替えにとりかかった。シャツとズボンを身に着け、

——さあ、ラストはどれで飾るか、とラックに吊《つ》るされたベルトの束を見つめた。11歳から始めたコレクションは転々と逃げ回るうちにずいぶん減ってしまったが、まだ170本ほどあった。

しばらく考えて、ごくありふれた黒の牛革を選んだ。しゅっと腰に巻きつけながら思う。結局、シンプル・イズ・ベストなのだ。ベルトも打牌《だはい》も生活も。それに気づく

のが遅すぎた。

やるべきことをやっている人には自然と運が向いてくる。人はそれを幸運と呼ぶが、幸運にも2種類あることを知っている人は少ない。天運と地運だ。訳もなく訪れた天運は、やがて訳もなく去っていく。ところが日常のコツコツした積み重ねで得た地運は、なかなか本人の元を去らない。誠実な1打を積み重ねてきた打ち手は、どんな苦境からも必ず地運で脱してくる。そして、天運に恵まれたときは勝ちまくる。

天運だけじゃ続かない。

地運だけでも勝ちきれない。

それに気づいてから、みつるはゴミが落ちていれば拾ったし、他人の脱いだ靴も揃えるようになった。だがあるときやめた。リターンを期待した偽善は、しょせん地運の貯金にはならないからだ。

ベルト穴にツク棒を通しながら、もう、どちらの運にも何年も逢《あ》ってないな、と思った。運が向いてきたときはすぐわかる。独特の浮揚感に包まれるし、ほんのりチョコレートの匂いがするからだ。

みつるは着替えを済ませると、歩いて川崎駅へ向かった。息子と最後の面会である。南武線に乗った。電車は多摩川沿いをくっついたり、離れたりしながら遡上した。

——これでこの世も見納めか、と思うと、ごくありふれた沿線の景色が、精度の高いレンズで覗いたように立ち上がってきた。こんな目で麻雀が打てたら、さぞかし勝てただろう。若い頃はいつもこんなふうにクリアに場が視《み》えていた。カネなんかで死ぬんじゃない。感性の滅びで死ぬのだ、と思いたかった。

登戸駅に着いた。コンビニで弁当二つとビールを買い、マンションに着いてチャイムを鳴らした。息子がジャージ姿で出てきて、「あれ、今日だっけ?」と惚《とぼ》けたことを言った。

「今日だよ」

みつるはさっさと部屋にあがった。会うのは半年ぶりだ。

「ほれ、好きな方を食え」

「お、ラッキー。こっちいただき」

息子は焼肉弁当の方をがつがつと食いだした。引きこもりでも、19歳ともなれば一丁前に腹が減るらしい。

「どうだ、最近は」みつるは缶ビールを開けながらたずねた。

「ランクSのガチャを10回まわしたけど、全部スカ。運営のチートだね。そういう書き込みも多いし」

「そうか。向こうも知恵を絞ってるんだな」

これが最後の会話かと思うと、相槌《あいづち》もすこし丁寧になった。

息子は潔いほどゲームの話しか口にしない。おかしくなり始めたのは中学生の頃だ。腹が痛いと言っては学校を休みだした。みつる夫婦はすでに離婚していた。結局、中学校は半分以上欠席しながら卒業した。通信制の高校に入ったが長続きしなかった。それからいまに至るまで、ゲームだけをして生きている。

息子はあっという間に焼肉弁当を平らげた。まだ物足りなそうにしていたので、「俺の分も食っていいぞ」と言うと、息子は「頂き」と海苔《のり》弁にとりかかった。みつるはポケットから二つ折りにした一万円札を何枚か取り出した。

「これで足りるか？　そのガチャとやらは」

「サンキュー」

息子はひったくるように取り、すばやくポケットにしまった。やるつもりで持ってきた。最後の小遣いだ。これで残りの所持金は２７００円。これだけあれば今日いっぱいもつ。最後の最後までメシ代の心配をしなきゃいけないなんて、生きるとはなんと面倒なのだろう。

息子は弁当の半分くらいでギブアップして、ソファでスマホゲームを始めた。時おり「おっ」とか、「うひゃっ」と声をあげる。

19歳の健康体が、日がな一日、指先だけを動かして生きている。若さの浪費と言えなくもないが、麻雀ばかりしていたみつるも偉そうなことは言えなかった。引きこもりだって、必ずしも悪くない。ずっとこうして生きていけるなら。

だがこんな生活では地運を積み上げるチャンスがないし、天運も訪れようがない。そのことを伝えてやりたいのだが、どうせ聞く耳を持たないだろう。父親のダメっぷりは、母親からさんざん聞かされているはずだからだ。

みつるは21歳のとき、元妻と出会った。麻雀プロの試験に合格し、大学を中退した頃の話だ。仲間と飛び込んだ池袋のバーでカクテルをつくっていた女性に一目惚《ひとめぼ》れした。通い詰めて、口説き落とした。周囲からは「お前にはもったいない人だ」と言われた。一流大学に通う才媛だった。

婚前同棲《どうせい》。できちゃった結婚。学生出産。

向こうの親を激怒させる三色手に仕上がり、しばらくは孫の顔も見てくれなかった。人生も勝負事もすべてはアヤである。そんな不幸な始まりが息子のいまに影響しているに違いない。みつるはずっと申し訳なく思ってきた。

バーテンダーだった元妻は、いまや税理士である。育児中に猛勉強して資格を取った。その妻から7年前、「出てってください」と三下り半を突きつけられた。借金のこと。火遊びのこと。将来性のこと。すべてを詰《なじ》られた。みつるは黙って聴いていた。

「謝らないんだ？」

と言われ、

「謝ったら許してくれんのかよ」

と言ったら、バシッと頰を張られた。

「結局、あなたは変わらないのよ。自分がいちばん大切なのよ」

違う、と思ったが言えなかった。

みつるは酒を飲み終えると、缶をぐしゃっと潰した。

「お前に、生命保険でも入ってやるんだったな」

息子がゲームの手を止めてこちらを見た。

「なによ？　俺に保険かけて殺す気？」

「逆だよ。俺が生命保険に入って、お前を受取人にするんだ。そしたら一生ゲームして生きていけるだろ」

息子が唇を歪《ゆが》めた。本当は本人も一日じゅうゲームをする暮らしに飽いているのかもしれない。そのあせり、かなしみ、やるせなさ、どんづまり感、よくわかった。けれども安易な励ましや共感が息子をより惨めな気持ちにさせることもよくわかってい た。四捨五入すれば、同じサイドの人間なのだ。

みつるは小一時間ほど滞在して、「帰るぞ」と声をかけた。息子はスマホに目を落としたまま「うす」と答えた。みつるが靴をはいて出るときも、こちらを見ようとしなかった。

――いつか、こいつにも一瞬の光を。

そう念じてドアを閉めた。

ふたたび南武線に乗り、川崎駅へ向かった。本当は元妻とも最後の食事をしたかったのだが、「忙しいからまたこんどにして」と言われた。どうして女という生き物は、別れた男にこうも冷たいのだろう。

川崎駅に着くと、夕刻のアーケードを抜け、雀荘《みせ》へ向かった。最後の出勤である。飲み屋とラブホテルと墓場とソープ街に囲まれた一角には、夜の商売につく人たちが犇《ひしめ》いていた。自分もその一員だが、いまは彼らと遠く隔たった場所へ来てしまったような気がした。もう片足くらい、あちらの世界へ踏み込んでいるのかもしれない。

今晩、本当に俺は死ねるのだろうか。どうしようもない自分が歩いていた。

店に着くと、青い目をした男がぽつねんと麻雀卓についていた。雀荘で白人を見るのは初めてだった。寿司屋でミートソースを出されたような違和感がある。

「おめぇのお客さんだってよ」

オーナーの伊東プロに言われ、一瞬、身構えた。新手の借金取りか？

「はじめまして。マイケル・J・フォックスと言います」

みつるは不審に思いながらも、差し出された手を握り返した。

「俺の知ってるマイケル・J・フォックスは、もっと小男だけどな。『バック・トゥ・ザ・フューチャー』なら何度も観たから間違いないぜ」

「同姓同名なんです」

彼は流暢《りゅうちょう》な日本語で答えた。

「わたしはガンプ様の秘書をしています。以前みつるさんがガンプ様とメールのやりとりをしていた頃も、わたしが代わりに打ち込んでいたことがあるんですよ」

「なんだって？」

みつるが驚くと、マイケルは白い歯を見せた。育ちの良さそうな奴だな、と思った。そういう感じは万国共通のものであるらしい。

「ま、座りなよ」

二人は腰をおろした。みつるが上家《カミチャ》で、マイケルが下家《シモチャ》だ。

「生きてたんですね」

マイケルが言った。まあな、とみつるは仏頂面で答えた。

「よかった。ほんとによかった。あれは2年前でしたね。『近く野垂れ死にする予定です』なんてメールしてきたあと音信不通になって。あれからガンプ様はずっとあなたを探していたんですよ」

「そいつは悪かったな。ぐずぐず引き延ばしちまって。ほんとは今日死ぬつもりだったんだ」

hahaとマイケルが笑った。ジョークと思うのも無理はない。みつるはいつになくクリアな頭で、この奇妙なアヤについて考えていた。この日、この時、この場所に、この男が遣わされてきた意味はなんだ？

「どうして俺がここに居るとわかった？」

「北浜さんが調べてくれたんです」

「北浜さん？」

「北浜慎介さんです」

「慎ちゃん？」

思いがけない名前に、声が上ずった。

「北浜さんは仙台の雀荘へ行き、あなたがここにいることを摑んできました。だけどあと一歩のところで、捜索の糸は途切れてしまいました。何者かによってね」

マイケルがちらりと伊東プロの方を窺った。

「お聞きしづらいのですが、あの方すこしボケてます？」

「若干な」

みつるはボリュームを落とさずに答えた。どうせ聞こえない。

「さすがに麻雀でチョンボはしねぇが、店の売り上げなんかはけっこうザルだ。ま、俺の恩人なんだけどよ」

「そうなんですね。北浜さんはこの店へ問い合わせたとき、あの老人に伝言を頼んだはずです。お聞きになりませんでしたか」

「聞いてねえな。おーい伊東さん。俺に高校時代のダチから伝言あったかな？」

「はあ？」

「伝言、なかったかな？」と大声でたずねなおす。

「伝言？　ないねぇ」

「だってよ」

みつるは肩をすくめた。「で、途切れたあとどうしたんだい？」

「わたしが興信所を使って調べました。失礼ですが、借金もあるようですね」

「たんまりな」

「それも今日で終わりです。この書類をご覧ください」

マイケルがアタッシェケースから英文の書類を取り出した。

「ガンプ様があなたに贈られたストックオプションです。ここにサイン頂くだけで、2ヵ月後には2億8000万円が振り込まれます。1年遅れの誕生日プレゼントになってしまいましたが、受け取って頂けますね？」

「おめー、揶揄《からか》ってんのか？」

「冗談でカリフォルニアから川崎まで来ると思いますか？」

青い目がこちらを射貫《いぬ》いてきた。微かにチョコレートの匂いがした。うそだろ、とみつるは思った。運が向いてきたときのサインだ。

ガンプ君と最後に会ったのは24歳の7月だった。

あの晩のことはよく覚えている。理系の大学院生だったガンプ君がアメリカ行きを躊躇っていると聞いて、新宿に呼び出した。ガンプ君とは上京してからもときどき会っていた。呼べば必ず来たが、向こうからは電話ひとつ寄越さないのは、いかにもガンプ君らしかった。

二人はその辺の居酒屋に入った。ガンプ君は子どもが苦い薬でも舐《な》めるようにビールに口をつけた。

「なんだおめー、また痩せたんじゃねぇか？　一口ステーキと唐揚げとマグロを食え。奢《おご》ってやる」

みつるは史上最年少で達人位を獲ったばかりだった。賭け麻雀でも連戦連勝で、みんなに奢りまくっていた。

「う、うん。ありがとう。でももう肉は食べないことにしたんだ。サラダ頼んでもいいかな？」

「葉っぱばっか食ってたら死んじまうぞ。で、なんでアメリカ行かねえんだ？　教授は行けって言ってるんだろ」

「う、うん。推薦状を書いてくれるって」

「アメリカのどこ？」

「ＭＩＴ」

「どこだそれ」

「マ、マサチューセッツ工科大学。ケンブリッジだよ」

「い、行けばいいじゃん」

「ま、真似しないでよ」

「わりぃわりぃ。で、なんで行かねぇんだ？」

ガンプ君がぽつぽつ語ったところによれば、孤独と英語生活に不安を感じているらしかった。みつるはガンプ君の言う「孤独」の意味を摑みかねた。ガンプ君のコミュニケーション感覚は人と違うからだ。

もし東京に来てからガンプ君がずっと寂しい思いをしていたなら、もっと呼び出してやればよかったと後悔した。女の子のいる飲み会にも誘ってやればよかった。ガンプ君みたいな理系男子の世話を焼いてやりたい女の子というのは必ずいる。ガンプ君だってほんとは女性に興味があるはずだ。

ガンプ君は兎《うさぎ》みたいに、もそもそとサラダを食べた。都会の片隅でコンピュータと数式だけを相手に上京6年。いつのまにかベジタリアンになってしまった正真正銘の天才同級生を見ていたら、みつるはピンときた。

「おい、ツタヤへ行くぞ」

「えっ、なにしに？」

「映画を借りるんだよ」

「か、借りてどうするの？」

「観るに決まってんだろ」

「で、でもまだ食べ物が……」

「さっさと食え！」

二人で料理を掻《か》き込み、ツタヤで『グッド・ウィル・ハンティング』を借りて、ガンプ君の下宿へ向かった。部屋に入って驚いた。ガンプ君はツバメの雛《ひな》を飼っていたのだ。

「どうしたんだこれ？」

「す、巣から落ちていたんだ。ほんとは飼っちゃいけないんだけど、あのままじゃカラスや猫にやられちゃうからね。ピー助っていうんだよ」

ガンプ君の声がすると、ピー助は新聞紙にくるまれた箱の中で、もぞもぞと動き始めた。ガンプ君は優しく手で包み込み、備えつけのスポイトで水を与えた。

「こ、こいつは生まれたときから未熟児で鳴けなかったんだ。だから親がエサをあげずに、落としたのかもしれない。ツバメの親はそうやって見切りをつけることがあるから」

ピー助は信じられないほど小さかった。まだ目も見えていないようだ。ガンプ君はゆで卵の黄身をピンセットで摘んで口へ入れてやった。鳴けないツバメの子に、吃音の自分を重ねているのだろうか。こんなに気持ちの優しい奴はいない、得難い奴だとみつるは思った。

「さあ、観よう」

『グッド・ウィル・ハンティング』は、MITで清掃バイトをしていたウィルが数学の天才であることを認められ、新しい一歩を踏み出す物語である。とくに親友のチャッキーが、工事現場でウィルに言うセリフがいい。

『お前は宝くじのような才能を引き当てたのに、それを生かそうとしない。みんなが欲しがる才能なのによ。ここはお前のような人間がいていい場所じゃないんだ』

みつるはこの一言を、ガンプ君に感じ取ってほしかった。

観終わると、果たしてガンプ君は目を輝かせた。

「か、感動したよ。いい映画だったね」

みつるはニヤリとした。「アメリカへ行く気になったか？」

「ま、まだわからないけど、その方向で考えてみるよ」

「こんどからウィルって呼ぼうか？」

「い、いや。いまのままでいい。この呼び方、気に入ってるんだ」

しばらくしてガンプ君から「アメリカに行くことに決めた」と連絡があった。ピー助は鳥獣保護団体に預けていくという。数ヵ月後、送別会をやろうと思ったらガンプ君はすでに旅立っていた。ガンプ君らしいや、とみつるは可笑《おか》しかった。

ガンプ君とはメールでやりとりを続けた。だがみつるの不始末が重なり、転々とするうちに途絶えがちとなった。やがてガンプ君が大富豪になったと風の便りに聞いた頃には、みつるは坂道を音速で転がり落ちていた。

38歳のとき、みつるの古いメールアドレスにガンプ君からメールが届いていた。ロサンゼルスへ遊びに来てくれという呑気なメールだった。みつるは「俺はもうパスポートが取れねぇんだ」と返事した。そこからぼちぼち連絡が復活したが、2年前に「近く野垂れ死にする予定です（笑）」と入れて断絶した。メールアドレスも消去した。

その頃みつるは、あらゆる角度から見て人生を降りることに決めた。もう目なしと判断したとき、潔く降りるのは、みつるの勝負美学だった。裏道に花ありと思って生きてきた。ガンプ君をはじめ、成功者を羨んだことは一度もない。普通に生きていたら見ることができなかった「一瞬の光」を何度か見られたことだけは多としたかった。

だが自分の息の根を止める決断がつかないまま、2年も呼吸を続けてしまった。もう不義理も不義理と思わなくなっていた。どうしようもない男が、生きていた。

伊東さんがよぼよぼ卓に近づいてきて、「さっき言ってたのは、これのことかい?」と紙切れを差し出した。

〈きたはま しんすけ がんぷくんから、伝言あるので、連絡ください 090―****―****〉

おいおい、いつの話だよとみつるは笑ったが、こんな行き違いもアヤだ。すべてのことに意味はあるのだ。

「18歳のとき、41歳の自分がどんなふうになっていると言ったか、覚えていますか」

マイケルが言った。さあな、とみつるは首を傾げた。

「ヒーローになる。あなたはそう答えたそうです」

「ずいぶん、みすぼらしいヒーローになっちまったな」

「そんなことありません。ガンプ様にとって岸高バレー部の3ヵ月は掛け替えのないものでした。あなたがバレー部に誘ってくれ、あなたがアメリカ行きの背中を押してくれた。ガンプ様にとって、あなたは人生最高のヒーローだったのです」

「そうかい。で、ガンプ君はいまどこにいるんだ？」

「それについて今晩、皆さんにお話しする予定です。一緒に聞いてください。すべてをお話しします」

（6）

慎介は飲み物を用意して、パソコンの前で待機した。家族には「大事な会議がある」と伝えてあった。やがてオンラインのミーティングルームにメンバーがぱらぱら集まりだした。まるで練習前の部室のように。キャップ、新田、タクロー。そして最後にみつるが「こういうの、よくわかんねーんだよ。映ってる？」とぼやきながら画面に現れた。

「おおっ……！」と声が上がった。

「みつるじゃん！　生きてたのか。どこにいたんだ？」

キャップの問いかけにみつるは「まあ、麻雀卓の中かな」と訳のわからないことを言った。こういうところは高校時代と変わらない。

ディスプレイに五つの小窓が並んだところで、六つ目の窓が開いた。マイケルだ。

「皆さん、お揃いのようですね」

歳は35歳の手前くらい。晴日の瀬戸内海みたいに澄んだブルーの瞳だ。

「それでは始めさせて頂きます。はじめまして、マイケル・J・フォックスです。こう名乗ると日本の方はたいてい微妙な顔をされますね。『ここ、笑うところなの？』みたいに。だからすぐに付け加えることにしています。本名です、と。

はじめに簡単な自己紹介をします。私はアメリカ生まれのユダヤ系で、血の繋がらない日本人の叔母がいました。彼女は私のことをとても可《か》愛《わい》がってくれ、私は幼い頃から日本に憧れを抱きました。

叔母の手ほどきで3歳から日本語の勉強を始めました。私は日本のアニメや漫画で育ったといってもいいでしょう。ドラゴンボールでいちばん好きなキャラはクリリンです。

日本へ留学したのは18歳のとき。東京に3年、京都に2年いました。叔母の実家もたずねました。愛媛のうどん屋でした。

アメリカへ戻って就職し、26歳から日本でまた3年ほど働きました。IT業界です。そして次にアメリカへ帰ったとき、ガンプ様の会社の一つで働き始めました。秘書としてです。財団の設立後は代表も兼任しています」

「病気？　ガンプ君が？」

みんなの口が揃った。

マイケルは品のいい笑みを浮かべた。

「それについては後で詳しく話すので、まずはこれをご覧ください」

映像が流れた。それは果てしなく続く長い廊下の壁の前で、車椅子のガンプ君が考えごとをしている映像だ。手には赤いフェルトペンを持っている。

「素数の壁《プライム・ウォール》です」

とマイケルが言った。

「この壁には1から10万までの数字が順に記されています。ガンプ様は車椅子生活になってから、この壁で素数を見つけるのを楽しみにしていました。私も車椅子を押しながらこの壁の前を行ったり来たりしたので、素数について詳しくなってしまいましたよ。１００までには25個の素数があり、１００００までには１２２９個の素数がある。そして素数は呆《あき》れるほどランダムに現れるのです」

壁の数字はところどころ赤ペンで囲まれていた。ガンプ君が見つけた素数らしい。

「いまや素数は９０００兆を超えるところまで調べられているそうです。ガンプ様はその解析結果を見て嘆息なさいました。『量子コンピュータの時代にも、素数の出現法則は見つけられないんだね』って」

「ガンプ君はあいかわらず素数にこだわってるんですか」とキャップがたずねた。

「それはもう」

とマイケルは微笑んだ。

「アメリカに素数ゼミと呼ばれる蟬《せみ》がいることをご存知ですか。13年と17年周期で、孵化《ふか》する蟬です。おそらく12年や15年周期の蟬もいたはずですが、絶滅しました。なぜか？

12と15の最小公倍数は60ですね。つまり両者は60年に一度は同じ年に生まれて限られた資源を奪い合わねばならない。ところが13年と17年周期なら最小公倍数は２２１。つまり資源戦争は２２１年に一度で済む。これは何を意味するか？

数学者はこれを『素数は美しいばかりでなく、強くもある』と捉えます。少なくともガンプ様はそうでした。ガンプ様は皆さんに素数のような存在であってほしいと願っていました。清潔で、孤高で、オンリーワンであるような存在です。ちょうど『フォレスト・ガンプ』の主人公がそうであったように。

そうそう、『フォレスト・ガンプ』といえば、億万長者のガンプ様のもとにはあらゆる団体から寄付のお願いがありました。そのすべてに応じようとなさるガンプ様をお守りするのも私の役目でした」

「確か映画の中でも、そんなシーンがあったよな」とみつるが言った。

「さすが、あだ名の命名者だけあってお詳しいですね」

「おめー、そんなことまで知ってんのか」

「皆さんのことは壁の前でたくさん伺いましたからね。

さて、投資家《エンジエル》としてのガンプ様のビジョンは明確でした。世界の先ゆきは明るく、善意と進歩に溢《あふ》れ、創造的なものでなくてはならない。暴力と差別と貧困は1ミリたりとも存在してはならない。

この世界線に沿ったプランであれば、どんな小汚い格好をした若者たちにもスタートアップ資金を提供しました。本当に惜しみなく。トータルではおそらく小さな州の年間予算ほども。ガンプ様はビル・ゲイツの人間性と活動を尊敬なさっていました」

「あのー、ちょっと伺ってよろしいですか」とタクローが言った。「ガンプ君の資産って、いかほどあるんですか」

またもマイケルが微笑んだ。何事につけ日本人のようによく微笑むのは、日本滞在が長かったからだろうか。それとも叔母さんがよく微笑む人だったのか。

「投資家としてのガンプ様の戦績は、ほかの投資家と同じように1勝9敗というものでした。ただし1度の勝利で、それまでの敗北を補って余りあるリターンを得ました。世界的な金融緩和もそれに拍車を掛けました。いわゆるカネ余りですね。ガンプ様の資産はセミ・リタイア後も膨れ上がりました。想像を絶する額です」

「で、おいくら？」とあくまでタクローが食い下がる。

「30億ドルを下ることはない、とだけ申しておきましょう」

「ってことは……3000億!?」

「ガンプ様はそれを投資と寄付と趣味にあてました」

「趣味って？」と新田がたずねる。

「もちろん天体観測です。ガンプ様は巨額の資金を投じてアラスカに観測所を設置しました。そこで撮影した天体動画にはイメージスタッキング法を施して、YouTubeへアップしています。@Gumpチャンネルには世界中に天体ファンがおり、再生収入はすべて宇宙事業に寄付しています。

ガンプ様は病気になってからも、子どもの頃から続けていた太陽の黒点スケッチを欠かしませんでした。水星の1日が地球の176日に相当することについても真剣に考えておられました。もし1日が176回あったら自分は何をなすべきか、と。

いつか自分の寿命が尽きることと、太陽が50億年後に燃え尽きることを同じ次元で捉えることができる人でした。グローバリストを超えて、宇宙人《スペーシアン》でした」

そういうのスペーシアンって言うんか、と新田が呟いた。

「ただし無邪気な方でしたから、欲しいと思ったものはほかにもお買いになられましたよ」

「たとえば?」とタクローがたずねた。

「たとえばこの素数の壁があるお屋敷《やしき》には、バレーボールができる体育館があります。ドルビー・サラウンド・システムを備えた上映施設があります。ベジタリアンになる前はトンカツが好きだったので、キャベツの千切り機も日本から取り寄せました」

笑いが起きた。お城のような豪邸に住むガンプ君はいまいち想像がつかなかったが、キャベツを頬張るガンプ君の姿は容易に想像がついた。

「ガンプ様はおっしゃっていました。自分の人生は素数で運命的なことが起きると。2歳で言葉を覚え、3歳で星空に興味をもち、5歳でどもりはじめた。7歳で数学に目覚め、11歳のとき素数の神秘に魅せられ、13歳で将来はNASAで働こうと決めた。バレー部の皆さんに出会ったのは17歳だし、教授からMITへの進学を打診されたのは23歳のとき。アメリカに渡って初めて起業を果たしたのが29歳。そして31歳で結婚する予定だったのですが、31歳になったガンプ様を待ちかまえていたのは、フィアンセではなくALSでした」

「ALS!?」

同時に何人かが声を上げた。なんとなく聞き覚えのある言葉だ。

「筋萎縮性側索硬化症。ホーキング博士が患っていた病気といえばおわかりでしょうか。全身の筋肉がだんだんと侵されていく病気です。原因は解明されておらず、根治療法はまだありません。

まず指先に力が入らなくなりました。ペンをよく落とすようになり、医師に診てもらったところ、腱鞘炎《けんしょうえん》と診断されました。そんなものか、と放っておいたら次に肢《あし》に症状が出ました。そこで脳神経内科医に診てもらってALSが確定しました。その3年後に、こんどは膠芽腫《こうがしゅ》が見つかったのです」

「こうがしゅ？」またも複数の声が重なった。

「脳の悪性癌です」

マイケルが深刻な表情で告げた。

「原因は側頭葉にある悪性度の低い腫瘍。これがゆっくり時間をかけて悪性化していきます。そのプロセスには何年かかるかわからず、ガンプ様もしばらくこれといった症状は出ませんでした。

ALSの方が先に悪化していきました。車椅子生活に入り、スプーンも持てなくなりました。舌が動かなくなると、唾がうまく飲み込めず、一日じゅう咽《む》せ返りました。やがて体の中で動くのは眼球だけに。われわれは眼球の動きで操作できるパソコンを通じてコミュニケーションを図りました。

ALSや膠芽腫は誰がなってもおかしくない病気です。ただしあの若さでどちらも患ってしまう確率は、何億分の1ではないでしょうか。ガンプ様は数学の天才という贈り物《ギフト》だけでなく、難病という負の贈り物《ギフト》も贈られてしまったのです」

慎介は言葉を失った。ガンプ君は本当に死んでいたのか――？

「アンゴルアニミ、というラテン語をご存知ですか」

マイケルが言った。

「死に対する切迫感のことです。ガンプ様もそれに囚《とら》われました。そして有名な〈死の5段階〉のステップを踏み始めたのです。

一つ目は〈否認〉。その兆候は明らかにガンプ様にも現れました。頭では病気を理解しても、感情がうまくついてこない状態です。

二つ目は〈怒り〉。これもあったようです。ご存知のようにあまり負の感情を表に出す方ではありませんでしたが、私が知る限り〈どうして自分がこんな目に遭わなければいけないのか〉という気持ちを2度ほど表明なさいました。みんなは『お金持ちでいいですね』と言うけれど、眼球しか動かない自分にそれがなんの意味があるのか、と。

ガンプ様は安楽死について調べ始めました。眼球すら動かなくなったら安楽死もできないのではないかと恐れたのです。あの頃のガンプ様にとっては安楽死だけが救いでした。私はガンプ様に命じられ、安楽死の認められたスイスで、いつでも安らかな眠りにつけるように手はずを整えました。

そして三つ目の〈取引〉。普通の意味では神や仏にすがって死を遅らせてほしいと願う段階ですね。

世界中の多くの宗教が〈輪廻《りんね》〉や〈あの世〉を約束してくれます。それは人間だけが「自分が100%死ぬことを知っている、おそらく唯一の動物」だからです。その恐怖に対する古代的な解答《アンサー》が、輪廻転生や天国だったのでしょう。

ガンプ様は27歳のとき、クリスチャンとしての信仰をお棄《す》てになりました。だから
この第3段階は素通りしたのかといえば、逆です。

ガンプ様はご自身で〈再生〉を目指すことに決めました。〈科学〉を神棚に据えて
ね。それからガンプ様は目の輝きを取り戻しました。安楽死の予約もキャンセルしま
した。だから第4の〈抑うつ〉や第5の〈受容〉のステップとは無縁でした」

「結局──」

キャップが口を開いた。「ガンプ君は亡くなったんですか？」

そう、ガンプ君は亡くなったのか。

「まだ亡くなっていません」

マイケルが眉に力を込めた。

「亡くなったと捉える人もいるでしょうが、『長い長い眠りについた』と言う方が正
確です」

「どういうこと？」

「ガンプ様の遺体はクライオニクスという方法によって冷凍保存されているのです」

「冷凍保存《クライオニクス》？」

「はい。人体冷凍保存は、現在の医療水準では治らない病気で亡くなった人を冷凍保

存しておき、医療が発展した未来に解凍して、生き返らせようとするものです。いまのところ世界で400人ほどが冷凍保存されています。有名なところでは、2度の三冠王に輝いたメジャーリーガーのテッド・ウィリアムズの頭部が保存されています」

「そんなこと可能なの？」とタクローが高い声を出した。

「可能と言う科学者もいれば、不可能と言う科学者もいます。細胞膜を補修できるようになれば理論的には蘇生《そせい》が可能です。

ついこのあいだも、極東シベリアの永久凍土で2万4000年にわたり凍結されていたヒルガタワムシという微小生物を蘇生させることに成功しました。これは多細胞生物が数万年にわたる無代謝状態《クリプトビオシス》に耐えられることの証明です。

ガンプ様の遺体は法的な死亡宣告を受けるや否や、体液を不凍液と入れ替えて、零下196℃の液体窒素で瞬間冷凍されました。人体は血流が止まった瞬間に細胞の劣化が始まりますからね。せっかく生き返っても、酸化ストレスで深刻なダメージを受けた内臓ではもったいない」

「にわかには信じられん話だな」

新田がみんなの心情を代弁するように言った。

「でしょうね。無理もありません。私も初めて聞いたときは耳を疑いましたから。

ガンプ様がこのことを知ったのは、ロンドンのある少女に関する記事がきっかけです。その少女は癌で死期が迫ったある日、インターネットで人体冷凍保存のことを知りました。両親に冷凍をお願いしたものの父親が反対。少女は父親を相手どって裁判を起こします。

少女は裁判官に手紙を書きました。〈死にたくないけど、もうすぐ死ぬことはわかってる。数百年かかるかもしれないが、冷凍保存のチャンスに賭けたい〉。裁判長はクライオニクスの科学的有効性については判断を下しませんでしたが、少女の申し出については認めました。少女はいま安らかに凍りついています。この裁判は〈科学が法律に突きつけた新たな問題だ〉と世間の注目を集めました。ガンプ様はこの記事を読んで『これだ!』と思いました。そして『みんなにも冷凍保存のことを教えなきゃ』と思ったのです。

ガンプ様の願いは一つでした。〈1度目の人生でかかわった良き人たちと、良きコミュニティを持続可能にしたい〉。つまり5万年後にみんなで生き返って、2度目の人生を送りたいということです。

そこで選ばれたのがご両親、3人の仕事仲間、5人のバレー部員でした。ガンプ様はこの10人と永遠の関係を結びたいと願ったのです。ちなみに3人の仕事仲間には私も含まれています」

「つまり——」

慎介は初めて口を開いた。

「5万年後の入部同意書というのは、僕らにも冷凍保存されろってことですか？」

「その通りです。1度だけガンプ様が漏らすのを聞きました。『5万年後にみんなでバレー部を再結成できたらいいな。こんどこそ1回戦を突破するんだ。そのときはサーブを空振りしないよ』って」

マイケルが微笑よりワンランク上の笑顔を見せたが、その笑顔はすぐに萎んだ。

「ここで私は皆さんに謝らねばなりません。というのも、ガンプ様はなんの条件もつけずに皆さんにストックオプションを贈る予定だったからです。冷凍保存の件も強制ではありませんでした。

ガンプ様のお申し付けはこうでした。

〈もし僕が死んだら、みんなの41歳の誕生日にストックオプションを贈ってほしい。その際、みんなにも冷凍保存のことを教えて、『よかったらどうぞ』と希望者を募ってほしい〉

そう私に託して逝かれました。けれどもみつるさんが行方不明だと知ったとき、私は思ったのです。『バレーは6人でやるものだ。これじゃガンプ様の5万年後の希《のぞ》みが叶《かな》わないじゃないか！　皆さんに条件を突きつけよう』と。みつるさんを探し出して、皆さんの5万年後の同意書が揃ったらストックオプションを贈るというのは、完全に私の付け足しです。法律的には、私文書偽造にあたります。誠に申し訳ありませんでした」

「そういうことだったのか」

キャップが深いため息をついた。

「なんか変な申し出だな、とは思ってたんだよ。でも、ま、それはいいよ。俺たちもスパムとかインチキと思って放っておいたんだから」

「ところで、なんで5万年後なんですか」とタクローがたずねた。

そう。なんで5万年後なんだ？

「M13星団からの返事を期待しているからです。いわゆるアレシボ・メッセージですね。ご存知の方はいますか？」

みんな揃って、力なく首を振った。

マイケルが説明を始めた。

「1974年、プエルトリコのアレシボ天文台から、ヘルクレス座のM13へ向けて、電波手紙が発せられました。M13に知的生命がいて、返事をくれるのを期待してのことです。メッセージは１６７９個のビットから成る四角形でした。上から読んだり左から読んだりすることで、さまざまな情報が読み解けるようになっていました。一種の暗号ですね。

1から10までの数字、元素の原子番号、ＤＮＡの二重螺旋《らせん》の絵、そこに含まれるヌクレオチドの数、人間の全身図、平均身長……。

もしM13に知的生命がいて解読に成功したら、彼らは叫ぶでしょう。

〈このメッセージを構成する１６７９という数字は、23と73という素数を掛け合わせたものだ。この宇宙のどこかに、われわれと同じように素数の素晴らしさに気づいている知的生命がいるんだ！〉

ガンプ様はその返事を、それはそれは楽しみにしていました。

ただしアレシボ・メッセージには一つ問題がありました。M13は2万５０００光年の彼方《かなた》にあるのです。つまり返事が来るとしても往復で5万年後のこと。だからガンプ様は遺言に書きました。

〈もし治療法が確立していたら5万年後に生き返らせてほしい。ただしM13にいる知的生命が光速よりも早く地球にメッセージを送り返す技術を持っていた場合は、この限りにあらず〉」

「すごい」「さすがガンプ君だ」「なんちゅうスケールの話や」

みんなが口々に言った。

マイケルは静まるのを待って続けた。

「ガンプ様はつねづねおっしゃっていました。バレー部のみんなは、それまで誰にも相手にされなかった自分を温かく迎えてくれた。チームワークのなんたるかを教えてくれた。いまの自分があるのはみんなのおかげだと。

ガンプ様にとって皆さんが永遠のチームメイトであるというのは、あながち比喩ではありません。冷凍保存カプセルの中には、バレーのボール、ネット、シューズ、そして岸高《キシコー》のユニフォームが入っています。念のためルールブックも入れておきました。蘇生したらルールを忘れているかもしれないのでね。

ガンプ様は病床でも『フォレスト・ガンプ』と『グッド・ウィル・ハンティング』を見返していました。

〈忘れた喜びの価値を、悲しみは思い出させる〉

『グッド・ウィル・ハンティング』の中に出てくるセリフです。ガンプ様はこの世との別れを悲しく思うたび、バレー部での喜びの日々を思い出していました。青春はカネでは買えないと申しますが、ガンプ様は買い戻す意向です。

ガンプ様の父上との裁判が終わったら、すべてお伝えするつもりでした。思った以上に長引いてしまい、混乱させて申し訳ありませんでした。係争中は話せないことが多いのです。

とうとうガンプ様の父上の理解は得られませんでしたが、和解には漕《こ》ぎつけました。それでこうやって、皆さんにお話しできる日を迎えたのです。

〈未来に甦ることを信じる〉という一点において、クライオニクスは新時代の宗教と言えるかもしれません。科学の進歩だけに賭ける宗教ですが。

ガンプ様は科学がさらに発展すれば、脳をダウンロードして保存できると考えていました。それで充分だし、クライオニクスはそれまでの繋ぎにすぎない、と。

ちなみに私もこの宗教の信者です。冷凍保存の申請はすでに済んでおり、５万年後のグレート・リセットに期待しています。日本語にすると、偉大なる再出発かな？

皆さんはどうなさいますか。ご自身だけでなく、ご家族やご友人で冷凍希望の方がいらしたらおっしゃってください。費用は５００万円ほどですが、財団がすべて負担します。もちろん途中で気が変わったら、いつでもキャンセルできます。

私から申しあげることは以上です。最後にこれをご覧ください。皆さんへのメッセージです」
ディスプレイに病床のガンプ君が映し出された。
ガンプ君は眼球を動かして、1文字ずつ書きつけていった。

ぼくはいま1分1分をたいせつに生きて
います。みんなにも1日1日をたいせつに
生きてほしいな。

ガンプ君はゆっくりと眼球で文章を打ち続けた。

ばれーたのしかったね。
またいつかやろうね。

そして最後にこう打った。

きしこ～、ふぁいつ

エピローグ

この日から慎介は人体冷凍保存について調べ始めた。マイケルからも資料が送られてきた。バレー部のグループＬＩＮＥもこの話題でしばらく盛り上がった。

〈それにしても５万年後に復活なんてあり得るんですかね〉

〈こんな時代だからわからんよ〉

〈再結成したら、チームにリベロが欲しいな〉

〈ボクはマネージャーでいいですか？〉

〈そうやってすぐラクしようとする〉

〈だけど生き返れると思うと、なんか気分がラクになるよ〉

それは慎介も感じていた。５万年後に自分や家族が生き返れるかもしれないと想像するだけで、お腹《なか》の底から不思議な明るさが湧いてくる。

新田がナツミさんという人と、冷凍に手を挙げた。

〈彼女は末期癌《がん》なんだけど、もし5万年後に生き返ったら、プロポーズを受け入れてもらう約束をしました〉

現世では間に合わなかったかもしれないが、来世の契りを交わしたとも取れる。慎介は祝辞を捧《ささ》げた。新田は近く彼女を看取《みと》ることになるのだろう。だがそのときコールド・スリープがすこしでも哀《かな》しみを和らげてくれたらと切に願う。

キャップからも報告がきた。

〈俺は永遠に執行猶予の身だから、家族に冷凍保存の件はしばらく黙っておきます。長女に「お父さんと5万年も一緒なんて嫌」とか言われたら立ち直れないから。不治の病にでもなったら考えます。とりあえず家を買いました。みんなも近くに来たら遊びに来てください〉

タクローはまた元のサラリーマンに戻ったらしい。家族と縁《より》を戻そうとしたが断られたらしく、ちょっとしょんぼりしていた。コールド・スリープについては「60歳まで返事を保留します」と宣言した。

みつるはマイケルに頼んで、ストックオプションの贈り先を引きこもりの息子に変えてもらったそうだ。それで自分は自己破産して雀荘《じゃんそう》勤めを続けるというのだから、本当に変わっている。冷凍については「してもいいけど、ま、考えてみるわ」とのことだった。

慎介もしばらく考えてみるつもりだった。５万年後に自分が解凍されるなんて、お伽話《とぎばなし》のようだが、いざというとき「俺にはコールド・スリープがある」と心の切り札になりそうな気もする。０・０１％でも「家族は永遠だ」と思えることは心強い。

意外だったのは、父にこの話をしたら「俺も凍らせてくれ」と即決したこと。墓じまいしたあとに、自分が落ち着く先を探していたのかもしれない。

ひとつ困ったのは、ガンプ君の「死」がすこしも悲しく感じられないことだった。いまでもふと、ガンプ君の存在を感じることがある。あるいは遍在の気配を。その意味ではマイケルの言う通り、ガンプ君はまだ死んでいないのかもしれない。慎介はガンプ君からもらったメールを読み返した。

〈ほんと、宇宙はわからないことだらけだね〉

この一節が、初めて読んだときとは違った光彩を放って見えた。

そう、宇宙はわからないことだらけ。

だから元気を出していこう。

準備はいいか。それじゃいくぞ。

きしこ〜、ふぁいっ！

性善説の小説家が探り当てた到達点

吉田大助（ライター）

平岡陽明《ひらおかようめい》はどんな小説を書いている人かと訊《き》かれたら、人情もの、と答えたい。人情もの＝人情噺《ばなし》は、夫婦や家族間などの温かな絆《きずな》を描いてきた蓄積があるが、人情という言葉の本来の意味は「自然に備わる人間の愛情。いつくしみ。なさけ」（広辞苑より）。つまり、人情ものとは、性善説に基づいて組み上げられた物語、と言うことができるのではないか。

　現代人は、現実世界でも物語世界でも、性悪説に浸り切っている。平岡陽明は、そうではない、と力強く筆を進めるのだ。要所要所で登場人物たちの善なる部分を発揮させ、他の作家ならばこうは進めないという方向に物語のハンドルを切っていく。その結果できあがった小説は、どこか懐かしく、けれど新鮮な印象を読者に与えることとなる。盲目の書評家・よう子《こ》とバツイチの古書店主・本間《ほんま》を語り手に据えた『ぼくもだよ。神楽坂の奇跡の木曜日』しかり、住宅地図作成に励む男たちのロマンと友情を綴《つづ》った『道をたずねる』しかり。

本作『素数とバレーボール』も、根底には性善説がある。ただし、始まりはややビターだ。

天気予報会社の広島支店に単身赴任中の北浜慎介《きたはましんすけ》は、後輩が支店長からパワハラを受けている様子を目にし、やり過ごすしかない現実に対して胸を痛めるばかりか、お腹《なか》も壊してしまう。東京で暮らしている妻とふたりの子供のためにも、働かなければいけない。しかし、「自分はなんのために生きているのか」という問いは、彼の心の真ん中に居座り続けている。

心身の不調が募《つの》りカウンセラーにかかるようになった頃、四一回目の誕生日の夜に、高校のバレー部で同級生だった「ガンプ君」こと里中灯《さとなかともし》からメールが届く。〈41歳の誕生日おめでとう。／ようやくこの日が来ましたね〉。続く文面に記されていたのは、最後の試合を終えた高校三年生の夏に、バレー部員六人で交わした約束だった。ガンプ君が得意とする数学の世界で四一は特別な素数であり、四一歳は人生の折り返し地点の厄年でもある。ならば四一歳になった時、六人の部員の中で一番のお金持ちになった人間が、他の五人にお金を払うことにしよう――。数学の才能をもとに大富豪となったガンプ君は、各人に五〇〇万ドルをストックオプションの形で支払うというのだ。その代わり、「お願い」が二つある、と。

〈1.みつる君を見つけ出してくれませんか。音信不通です。／2.もし5万年後に岸高《キシコー》バレー部を再結成することになったら、また入部してくれませんか。〉

メールは本当にガンプ君が書いたものなのか、記された内容は本当のことなのか。音信不通のバレー部の仲間を探せという一つ目の「お願い」はまだしも、二つ目の「5万年後」が意味するところは何なのか。さまざまな謎を宙吊りにしたまま、語り手はグルメ雑誌の契約編集者・新田《にった》へと代わる。新田もまた岸高バレー部のメンバーであり、誕生日にガンプ君からのメールを受け取った。保険会社勤務のエリートで部下と不倫中の広瀬陽一郎《ひろせよういちろう》も、旅行会社での仕事や家族に鬱屈《うっくつ》を抱えまくっている佐々木《ささき》タクローも。

高校三年生の頃に仲間の前で掲《かか》げた夢と、現在地はあまりにもかけ離れてはいないか？　仕事を辞めても不自由しないほどの大金が手に入るならば、自分はどんな選択をするのか？　とうに若手ではなくなっているがベテランと呼ばれるにはまだ早い、仕事においても人生においても中堅にして中間にいる男たちが、ガンプ君からのメールをきっかけに己の人生を再点検し始める。その顚末《てんまつ》を、小説は丁寧に追いかけていく。実のところ、こういった「あなたが宝くじに当選しました」系の物語は、人間の悪意が噴出するパターンが定番だ。しかし、平岡陽明は性善説に基づいた物語の作り手である。悪意も一部で表現してはいるが、ありそうでなかった驚きの展開が後半に待ち構えている。

いわゆるミドルエイジクライシス（「中年の危機」と訳される不安障害の一種）を、どう乗り越えるか。五人の男たちが人生の折り返し地点で「今のままでいいのか？」と立ち止まる姿は、二〇二〇年吉川英治文学新人賞候補にもなった『ロス男』（文庫化の際『僕が死ぬまでにしたいこと』に改題）の主人公・吉井《よしい》の背中と重なり合っている。と同時に、二作合わせて六人の男たちは、バブル崩壊後に青春時代を過ごし就職氷河期に苦しめられた、ロスジェネ世代だ。精神科医の香山《かやま》リカはかつて当該世代を、貧乏クジ世代と表現した。今風に言えば「時代ガチャ」に外れた世代、というわけだ。一九七七年生まれと自身も当事者の一人である著者は、己が属する世代にかけられた呪い、ひいては世代という考え方そのものを払拭するような想像力を手に入れようと、小説を通して格闘し続けているように思える。

その最初の試みであった『僕が死ぬまでにしたいこと』は、物語のラストで「愛」

の一語を掲げることにより、一矢を報いていた。続く『素数とバレーボール』では、より決定的な解答を提示している。それは、「自分たちはこれからどんな世界を生きていきたいか？」という想像力だ。ロスジェネかつ貧乏クジな世代にとっては長らく死語であった「未来」の一語を共有することで、年齢や性別の垣根を越えてあらゆる世代の人々は繋がることができる。

このような結論は、性善説に過ぎるだろうか？　だとしたら——いや、だからこそ、誰かが夢見なければならないのではないだろうか。その夢が物語の衣《ころも》をまとって散種され、多くの人々のあいだで根付くことにより、「未来」は現実へと近付く。本作において平岡陽明が試みたのは、それだ。

性善説の小説家が探り当てた、ここが一つの到達点だ。

（初出　小説現代2022年8月号）

インタビュー
〝世代〟は〝物語〟を生むのか。

聞き手・構成　吉田大助

１９７７年、埼玉県生まれ。ライター。「ダ・ヴィンチ」「小説 野性時代」「小説新潮」「小説すばる」「小説現代」などをはじめとする各メディアで書評執筆や作家インタビューを行うなど、幅広く活動している。Ｔｗｉｔｔｅｒ(現・X) アカウントは @readabookreview

現実が性悪説ならば小説は性善説でいく

――この記事と同時掲載される書評の冒頭で、平岡陽明は〝人情もの〟、性善説に基づいて組み上げられた物語を書く人であると記しました。人情や性善説と言うと古めかしい印象ですが、読み心地はその反対で、新鮮です。世の中に性悪説が蔓延《まんえん》した今の時代、なかなか書かれないタイプの物語だからです。この辺り、どれくらい自覚的なのかをご本人にお会いしたらぜひ伺いたいと思っていました。

平岡　書評を拝見するまですっかり忘れていたんですが、実はデビューする前に一時期、チンパンジーの研究書にハマっていたんです。そのチンパンジー研究の目的を一言で言ってしまえば、「ヒトとチンパンジーは七〇〇万年前に共通祖先から枝分かれしたんだから、根っこは一緒だよね。つまりチンパンジーについて知ることは人間について知ることだよね」ということです。研究によれば、チンパンジーはどう考えても性悪説。特にオスがろくでもない。ウソをついて仲間をだまし、どうやってメスと資源を独占するかばかり考えている。僕はその手の本をたくさん読んだ結果、人間の根っこにあるのは性悪説だと思うようになりました。そしてそれがリアルだってことなら、小説の中では性善説でいこうと決めた。性善説で面白い小説を書けたら、他と差別化ができるし、わざわざフィクションでやる意味もある。特に一冊目の本を書くときは、完璧にその意識でやっていました。

――確かに、第九三回オール讀物新人賞受賞作を含む単行本デビュー作『松田さんの181日』は、どの短編も性善説全開でした。

平岡　あのころ自分が書きたいのはそこだったんだと思います。僕自身は善でありたいと思いつつ、なかなかそうあれない人生を送ってきたんですが、人から善意を受け取ったおかげで今の自分があるという実感はあります。例えば、『松田さんの181日』に入っている「寺子屋ブラザー篠田」という短編に出てくる〈篠田〉は、僕が少年野球をやっていた頃の監督がモデル。その人は本物の人格者で、野球チームの子供たちの勉強をずっと無償で見てくれたんですよ。そういう活動を何年も何年も、誰にも知られずにやってきた。僕もちゃんと勉強しようと思うようになったのは、その人のおかげです。タダで見てもらっているからにはやらなきゃ。裏切りたくないって気持ちが子供ながらにありました。そこで出会った善意が、僕を含めた子供たちの一生を決めたところがあるんじゃないか。善意にはそういう力があるってことを、あの短編で書きたかったんです。怒りとか負の感情から小説を書こうというモチベーションが自分の中にはありません。あの監督のことを思い出すと自分の中に熱くなるものがある、そういう感情を使って書きたいんです。

――誤解がないよう言い添えておくと、平岡さんの小説は、善人だらけのユートピアを表現しているわけではないんですよね。作中にはシビアな現実が取り入れられているし、もちろん悪意も存在する。特に、二作目以降はそうです。ただ、要所要所で性善説が発動して、性悪説に慣れ切ったこちらの予想とは違う物語の軌道を描いていく。今回一挙掲載された最新長編『素数とバレーボール』も同様です。

高校時代の仲間たちを長らく定点観測してきました（笑）

――『素数とバレーボール』の登場人物たちが直面している会社や家族の問題は、過去最高と言っていいぐらいシビアです。しかし、ど真ん中に大きな善意があります。数学の才能をもとに大富豪となった〈ガンプ君〉から、四一歳の誕生日を迎えた高校のバレー部時代の四人の友人たちに宛てて、代理人を名乗る人物経由でメールが届きます。一人五〇〇万ドルをストックオプションの形で支払う、と。ただし「お願い」が二つあると記してあるんですが、ほぼ無償で大金がもらえると言っていい内容です。そのメールは本物か偽物か、僕らはいったい何をしたっけと議論するために男たちが久しぶりに集まって……と前半は進んでいく。この物語を着想したきっかけとは？

平岡　これを書く前に『妻を口説く』というタイトルで、別の原稿を進めていました。どうして世界にはこんなに離婚があふれているのか、という素朴な疑問から書き始めた小説です。不倫がバレて深刻な状況に陥った男が、もっとも口説くのが難しい

「妻」を攻略するにはどうしたらいいかと奮闘する話でした。ただ、そのワンテーマでは、話があまり広がらなかった。そこでその男は登場人物の一人ということにして、他に何人かの男たちとそれぞれの事情をこしらえ、四〇歳前後の年代が抱えたいろいろな問題を網羅できるような群像劇にしてみたんです。本作の六人の中に、「男」っていうものの全ての要素が入っている気がします。

――イラストレーターのなかむらるみさんが『おじさん図鑑』という本を出してベストセラーになりましたが、そこに出てくるおじさんたちはイラストも相まって可愛げがあったんです。本作に出てくるおじさんたちは、なんと言うか、めちゃめちゃリアルです（笑）。

平岡　こういう人いるよね、って感覚になってもらうことを目指しました。不倫をする〈陽一郎《よういちろう》〉はリーダーシップも社会性も俗物性もある、男の社会で一番優秀とされるタイプです。〈慎介《しんすけ》〉は繊細さんで、共感性が高く女性原理も理解できる。〈新田《にった》〉は優柔不断で流されて生きていく、一緒にいても不愉快にならないタイプ。その反面、彼が一番何も考えていない可能性がある（苦笑）。〈タクロー〉は負け組サイコパスですね。基本的に、カネと損得でしか物事を考えられない。

――〈タクロー〉は、平岡さんがこれまで書いてこなかったタイプの人物ではないですか？

平岡　そうですね。ただ、こういう人、世の中にたくさんいません？　だから書くのは一番簡単でした。行動原理と価値観がシンプルですから。そして〈ガンプ君〉はピュアな理系の少年、〈ガンプ君〉が探し出して欲しいとみんなに依頼した〈みつる〉は、ナルシストでロマンチストのギャンブラーです。別にモデルにしたわけではないんですが、僕が高校時代から仲がいいのはバレー部の連中でして、いまも年に二回ぐらいはみんなで会っていろいろな話をします。その経験がこの小説に反映されています。

――四一歳になっても交流を続けている男たちの関係が素敵だな、うらやましいなと思っていたんですが、ご自身の体験に基づくものだったんですね。

平岡　昔何かの本で読んだんですが、男同士が集まると二〇代は女性の話で盛り上がり、三〇代になると仕事の話になって、四〇代になると子供の話、五〇代は病気の話になるんだ、と。仲間たちを定点観測することで「本当にその通りに進むんだな」と学ばせてもらっています（笑）。体験ということで言えば、一〇代の頃、バレー部の連中と泥のように麻雀《マージャン》を打った後に、一番リーダーシップがあってプラグマティックで、ナルシズムのかけらもないような男と夜中に二人で道を歩いたことがあるんです。空を見上げたら、ものすごく星が綺麗だった。それで僕が「あー、なんか宇宙のこと考えてると、自分のことがすげぇちっぽけに思えてくるよな」と言ったら、そいつがハッと「お前もそんなこと思ってたのか」みたいな顔をしたんです。僕は僕で、そいつがそんなロマンチックなことを考えていたなんて思ってもみなかった。そのとき思いました。みんな口にこそ出さないけれど、どんな奴でも「俺の人生、意味があるのかな？」と考えているんだなって。いま思えばこの体験が、今回の物語を書く遠因だったと思います。

ロスジェネ世代がルサンチマンを言わなくなったら何を言うか？

――同い年の男たちの群像劇にしたことで、世代というモチーフが輪郭づけられたと思います。作中でも言及されていますが六人はロスジェネ世代、バブル崩壊後の一九九〇年代後半から二〇〇〇年代前半の就職氷河期真っ只中の頃に社会へ出ることになった世代なんですよね。平岡さんは二〇一九年にもロスジェネ世代ど真ん中、四〇歳フリーライターの〈吉井《よしい》〉という男を主人公にした、『僕が死ぬまでにしたいこと』（単行本時のタイトルは『ロス男』）という作品を発表しています。ただ、二作は当該世代に対するスタンスがだいぶ違います。一言で言えば、〈吉井〉の内側には生まれた時代に対する恨み辛みがふつふつ沸き立っていた。本作にはあまりそういう感情は書かれていないですよね。

平岡　おっしゃる通り『僕が死ぬまでにしたいこと』の〈吉井〉は、自分の人生がうまくいかなかった理由は時代にある、ロスジェネ世代だったせいだという恨み辛みをくすぶらせていました。そのあたりをどう解消するかが、あの小説の結論の一つになると思っていたんですが、自分でも「過渡期世代の暫定的なオチだったのかな……」と思うことはあって。それでもう一回、ロスジェネ世代の男たちを書こうとなったときに、生まれた時代であるとか過去に対してグチグチ言う部分は、あまりいらないと思ったんです。出版社で契約社員として働く〈新田〉なんかは、多少ぐじぐじ言っていますけど、そこはまあ、彼の性格もあります（笑）。確かにルサンチマンだらけの二〇代、三〇代を送ったけれども、ネガティブな感情の発露からは卒業せざるを得ない時期に来ている、そこを書いた方が新鮮で面白いんじゃないかなと思いました。恵まれない時代に世に出た自分たちが、ルサンチマンを言わなくなったときに何を言うか見てくれ、自分たちにしか到達できない精神的なメッセージを社会に発してみせるぞ、と。そこが今回の小説の結論になるのかな、と思いながら書き進めていました。

――これまでロスジェネ世代をモチーフに取り入れた小説は、『僕が死ぬまでにしたいこと』も含まれると思うのですが、ネオ・プロレタリアート小説、あるいはプレカリアート小説と呼ばれるタイプのものがほとんどでした。そこでは当該世代に属する作家が当該世代の主人公たちの目線から、就活と労働、生存のしんどさを切実に描き出していた。ただ、当たり前ですが人は年齢を重ねます。四〇代に入ったロスジェネ世代の小説はどのように書かれるべきか、という新しいサンプルが出てきたと思いました。

平岡　バブル世代が四〇歳のときは、上のおじさんも下のおじさん候補たちも、ほぼ同じ価値観で生きていたと思うんです。でも、ロスジェネ世代の四〇歳は、違いますよね。景気が右肩下がりを続ける状態の中で働き出しているし、時代的にもセクハラやパワハラに対する目が厳しくなり、もう昔の価値観は通じないんだということが身に沁みている。どちらかと言えば若い世代の価値観に近いんだけど、上の世代の価値観もよく分かる。ロスジェネ世代の四〇歳は、そういう立ち位置にいる気がします。

――今のお話を聞きながら、〈陽一郎の世代は上司からの「やっとけ」「飲みにいくぞ」「お前のせいだ」をすべて「はい」の一言で受け止めてきた最後の世代だ。そして部下に「なんで自分がこの仕事をやらなくちゃいけないんですか」と聞き返された初めての世代である〉という文章を思い出しました。この構図において上の世代は、下の世代の言うことはまず理解できないじゃないですか。真ん中の世代である四〇代は、間に入って上の世代と下の世代を繋ぐ役割があるのかなと感じたんです。

平岡　我々世代は、主体性というものを確立するのが難しかった。だって上からは「昔は良かった」と自慢され続けるのに、自分には自慢するものがないから。そこでへらへらしたり、優しくなったりして、人間いろいろだから、とか言って自分を慰めないとやってられない。すると結果的に、優しい先輩にならざるをえない。そういう側面はあったと思います。いや、どうなんだろう。良く言い過ぎですかね？（笑）

お金で人生は変わっても人格までは変わらない

――本作は「世代の物語」であると同時に、「年齢の物語」でもある。その点も『僕が死ぬまでにしたいこと』との大きな違いだと思うんです。ロスジェネ世代の「四〇代前半」の話でありながら、あらゆる世代の「四〇代前半」にも通じる話になっているのではないでしょうか。

平岡　不惑とか、厄年の話でもありますもんね。僕は昔から、年齢とその時のメンタルの関係にすごく興味がありました。小学校六年生ぐらいの時に『マンガで読む孔子』で、「吾十有五《われじゅうゆうご》にして学に志す、三十にして立つ、四十にして惑わず、五十にして天命を知る……」という有名な一節を読んで、子供ながらに漠然と人の一生に思いを馳せました。でも自分が四〇歳になったとき、「四十にして惑わずなんて嘘じゃん」とわかった（笑）。その実感はこの小説に出ていると思う。年齢に関しては学生時代に研究して、大成する作家はだいたい二二歳か三六歳前後に好機が訪れるのではないかという仮説を立てた（笑）。二二歳は分かりやすいですよね。大学の卒論代わりに小説を書いたら当たっちゃったって感じで、村上龍《むらかみりゅう》とか島田《しまだ》雅彦《まさひこ》とか大江《おおえ》健三郎《けんざぶろう》とか。次の三六歳の場合は、夏目《なつめ》漱石《そうせき》や司馬《しば》遼太郎《りょうたろう》や石川淳《いしかわじゅん》が出世作を書いた頃です。こちらは社会に出て一通り経験してきて、今なら大人の文学が書けるぞってタイミングなのかなと思うんですよね。自分も二二歳のときはダメだったので三六歳になったら小説を書こうと決めていました。そうしたら、三六歳のときに学生時代以来に書いた小説で賞をもらえた。こんなふうに、僕は年齢の問題に関しては人より敏感かもしれません（笑）。

――「四〇代前半」で多く起こることとしてよく言われてきたのが、いわゆるミドルエイジクライシス（中年の危機）、「自分の人生は折り返し地点に来たけど、これでいいのか？」と悩んでしまうことです。本作はそこがテーマに取り入れられていますね。

平岡　実は、全く意識していなかったんです。この小説は、自分なりにいろいろな思考実験をしながら書いていった感覚が強いんですが、その一つが「宝くじが当たったらどうする？」ということ。五人いたら当然、五様のカネの使い道がある。それをそれぞれの性格や、置かれた状況にのっとってうまく表現できるか……そこにだいぶ意識がいっていて、実はこの男たちが抱えているのは中年のクライシスだったという裏テーマには、全く気付いてなかった。ただ、そのことを書評でご指摘いただいて、以前読んだ本のことを思い出したんですね。高橋和巳《たかはしかずみ》さんという精神科医の方が書いた、『子は親を救うために「心の病」になる』です。昨日読み返してきたんですが、この本の中で「中年クライシス」の話が出てくるんです。〈今まで通り「生」に望みを託せば、「死」に打ち砕かれる。「死」を受け入れようとすれば、日々の苦労とこれまで積み重ねてきた人生が無意味になる。かといって、生と死の二つの間で無常観に身をゆだねて揺れたところで、何も解決しない〉。このなんとも言えない微妙な状態のことを、自分は書きたかったんじゃないかと後で気がついた。

――「宝くじ」が当たることで、その問いかけが加速するわけですよね。「これからの人生、どうする？」と。そこで登場人物たちは何を選ぶのか、どう腹を括《くく》るのか。

平岡　今気付いたんですけど、登場人物たちは大金をもらうことで、仕事や生活の不安から解放された。そこで何が起きたかというと、今ある人間関係に対して、違う角度から光を当てる方向に向かったんですね。つまり自分ではなくて、他人に目がいった。家族にどう見られたいか。社会や子供たちの未来にどう関わっていきたいか。そんな方向にモチベーションが進んでいっている。これこそが、僕がこの小説で試みた思考実験の一番大きな結果だったのかもしれません。これが例えば二二歳の男の子の話だったら、人生がえらく変わっちゃうはずですよね。ＹｏｕＴｕｂｅｒが三億もらうと、調子に乗っちゃうじゃないですか（笑）。その辺りにも、この年代の人たちが主人公になった小説のテイストが出ているのかなと思います。この小説の中で〈お金で人生は変わったが、人格までは変わらない〉という一文が出てきます。おじさんは殻が硬いから、変わり方がゆっくりというか、あんまり変わらない。それはネガティブなことではなくて、よい人生を送るための中年の知恵なんですよね、きっと。

ほどよく諦めるのは結構いいよ

――年齢は明確に存在するものですが、世代ってあるかないかよく分からないものじゃないですか。ロスジェネ世代と呼ばれる根拠は就職氷河期の「失われた一〇年」ですが、就職率は高まったものの日本経済は不況続きで、どんどん数字が積み重なって今では「失われた三〇年」と言われることもあります。とすると、少なくとも下の世代とは境界線がなくグラデーションで繋がっているのかもしれないなと思います。

平岡　世代という言葉には、いい面と悪い面があると思います。例えば同世代だというだけで、なぜか相手にものすごく親和性を感じて、一気に壁を飛び越えて仲良くなったりできる。その逆に、ほんのちょっとした認識の違いで「やっぱり世代が違う」と思ってしまうことがある。例えば聴いてきた音楽が違うだけで、下の世代がものすごく違う生き物に思える瞬間がある。世代という言葉のいい面は活用して、悪い面はなるべく避ける、という処し方が重要なのかなと思います。

――世代という言葉を、分断ではなく連帯のために使うというのは、ものすごく納得できます。それともう一つ、『素数とバレーボール』を読んで思い浮かんだ、世代という言葉の使い方があります。「負の遺産を下の世代に継がせないために、自分たち世代は何かできるのか？」。この志向を明確化するうえで、世代という言葉は使い勝手がいいなと思ったんです。

平岡　それは三〇代くらいではなかなか到達できない精神的境地ですよね。だって、それをやっても誰も褒めてくれないし儲《もう》かりもしないから。四〇代に入ったところでようやく承認欲求がなくなるというか、人と比べたりすることから自由になり始める。それは僕自身が実感していることで、同世代の仲間たちを見ていても感じます。みんな、肩肘張ることがなくなり、人と比べないからコンプレックスも薄まってくる。諦めというとネガティブに聞こえるかもしれませんが、ほどよく諦めているんです。ほどよく諦めるのは結構大事だってことも、今回の小説で書きたかったのかも。あるいは「ほどよく諦めないと辛いよ」なのか、「ほどよく諦めざるを得なくなるから安心しろ」なのか（笑）。

——今の時代、他人に対してもそうですし、自分に対しても、優しくなれる言葉や考え方をみんな探しているんじゃないかと思っています。それが、平岡陽明の、この小説の中にたくさんあります。そのことを、まだ読まれていない方に伝えておきたいと思います。書評では本作が現時点における著者の「一つの到達点」と記したんですが、お話を伺うことで「通過点」なんだなと思いを新たにしました。本作を完成させたからこそ踏み出すことができる次なる一歩、楽しみにしています。本日はありがとうございました。

（初出　小説現代２０２２年８月号）

本書は二〇二一年九月に小社より刊行されました。

|著者| 平岡陽明　1977年生まれ。慶應義塾大学文学部卒業。出版社勤務を経て、2013年『松田さんの181日』（文藝春秋）で第93回オール讀物新人賞を受賞し、デビュー。'20年『ロス男』（文庫化に際し『僕が死ぬまでにしたいこと』と改題）が吉川英治文学新人賞の候補になる。他の著書に『眠る邪馬台国　夢見る探偵 高宮アスカ』（中央公論新社）、『道をたずねる』（小学館文庫）、『ライオンズ、1958。』『イシマル書房 編集部』『ぼくもだよ。神楽坂の奇跡の木曜日』（以上、ハルキ文庫）がある。

素数《そすう》とバレーボール

平岡陽明《ひらおかようめい》

講談社文庫
定価はカバーに
表示してあります

2024年９月13日第１刷発行

KODANSHA

発行者――森田浩章
発行所――株式会社　講談社
東京都文京区音羽2-12-21　〒112-8001
電話　出版（03）5395-3510
　　　販売（03）5395-5817
　　　業務（03）5395-3615

Printed in Japan

デザイン―菊地信義
本文データ制作―講談社デジタル製作
印刷―――株式会社KPSプロダクツ
製本―――株式会社国宝社

ISBN978-4-06-536872-5

講談社文庫刊行の辞

二十一世紀の到来を目睫に望みながら、われわれはいま、人類史上かつて例を見ない巨大な転換期をむかえようとしている。

世界も、日本も、激動の予兆に対する期待とおののきを内に蔵して、未知の時代に歩み入ろうとしている。このときにあたり、創業の人野間清治の「ナショナル・エデュケイター」への志を現代に甦らせようと意図して、われわれはここに古今の文芸作品はいうまでもなく、ひろく人文・社会・自然の諸科学から東西の名著を網羅する、新しい綜合文庫の発刊を決意した。

激動の転換期はまた断絶の時代である。われわれは戦後二十五年間の出版文化のありかたへの深い反省をこめて、この断絶の時代にあえて人間的な持続を求めようとする。いたずらに浮薄な商業主義のあだ花を追い求めることなく、長期にわたって良書に生命をあたえようとつとめるところにしか、今後の出版文化の真の繁栄はあり得ないと信じるからである。

同時にわれわれはこの綜合文庫の刊行を通じて、人文・社会・自然の諸科学が、結局人間の学にほかならないことを立証しようと願っている。かつて知識とは、「汝自身を知る」ことにつきていた。現代社会の瑣末な情報の氾濫のなかから、力強い知識の源泉を掘り起し、技術文明のただなかに、生きた人間の姿を復活させること。それこそわれわれの切なる希求である。

われわれは権威に盲従せず、俗流に媚びることなく、渾然一体となって日本の「草の根」をかたちづくる若く新しい世代の人々に、心をこめてこの新しい綜合文庫をおくり届けたい。それは知識の泉であるとともに感受性のふるさとであり、もっとも有機的に組織され、社会に開かれた万人のための大学をめざしている。大方の支援と協力を衷心より切望してやまない。

一九七一年七月

野間省一

講談社文庫 最新刊

三國青葉
母上は別《べつ》式《しき》女《め》
大名家の奥を守る、女武芸者・別式女。その筆頭の巴《ともえ》の夫は料理人。書下ろし時代小説！

円堂豆子
杜《もり》ノ国の滴《したた》る神
時空をこえて結びつく二人。大反響の古代和風ファンタジー、新章へ。〈文庫書下ろし〉

平岡陽明
素数とバレーボール
41歳の誕生日に500万ドル贈られたら？高校のバレー部仲間5人が人生を再点検する。

真下みこと
あさひは失敗しない
母からのおまじないは、いつしか呪縛となった。メフィスト賞作家、待望の受賞第1作！

夜弦雅也
逆境
〈大正警察 事件記録〉
指紋捜査が始まって、熱血刑事は科学捜査で難事件に挑んだ。書下ろし警察ミステリー！

マイクル・コナリー
古沢嘉通 訳
復活の歩み（上）（下）
〈リンカーン弁護士〉
無実を訴える服役囚を救うため、ミッキー・ハラーとハリー・ボッシュがタッグを組む。

講談社文芸文庫

稲葉真弓

半島へ

解説＝木村朗子

親友の自死、元不倫相手の死、東京を離れ、志摩半島の海を臨む町に移住した私。人生の棚卸しをしながら、自然に抱かれ日々の暮らしを耕す。究極の「半島物語」。

いAD1

978-4-06-536833-6

安藤礼二

神々の闘争 折口信夫論

解説＝斎藤英喜　年譜＝著者

折口信夫は「国家」に抗する作家である――著者は冒頭こう記した。では、折口の考えた「天皇」はいかなる存在か。アジアを真に結合する原理を問う野心的評論。

あV2

978-4-06-536305-8

講談社文庫　目録

東野圭吾　希望の糸
東野圭吾　どちらかが彼女を殺した〈新装版〉
東野圭吾　私が彼を殺した〈新装版〉
東野圭吾　仮面山荘殺人事件〈新装版〉
東野圭吾作家生活25周年祭り実行委員会　東野圭吾公式ガイド〈読者1万人が選んだ東野作品人気ランキング発表〉
東野圭吾作家生活35周年実行委員会 編　東野圭吾公式ガイド〈作家生活35周年ver.〉
平野啓一郎　高瀬川
平野啓一郎　ドーン
平野啓一郎　空白を満たしなさい(上)(下)
百田尚樹　永遠の0《ゼロ》
百田尚樹　輝く夜
百田尚樹　風の中のマリア
百田尚樹　影法師
百田尚樹　ボックス！(上)(下)
百田尚樹　海賊とよばれた男(上)(下)
平田オリザ　幕が上がる
東　直子　さようなら窓
蛭田亜紗子　凜
樋口卓治　ボクの妻と結婚してください。
樋口卓治　続・ボクの妻と結婚してください。
樋口卓治　喋る男
平山夢明　魂《たま》豆《どう》腐《ふ》〈大江戸怪談どたんばたん(土壇場譚)〉
平山夢明 宇佐美まこと ほか　超怖い物件
東川篤哉　純喫茶「一服堂」の四季
東川篤哉　居酒屋「一服亭」の四季
東山彰良　流《りゅう》
東山彰良　女の子のことばかり考えていたら、1年が経っていた。
平田研也　小さな恋のうた
日野　草　ウェディング・マン
平岡陽明　僕が死ぬまでにしたいこと
ビートたけし　浅草キッド
ひろさちや　すらすら読める歎異抄《たんにしょう》
藤沢周平　新装版　春秋の檻〈獄医立花登手控え(一)〉
藤沢周平　新装版　風雪の檻〈獄医立花登手控え(二)〉
藤沢周平　新装版　愛憎の檻〈獄医立花登手控え(三)〉
藤沢周平　新装版　人間の檻〈獄医立花登手控え(四)〉
藤沢周平　新装版　闇の歯車
藤沢周平　新装版　市　塵(上)(下)
藤沢周平　新装版　決闘の辻
藤沢周平　新装版　雪明かり
藤沢周平　義民が駆ける〈レジェンド歴史時代小説〉
藤沢周平　喜多川歌麿女絵草紙
藤沢周平　闇の梯子
藤沢周平　長門守の陰謀
古井由吉　この道
藤田宜永　樹下の想い
藤田宜永　女系の総督
藤田宜永　女系の教科書
藤田宜永　血の弔旗
藤田宜永　大雪物語
藤　水名子　紅嵐記(上)(中)(下)
藤原伊織　テロリストのパラソル
藤本ひとみ　新・三銃士　少年編・青年編〈ダルタニャンとミラディ〉
藤本ひとみ　皇妃エリザベート
藤本ひとみ　失楽園のイヴ
藤本ひとみ　密室を開ける手
藤本ひとみ　数学者の夏

藤本ひとみ　死にふさわしい罪
福井晴敏　亡国のイージス(上)(下)
福井晴敏　終戦のローレライ I〜IV
藤原緋沙子　遠　花　火〈見届け人秋月伊織事件帖〉
藤原緋沙子　春《はる》疾《はや》風《て》〈見届け人秋月伊織事件帖〉
藤原緋沙子　暖《ぬくめ》鳥《どり》〈見届け人秋月伊織事件帖〉
藤原緋沙子　霧の路《みち》〈見届け人秋月伊織事件帖〉
藤原緋沙子　鳴《なる》子《ご》守《もり》〈見届け人秋月伊織事件帖〉
藤原緋沙子　夏　ほ　た　る〈見届け人秋月伊織事件帖〉
藤原緋沙子　笛　吹　川〈見届け人秋月伊織事件帖〉
藤原緋沙子　青《せい》嵐《らん》〈見届け人秋月伊織事件帖〉
椹野道流　亡　羊　の　嘆
椹野道流　新装版　暁　天　の　星〈鬼籍通覧〉
椹野道流　新装版　無《む》明《みょう》の　闇〈鬼籍通覧〉
椹野道流　新装版　壺《こ》中《ちゅう》の　天〈鬼籍通覧〉
椹野道流　新装版　隻《せき》手《しゅ》の　声〈鬼籍通覧〉
椹野道流　新装版　禅《ぜん》定《じょう》の　弓〈鬼籍通覧〉
椹野道流　池《ち》魚《ぎょ》の殃《わざわい》〈鬼籍通覧〉
椹野道流　南《なん》柯《か》の夢〈鬼籍通覧〉

深水黎一郎　ミステリー・アリーナ
深水黎一郎　マルチエンディング・ミステリー
藤谷　治　花　や　今　宵　の
古市憲寿　働き方は「自分」で決める
船瀬俊介　〈万病が治る！　20歳若返る！〉かんたん「1日1食」!!
藤野可織　ピエタとトランジ
古野まほろ　身《ジ》元《ェーン》不《・ド》明《ウ》〈特殊殺人対策官　箱崎ひかり〉
古野まほろ　陰　陽　少　女
古野まほろ　陰　陽　少　女〈妖刀村《むら》正《まさ》殺人事件〉
古野まほろ　禁じられたジュリエット
藤崎　翔　時間を止めてみたんだが
藤井邦夫　大江戸閻《えん》魔《ま》帳《ちょう》
藤井邦夫　三　つ　の　顔〈大江戸閻魔帳(二)〉
藤井邦夫　渡　世　人〈大江戸閻魔帳(三)〉
藤井邦夫　笑　う　女〈大江戸閻魔帳(四)〉
藤井邦夫　罰《ばち》当《あた》り〈大江戸閻魔帳(五)〉
藤井邦夫　福　の　神〈大江戸閻魔帳(六)〉
藤井邦夫　野　暮　天〈大江戸閻魔帳(七)〉
藤井邦夫　仇《あだ》討《う》ち異聞〈大江戸閻魔帳(八)〉

福澤徹三　糸《し》柳《やな》寿《とし》昭《あき》　忌《い》み地〈怪談社奇聞録〉
福澤徹三　糸柳寿昭　忌　み　地　弐〈怪談社奇聞録〉
福澤徹三　糸柳寿昭　忌　み　地　惨〈怪談社奇聞録〉
福澤徹三　糸柳寿昭　忌　み　地　屍《し》〈怪談社奇聞録〉
福澤徹三　作　家　ご　は　ん
藤井太洋　ハロー・ワールド
藤野嘉子　生き方がラクになる　60歳からは「小さくする」暮らし
富良野　馨《かおる》　この季節が嘘だとしても
藤井聡太　山中伸弥　前　人　未　到
藤井聡太　丹羽宇一郎　考えて、考えて、考える
伏尾美紀　北緯43度のコールドケース
ブレイディみかこ　ブロークン・ブリテンに聞け〈社会・政治時評クロニクル2018-2023〉
辺見　庸　抵　抗　論
星　新一　エヌ氏の遊園地
星　新一　編　ショートショートの広場　①〜⑨
本田靖春　不　当　逮　捕
保阪正康　昭和史　七つの謎
堀江敏幸　熊　の　敷　石
本格ミステリ作家クラブ編　ベスト本格ミステリ　TOP5〈短編傑作選002〉

本格ミステリ作家クラブ編　ベスト本格ミステリTOP5〈短編傑作選003〉
本格ミステリ作家クラブ編　ベスト本格ミステリTOP5〈短編傑作選004〉
本格ミステリ作家クラブ選・編　本格王2019
本格ミステリ作家クラブ選・編　本格王2020
本格ミステリ作家クラブ選・編　本格王2021
本格ミステリ作家クラブ選・編　本格王2022
本格ミステリ作家クラブ選・編　本格王2023
本格ミステリ作家クラブ選・編　本格王2024
本多孝好　君の隣に
本多孝好　チェーン・ポイズン〈新装版〉
穂村弘　整形前夜
穂村弘　ぼくの短歌ノート
穂村弘　野良猫を尊敬した日
堀川アサコ　幻想郵便局
堀川アサコ　幻想映画館
堀川アサコ　幻想日記店
堀川アサコ　幻想探偵社
堀川アサコ　幻想温泉郷
堀川アサコ　幻想短編集
堀川アサコ　幻想寝台車
堀川アサコ　幻想蒸気船
堀川アサコ　幻想商店街
堀川アサコ　幻想遊園地
堀川アサコ　殿の幽便配達〈幻想郵便局短編集〉
堀川アサコ　魔法使ひ
堀川アサコ　メゲるときも、すこやかなるときも
本城雅人　境界〈横浜中華街・潜伏捜査〉
本城雅人　スカウト・デイズ
本城雅人　スカウト・バトル
本城雅人　嗤うエース
本城雅人　贅沢のススメ
本城雅人　誉れ高き勇敢なブルーよ
本城雅人　シューメーカーの足音
本城雅人　ミッドナイト・ジャーナル
本城雅人　紙の城
本城雅人　監督の問題
本城雅人　去り際のアーチ〈もう一打席！〉
本城雅人　時代
本城雅人　オールドタイムズ
堀川惠子　裁かれた命〈死刑囚から届いた手紙〉
堀川惠子　死刑の基準〈「永山裁判」が遺したもの〉
堀川惠子　永山則夫〈封印された鑑定記録〉
堀川惠子　教誨師
堀川惠子　戦禍に生きた演劇人たち〈演出家・八田元夫と「桜隊」の悲劇〉
堀川惠子／小笠原信之　チンチン電車と女学生〈1945年8月6日・ヒロシマ〉
誉田哲也　Qros《キュロス》の女
松本清張　草の陰刻
松本清張　黄色い風土
松本清張　黒い樹海
松本清張　殺人行おくのほそ道(上)(下)
松本清張　邪馬台国　清張通史①
松本清張　空白の世紀　清張通史②
松本清張　カミと青銅の迷路　清張通史③
松本清張　天皇と豪族　清張通史④
松本清張　壬申の乱　清張通史⑤
松本清張　古代の終焉　清張通史⑥
松本清張　新装版　増上寺刃傷

講談社文庫　目録

松本清張他　日本史七つの謎
松本清張　ガラスの城〈新装版〉
松谷みよ子　ちいさいモモちゃん
松谷みよ子　モモちゃんとアカネちゃん
松谷みよ子　アカネちゃんの涙の海
眉村　卓　ねらわれた学園
眉村　卓　なぞの転校生
麻耶雄嵩　翼ある闇〈メルカトル鮎最後の事件〉
麻耶雄嵩　痾《あ》
麻耶雄嵩　メルカトルかく語りき
麻耶雄嵩　夏と冬の奏鳴曲《ソナタ》〈新装改訂版〉
麻耶雄嵩　メルカトル悪人狩り
麻耶雄嵩　神様ゲーム
町田　康　耳そぎ饅頭
町田　康　権現の踊り子
町田　康　浄土
町田　康　猫にかまけて
町田　康　猫のあしあと
町田　康　猫とあほんだら
町田　康　猫のよびごえ
町田　康　真実真正日記
町田　康　宿屋めぐり
町田　康　人間小唄
町田　康　スピンク日記
町田　康　スピンク合財帖
町田　康　スピンクの壺
町田　康　スピンクの笑顔
町田　康　ホサナ
町田　康　猫のエルは
町田　康　記憶の盆をどり
舞城王太郎　煙か土か食い物〈Smoke, Soil or Sacrifices〉
舞城王太郎　好き好き大好き超愛してる。
舞城王太郎　私はあなたの瞳の林檎
舞城王太郎　されど私の可愛い檸檬
舞城王太郎　畏《おそ》れ入谷《いりや》の彼女の柘榴《ざくろ》
舞城王太郎　短篇七芒星
真山　仁　虚像の砦
真山　仁　新装版 ハゲタカ(上)(下)
真山　仁　新装版 ハゲタカII(上)(下)
真山　仁　レッドゾーン(上)(下)
真山　仁　グリード〈ハゲタカIV〉(上)(下)
真山　仁　ハーディ〈ハゲタカ2・5〉(上)(下)
真山　仁　スパイラル〈ハゲタカ4・5〉
真山　仁　シンドローム〈ハゲタカ5〉(上)(下)
真山　仁　そして、星の輝く夜がくる
真梨幸子　孤《こ》虫《ちゅう》症《しょう》
真梨幸子　深く深く、砂に埋めて
真梨幸子　女ともだち
真梨幸子　えんじ色心中
真梨幸子　カンタベリー・テイルズ
真梨幸子　イヤミス短篇集
真梨幸子　人生相談。
真梨幸子　私が失敗した理由は
真梨幸子　三匹の子豚
真梨幸子　まりも日記
松本裕士　兄弟〈追憶のhide〉
円居　挽　原作　福本伸行　カイジ ファイナルゲーム 小説版

松岡圭祐　探偵の探偵
松岡圭祐　探偵の探偵II
松岡圭祐　探偵の探偵III
松岡圭祐　探偵の探偵IV
松岡圭祐　水鏡推理
松岡圭祐　水鏡推理II〈インパクトファクター〉
松岡圭祐　水鏡推理III〈パレイドリア・フェイス〉
松岡圭祐　水鏡推理IV〈アノマリー〉
松岡圭祐　水鏡推理V〈ニュークリアフュージョン〉
松岡圭祐　水鏡推理VI〈クロノスタシス〉
松岡圭祐　探偵の鑑定I
松岡圭祐　探偵の鑑定II
松岡圭祐　万能鑑定士Qの最終巻〈ムンクの〈叫び〉〉
松岡圭祐　黄砂の籠城(上)(下)
松岡圭祐　シャーロック・ホームズ対伊藤博文
松岡圭祐　八月十五日に吹く風
松岡圭祐　生きている理由
松岡圭祐　黄砂の進撃
松岡圭祐　瑕《か》疵《し》借り
松原　始　カラスの教科書
益田ミリ　五年前の忘れ物
益田ミリ　お茶の時間
マキタスポーツ　一億総ツッコミ時代〈決定版〉
丸山ゴンザレス　ダークツーリスト〈世界の混沌《カオス》を歩く〉
松田賢弥　したたか　総理大臣・菅義偉の野望と人生
真下みこと　#柚莉愛《ゆりあ》とかくれんぼ
松野大介　インフォデミック〈コロナ情報氾濫〉
松居大悟　またね家族
前川　裕　逸脱刑事
前川　裕　感情麻痺学院
三島由紀夫
TBSヴィンテージクラシックス編　告白　三島由紀夫未公開インタビュー
三浦綾子　ひつじが丘
三浦綾子　岩に立つ
三浦綾子　あのポプラの上が空〈新装版〉
三浦明博　滅びのモノクローム
三浦明博　五郎丸の生涯
宮尾登美子　新装版　天璋院篤姫(上)(下)
宮尾登美子　新装版　一絃の琴
宮尾登美子　東福門院和子《まさこ》の涙(上)(下)〈レジェンド歴史時代小説〉
皆川博子　クロコダイル路地
宮本　輝　骸骨ビルの庭(上)(下)
宮本　輝　新装版　二十歳《はたち》の火影《ほかげ》
宮本　輝　新装版　命の器
宮本　輝　新装版　避暑地の猫
宮本　輝　新装版　ここに地終わり　海始まる(上)(下)
宮本　輝　新装版　花の降る午後(上)(下)
宮本　輝　新装版　オレンジの壺(上)(下)
宮本　輝　にぎやかな天地(上)(下)
宮本　輝　新装版　朝の歓び(上)(下)
宮城谷昌光　夏姫春秋(上)(下)
宮城谷昌光　花の歳月
宮城谷昌光　重《ちょう》耳《じ》(全三冊)
宮城谷昌光　介《かい》子《し》推《すい》
宮城谷昌光　孟嘗君　全五冊
宮城谷昌光　子産(上)(下)
宮城谷昌光　湖底の城〈呉越春秋〉一
宮城谷昌光　湖底の城〈呉越春秋〉二

講談社文庫　目録

宮城谷昌光　湖底の城〈呉越春秋〉三
宮城谷昌光　湖底の城〈呉越春秋〉四
宮城谷昌光　湖底の城〈呉越春秋〉五
宮城谷昌光　湖底の城〈呉越春秋〉六
宮城谷昌光　湖底の城〈呉越春秋〉七
宮城谷昌光　湖底の城〈呉越春秋〉八
宮城谷昌光　湖底の城　九
宮城谷昌光　俠骨記〈新装版〉
水木しげる　コミック昭和史1〈関東大震災～満州事変〉
水木しげる　コミック昭和史2〈満州事変～日中全面戦争〉
水木しげる　コミック昭和史3〈日中全面戦争～太平洋戦争開始〉
水木しげる　コミック昭和史4〈太平洋戦争前半〉
水木しげる　コミック昭和史5〈太平洋戦争後半〉
水木しげる　コミック昭和史6〈終戦から朝鮮戦争〉
水木しげる　コミック昭和史7〈講和から復興〉
水木しげる　コミック昭和史8〈高度成長以降〉
水木しげる　敗走記
水木しげる　白い旗
水木しげる　姑《クー》娘《ニャン》
水木しげる　決定版 日本妖怪大全〈妖怪・あの世・神様〉
水木しげる　ほんまにオレはアホやろか
水木しげる　総員玉砕せよ!〈新装完全版〉
宮部みゆき　新装版 震える岩〈霊験お初捕物控〉
宮部みゆき　新装版 天狗風〈霊験お初捕物控〉
宮部みゆき　ICO《イコ》─霧の城─(上)(下)
宮部みゆき　ぼんくら(上)(下)
宮部みゆき　新装版 日暮らし(上)(下)
宮部みゆき　おまえさん(上)(下)
宮部みゆき　小暮写眞館(上)(下)
宮部みゆき　ステップファザー・ステップ〈新装版〉
宮子あずさ　看護婦が見つめた人間が死ぬということ
宮本昌孝　家康、死す(上)(下)
三津田信三　忌《い》館《かん》〈ホラー作家の棲む家〉
三津田信三　作者不詳〈ミステリ作家の読む本〉(上)(下)
三津田信三　蛇《じゃ》棺《かん》葬《そう》
三津田信三　百《ひゃく》蛇《じゃ》堂《どう》〈怪談作家の語る話〉
三津田信三　厭魅《まじもの》の如き憑くもの
三津田信三　凶鳥《まがとり》の如き忌むもの
三津田信三　首無《くびなし》の如き祟るもの
三津田信三　山魔《やまんま》の如き嗤《わら》うもの
三津田信三　水魑《みづち》の如き沈むもの
三津田信三　密室《ひめむろ》の如き籠《こも》るもの
三津田信三　生霊《いきだま》の如き重《だぶ》るもの
三津田信三　幽女《ゆうじょ》の如き怨むもの
三津田信三　碆霊《はえだま》の如き祀るもの
三津田信三　魔《ま》偶《ぐう》の如き齎《もたら》すもの
三津田信三　忌名《いな》の如き贄《にえ》るもの
三津田信三　シェルター 終末の殺人
三津田信三　ついてくるもの
三津田信三　誰かの家
三津田信三　忌《い》物《ぶつ》堂《どう》鬼《き》談《だん》
道尾秀介　カラスの親指〈by rule of CROW's thumb〉
道尾秀介　カエルの小指〈a murder of crows〉
道尾秀介　水の柩
深《み》木《き》章《あき》子《こ》　鬼畜の家
湊かなえ　リバース
宮内悠介　彼女がエスパーだったころ

宮内悠介　偶然の聖地
宮乃崎《みやのさき》桜子《さくらこ》　綺《き》羅《ら》の皇女《ひめみこ》(1)
宮乃崎桜子　綺羅の皇女(2)
三國青葉　損料屋見鬼《けんき》控え 1
三國青葉　損料屋見鬼控え 2
三國青葉　損料屋見鬼控え 3
三國青葉　福　猫　屋〈お佐和のねこだすけ〉
三國青葉　福　猫　屋〈お佐和のねこかし〉
三國青葉　福　猫　屋〈お佐和のねこわずらい〉
宮西真冬　誰かが見ている
宮西真冬　首　の　鎖
宮西真冬　友　達　未　遂
宮西真冬　毎日世界が生きづらい
南　杏子　希望のステージ
嶺里俊介　だいたい本当の奇妙な話
嶺里俊介　ちょっと奇妙な怖い話
溝口　敦　喰うか喰われるか〈私の山口組体験〉
村上　龍　愛と幻想のファシズム(上)(下)
村上　龍　村上龍料理小説集
村上　龍　新装版 限りなく透明に近いブルー
村上　龍　新装版 コインロッカー・ベイビーズ
村上　龍　歌うクジラ(上)(下)
向田邦子　新装版 眠る盃
向田邦子　新装版 夜中の薔薇
村上春樹　風の歌を聴け
村上春樹　1973年のピンボール
村上春樹　羊をめぐる冒険(上)(下)
村上春樹　カンガルー日和
村上春樹　回転木馬のデッド・ヒート
村上春樹　ノルウェイの森(上)(下)
村上春樹　ダンス・ダンス・ダンス(上)(下)
村上春樹　遠　い　太　鼓
村上春樹　国境の南、太陽の西
村上春樹　やがて哀しき外国語
村上春樹　アンダーグラウンド
村上春樹　スプートニクの恋人
村上春樹　アフターダーク
村上春樹／佐々木マキ絵　羊男のクリスマス
村上春樹／佐々木マキ絵　ふしぎな図書館
村上春樹／糸井重里　夢で会いましょう
村上春樹・文／安西水丸・絵　ふ　わ　ふ　わ
U・K・ル＝グウィン／村上春樹訳　空　飛　び　猫
U・K・ル＝グウィン／村上春樹訳　帰ってきた空飛び猫
U・K・ル＝グウィン／村上春樹訳　素晴らしいアレキサンダーと、空飛び猫たち
U・K・ル＝グウィン／村上春樹訳　空を駆けるジェーン
T・ファリッシュ著／B・ルート絵／村上春樹訳　ポテト・スープが大好きな猫
村山由佳　天　翔　る
睦月影郎　密　通　妻
睦月影郎　快楽アクアリウム
向井万起男　渡る世間は「数字」だらけ
村田沙耶香　授　乳
村田沙耶香　マ　ウ　ス
村田沙耶香　星が吸う水
村田沙耶香　殺　人　出　産
村瀬秀信　気がつけばチェーン店ばかりでメシを食べている
村瀬秀信　それでも気がつけばチェーン店ばかりでメシを食べている
村瀬秀信　地方に行っても気がつけばチェーン店ばかりでメシを食べている

講談社文庫 目録

虫眼鏡　東海オンエアの動画が6.4倍楽しくなる本〈虫眼鏡の概要欄 クロニクル〉
森村誠一　悪道
森村誠一　悪道 西国謀反
森村誠一　悪道 御三家の刺客
森村誠一　悪道 五右衛門の復讐
森村誠一　悪道 最後の密命
森村誠一　ねこの証明
毛利恒之　月光の夏
森 博嗣　すべてがFになる〈THE PERFECT INSIDER〉
森 博嗣　冷たい密室と博士たち〈DOCTORS IN ISOLATED ROOM〉
森 博嗣　笑わない数学者〈MATHEMATICAL GOODBYE〉
森 博嗣　詩的私的ジャック〈JACK THE POETICAL PRIVATE〉
森 博嗣　封印再度〈WHO INSIDE〉
森 博嗣　幻惑の死と使途〈ILLUSION ACTS LIKE MAGIC〉
森 博嗣　夏のレプリカ〈REPLACEABLE SUMMER〉
森 博嗣　今はもうない〈SWITCH BACK〉
森 博嗣　数奇にして模型〈NUMERICAL MODELS〉
森 博嗣　有限と微小のパン〈THE PERFECT OUTSIDER〉
森 博嗣　黒猫の三角〈Delta in the Darkness〉

森 博嗣　人形式モナリザ〈Shape of Things Human〉
森 博嗣　月は幽咽のデバイス〈The Sound Walks When the Moon Talks〉
森 博嗣　夢・出逢い・魔性〈You May Die in My Show〉
森 博嗣　魔剣天翔〈Cockpit on knife Edge〉
森 博嗣　恋恋蓮歩の演習〈A Sea of Deceits〉
森 博嗣　六人の超音波科学者〈Six Supersonic Scientists〉
森 博嗣　捩れ屋敷の利鈍〈The Riddle in Torsional Nest〉
森 博嗣　朽ちる散る落ちる〈Rot off and Drop away〉
森 博嗣　赤緑黒白〈Red Green Black and White〉
森 博嗣　四季 春～冬
森 博嗣　φ《ファイ》は壊れたね〈PATH CONNECTED φ BROKE〉
森 博嗣　θ《シータ》は遊んでくれたよ〈ANOTHER PLAYMATE θ〉
森 博嗣　τ《タウ》になるまで待って〈PLEASE STAY UNTIL τ〉
森 博嗣　ε《イプシロン》に誓って〈SWEARING ON SOLEMN ε〉
森 博嗣　λ《ラムダ》に歯がない〈λ HAS NO TEETH〉
森 博嗣　η《イータ》なのに夢のよう〈DREAMILY IN SPITE OF η〉
森 博嗣　目薬α《アルファ》で殺菌します〈DISINFECTANT α FOR THE EYES〉
森 博嗣　ジグβ《ベータ》は神ですか〈JIG β KNOWS HEAVEN〉
森 博嗣　キウイγ《ガンマ》は時計仕掛け〈KIWI γ IN CLOCKWORK〉

森 博嗣　χ《カイ》の悲劇〈THE TRAGEDY OF χ〉
森 博嗣　ψ《プサイ》の悲劇〈THE TRAGEDY OF ψ〉
森 博嗣　イナイ×イナイ〈PEEKABOO〉
森 博嗣　キラレ×キラレ〈CUTTHROAT〉
森 博嗣　タカイ×タカイ〈CRUCIFIXION〉
森 博嗣　ムカシ×ムカシ〈REMINISCENCE〉
森 博嗣　サイタ×サイタ〈EXPLOSIVE〉
森 博嗣　ダマシ×ダマシ〈SWINDLER〉
森 博嗣　女王の百年密室〈GOD SAVE THE QUEEN〉
森 博嗣　迷宮百年の睡魔〈LABYRINTH IN ARM OF MORPHEUS〉
森 博嗣　赤目姫の潮解〈LADY SCARLET EYES AND HER DELIQUESCENCE〉
森 博嗣　馬鹿と嘘の弓〈Fool Lie Bow〉
森 博嗣　まどろみ消去〈MISSING UNDER THE MISTLETOE〉
森 博嗣　地球儀のスライス〈A SLICE OF TERRESTRIAL GLOBE〉
森 博嗣　レタス・フライ〈Lettuce Fry〉
森 博嗣　僕は秋子に借りがある I'm in Debt to Akiko〈森博嗣自選短編集〉
森 博嗣　どちらかが魔女 Which is the Witch?〈森博嗣シリーズ短編集〉
森 博嗣　喜嶋先生の静かな世界〈The Silent World of Dr.Kishima〉
森 博嗣　そして二人だけになった〈Until Death Do Us Part〉

森 博嗣 つぶやきのクリーム〈The cream of the notes〉
森 博嗣 ツンドラモンスーン〈The cream of the notes 4〉
森 博嗣 つぼみ茸《きのこ》ムース〈The cream of the notes 5〉
森 博嗣 つぶさにミルフィーユ〈The cream of the notes 6〉
森 博嗣 月夜のサラサーテ〈The cream of the notes 7〉
森 博嗣 つんつんブラザーズ〈The cream of the notes 8〉
森 博嗣 ツベルクリンムーチョ〈The cream of the notes 9〉
森 博嗣 追懐のコヨーテ〈The cream of the notes 10〉
森 博嗣 積み木シンドローム〈The cream of the notes 11〉
森 博嗣 妻のオンパレード〈The cream of the notes 12〉
森 博嗣 カクレカラクリ〈An Automaton in Long Sleep〉
森 博嗣 DOG&DOLL
森 博嗣 森には森の風が吹く〈My wind blows in my forest〉
森 博嗣 アンチ整理術〈Anti-Organizing Life〉
萩尾望都 原作 森 博嗣 トーマの心臓〈Lost heart for Thoma〉
諸田玲子 森家の討ち入り
森 達也 すべての戦争は自衛から始まる
本谷有希子 腑抜けども、悲しみの愛を見せろ
本谷有希子 江利子と絶対〈本谷有希子文学大全集〉

本谷有希子 あの子の考えることは変
本谷有希子 嵐のピクニック
本谷有希子 自分を好きになる方法
本谷有希子 異類婚姻譚
本谷有希子 静かに、ねぇ、静かに
茂木健一郎 「赤毛のアン」に学ぶ幸福《しあわせ》になる方法
森 林原人 セックス幸福論〈偏差値78のAV男優が考える〉
桃戸ハル編・著 5分後に意外な結末〈ベスト・セレクション〉
桃戸ハル編・著 5分後に意外な結末〈ベスト・セレクション 黒の巻・白の巻〉
桃戸ハル編・著 5分後に意外な結末〈ベスト・セレクション 心震える赤の巻〉
桃戸ハル編・著 5分後に意外な結末〈ベスト・セレクション 心弾ける橙の巻〉
桃戸ハル編・著 5分後に意外な結末〈ベスト・セレクション 金の巻〉
桃戸ハル編・著 5分後に意外な結末〈ベスト・セレクション 銀の巻〉
森 功 高倉 健〈隠し続けた七つの顔と「謎の養女」〉
森 功 地面師〈他人の土地を売り飛ばす闇の詐欺集団〉
望月麻衣 京都船岡山アストロロジー
望月麻衣 京都船岡山アストロロジー2〈星と創作のアンサンブル〉
望月麻衣 京都船岡山アストロロジー3〈恋のハウスと檸檬色の憂鬱〉
桃《もも》野《の》雑派《ざっぱ》 老虎残夢

森沢明夫 本が紡いだ五つの奇跡
山田風太郎 甲賀忍法帖〈山田風太郎忍法帖①〉
山田風太郎 伊賀忍法帖〈山田風太郎忍法帖③〉
山田風太郎 忍法八犬伝〈山田風太郎忍法帖④〉
山田風太郎 風来忍法帖〈山田風太郎忍法帖⑪〉
山田風太郎 新装版 戦中派不戦日記
山田正紀 大江戸ミッション・インポッシブル〈顔役を消せ〉
山田正紀 大江戸ミッション・インポッシブル〈幽霊船を奪え〉
山田詠美 晩年の子供
山田詠美 A《エイ》2《トウ》Z《ズィ》
山田詠美 珠玉の短編
柳家小三治 ま・く・ら
柳家小三治 もひとつま・く・ら
柳家小三治 バ・イ・ク
山口雅也 落語魅捨理《ミステリ》全集〈坊主の愉しみ〉
山本一力 深川黄表紙掛取り帖
山本一力 牡丹酒〈深川黄表紙掛取り帖㈡〉
山本一力 ジョン・マン1 波濤編
山本一力 ジョン・マン2 大洋編

山本一力　ジョン・マン3 望郷編
山本一力　ジョン・マン4 青雲編
山本一力　ジョン・マン5 立志編
椰月美智子　十 二 歳
椰月美智子　しずかな日々
椰月美智子　ガミガミ女とスーダラ男
椰月美智子　恋 愛 小 説
柳 広司　キング&クイーン
柳 広司　怪 談
柳 広司　ナイト&シャドウ
柳 広司　幻 影 城 市
柳 広司　風神雷神(上)(下)
薬丸 岳　闇 の 底
薬丸 岳　虚 夢
薬丸 岳　刑事のまなざし
薬丸 岳　逃 走
薬丸 岳　ハードラック
薬丸 岳　その鏡は嘘をつく
薬丸 岳　刑事の約束
薬丸 岳　Aではない君と
薬丸 岳　ガーディアン
薬丸 岳　刑事の怒り
薬丸 岳　天使のナイフ〈新装版〉
薬丸 岳　告 解
山崎ナオコーラ　可愛い世の中
矢月秀作　A《ア》C《ク》T《ト》〈警視庁特別潜入捜査班〉
矢月秀作　A《ア》C《ク》T《ト》2 告発者〈警視庁特別潜入捜査班〉
矢月秀作　A《ア》C《ク》T《ト》3 掠奪〈警視庁特別潜入捜査班〉
矢野 隆　我が名は秀秋
矢野 隆　戦《いくさ》 始 末
矢野 隆　乱
矢野 隆　長篠の戦い〈戦百景〉
矢野 隆　桶狭間の戦い〈戦百景〉
矢野 隆　関ヶ原の戦い〈戦百景〉
矢野 隆　川中島の戦い〈戦百景〉
矢野 隆　本能寺の変〈戦百景〉
矢野 隆　山崎の戦い〈戦百景〉
矢野 隆　大坂冬の陣〈戦百景〉
矢野 隆　大坂夏の陣〈戦百景〉
山内マリコ　かわいい結婚
山本周五郎　さ ぶ〈山本周五郎コレクション〉
山本周五郎　白石城死守〈山本周五郎コレクション〉
山本周五郎　完全版 日本婦道記(上)(下)〈山本周五郎コレクション〉
山本周五郎　戦国武士道物語 死《し》處《しょ》〈山本周五郎コレクション〉
山本周五郎　戦国物語 信長と家康〈山本周五郎コレクション〉
山本周五郎　幕末物語 失 蝶 記〈山本周五郎コレクション〉
山本周五郎　逃亡記 時代ミステリ傑作選〈山本周五郎コレクション〉
山本周五郎　家族物語 おもかげ抄〈山本周五郎コレクション〉
山本周五郎　繁《しげ》 あ ね〈美しい女たちの物語〉
山本周五郎　雨 あ が る〈映画化作品集〉
柳田理科雄　スター・ウォーズ 空想科学読本
柳田理科雄　MARVEL マーベル空想科学読本
靖子靖史　空《くう》色《しき》カンバス〈瑞空寺《ずいくうじ》凸凹《でこぼこ》縁起《えんぎ》〉
安本由佳・山本理沙　不機嫌な婚活
山中伸弥・平尾誠二・惠子　友 情〈平尾誠二と山中伸弥「最後の約束」〉
山手樹一郎　夢介千両みやげ(上)(下)〈完全版〉
山口仲美　すらすら読める枕草子

講談社文庫　目録

山本巧次　戦国快盗　嵐丸〈今川家を狙え〉
夢枕　獏　大江戸釣客伝 (上)(下)
夢枕　獏　大江《おおえ》戸《ど》火《か》龍《りゅう》改《あらため》
唯川　恵　雨　心　中
行成　薫　ヒーローの選択
行成　薫　バイバイ・バディ
行成　薫　スパイの妻
行成　薫　さよなら日和
柚月裕子　合理的にあり得ない〈上水流《かみづる》涼子《りょうこ》の解明〉
夕木春央　絞《こう》首《しゅ》商《しょう》會《かい》
夕木春央　サーカスから来た執達吏
吉村　昭　私の好きな悪い癖
吉村　昭　吉村昭の平家物語
吉村　昭　暁　の　旅　人
吉村　昭　新装版 白い航跡 (上)(下)
吉村　昭　新装版 海も暮れきる
吉村　昭　新装版 間　宮　林　蔵
吉村　昭　新装版 赤　い　人
吉村　昭　新装版 落日の宴 (上)(下)
吉村　昭　白い遠景
横尾忠則　言葉を離れる
与那原　恵　わたぶんぶん〈わたしの「料理沖縄物語」〉
米原万里　ロシアは今日も荒れ模様
横山秀夫　半　落　ち
横山秀夫　出口のない海
吉田修一　日曜日たち
吉本隆明　真　贋
吉本隆明　フランシス子へ
横関　大　再　会
横関　大　グッバイ・ヒーロー
横関　大　チェインギャングは忘れない
横関　大　沈黙のエール
横関　大　ルパンの娘
横関　大　ルパンの帰還
横関　大　ホームズの娘
横関　大　ルパンの星
横関　大　ルパンの絆
横関　大　スマイルメイカー
横関　大　K2〈池袋署刑事課 神崎・黒木〉
横関　大　帰ってきたK2〈池袋署刑事課 神崎・黒木〉
横関　大　炎上チャンピオン
横関　大　ピエロがいる街
横関　大　仮面の君に告ぐ
横関　大　誘拐屋のエチケット
横関　大　ゴースト・ポリス・ストーリー
吉川永青　裏　関　ヶ　原
吉川永青　化　け　札
吉川永青　治　部　の　礎《いしずえ》
吉川永青　老　侍
吉川永青　雷　雲　の　龍〈会津に吼える〉
吉村龍一　光　る　牙
吉川トリコ　ぶらりぶらこの恋
吉川トリコ　ミドリのミ
吉川トリコ　余命一年、男をかう
吉川英梨　波　動〈新東京水上警察〉
吉川英梨　烈　渦〈新東京水上警察〉
吉川英梨　朽《く》海《かい》の城〈新東京水上警察〉

2024年6月14日現在